Carmen Rodrigues

Du bist das Gegenteil von allem

Carmen Rodrigues

Du bist das Gegenteil von allem

aus dem Englischen von
Katarina Ganslandt

Kinder- und Jugendbuchverlag
in der Verlagsgruppe Random House

MIX
Papier aus verantwortungsvollen Quellen
FSC® C014496

Verlagsgruppe Random House FSC® N001967
Das für dieses Buch verwendete FSC®-zertifizierte Papier
Super Snowbright liefert Hellefoss AS, Hokksund, Norwegen.

1. Auflage 2015

Die Originalausgabe erschien 2012 unter dem Titel
»34 Pieces of You« bei Simon Pulse, an imprint of Simon & Schuster
Children's Publishing Division, New York.

Aus dem Englischen von Katarina Ganslandt
Lektorat: Stefanie Rahnfeld
Umschlaggestaltung und -motiv: © Suse Kopp,
Motive plainpicture/Andrea Schoenrock und Suse Kopp
jb · Herstellung: kw
Satz: Uhl + Massopust, Aalen
Druck: GGP Media GmbH, Pößneck
ISBN 978-3-570-16158-6
Printed in Germany

www.cbt-buecher.de

Für Snowy

Der Beweis dafür, dass
Gebete erhört werden
und der Glaube
den Weg weist.

Jessie

November

An dem Samstag schreckte ich mitten in der Nacht aus dem Schlaf, weil draußen Krankenwagensirenen heulten, unten jemand an der Tür klingelte und Mattie weinte. Ich setzte mich auf und sah zu Sarahs Bett rüber. Es war leer. Im nächsten Moment wurde die Tür aufgerissen und ich sah Meg in ihrem gepunkteten Schlafanzug und den Flauschpantoffeln im hell erleuchteten Flur stehen.

»Was ist los?«, murmelte ich.

»Ich weiß nicht. Die sagen es mir nicht.« Sie knipste mein Deckenlicht an.

»Gott, Meg!« Ich hielt mir die Hand vor die Augen. »Mach das aus!«

»'tschuldigung.« Im Zimmer wurde es wieder dunkel.

»Ist irgendwas mit der alten Mrs Sawyer?«

»Weiß ich nicht.«

Ich tastete nach meinem Bademantel, der über dem Bettpfosten hing, und zog ihn an. Das Haus war ausgekühlt und ich war todmüde. Am liebsten hätte ich mich wieder hingelegt und weitergeschlafen, aber Meg stand immer noch abwartend im Türrahmen. Unten hörte ich jetzt die Stimmen meiner Eltern. Die Haustür schlug zu und dann heulten wieder die Sirenen. Ich schaute zum Fenster hinaus und sah gerade noch, wie der Krankenwagen davonfuhr.

Es war hell auf der Straße, weil auf vielen Veranden Licht brannte. Ein kleines Grüppchen aufgeregter Nachbarn hatte sich vor Mr Lumpnicks Haus versammelt. Ich hielt nach Sarah und ihrer besten Freundin Ellie Ausschau, war aber nicht überrascht, als ich sie nirgends entdeckte. Dass ich mich gestern schon am frühen Abend zum Heulen ins Bett verzogen hatte, bedeutete nicht, dass die beiden nicht trotzdem Party gemacht hatten. Wahrscheinlich hatten sie sich so zugedröhnt, dass sie irgendwo eingeschlafen waren.

Meg spähte über meine Schulter nach draußen. »Mom hat gesagt, dass ich dich holen soll.«

Während ich hinter ihr die Treppe runterging, überlegte ich, was passiert sein könnte. Da die Nachbarn vor Mr Lumpnicks Haus standen, war ich mir ziemlich sicher, dass wieder irgendetwas mit der alten Mrs Sawyer war. Vielleicht war sie beim Duschen ausgerutscht und hatte sich verletzt.

Mattie lag in eine Decke gekuschelt im Wohnzimmer auf der Couch, lutschte am Daumen und schaute ihre *Dora-die-Entdeckerin*-DVD. Vom Flur aus sah ich Mom in der Küche stehen. Sie kehrte uns den Rücken zu und telefonierte in gedämpftem Tonfall mit jemandem. Ich lächelte Meg aufmunternd an.

»Es ist bestimmt nichts Schlimmes passiert. Hörst du? Mom klingt ganz normal.«

Meg legte den Kopf schräg und lauschte. Dafür dass draußen solche Aufregung herrschte, klang Moms Stimme tatsächlich ruhig. »Na los.« Ich gab Meg einen sanften Schubs Richtung Wohnzimmer, wo sie sich auf die Couch setzte und die Füße unter Matties Decke steckte.

Als ich in die Küche kam, hatte Mom gerade aufgelegt. Ihre Hand lag noch auf dem Telefon. Irgendetwas an ihrer Haltung ließ alle Müdigkeit schlagartig von mir abfallen. »Alles okay?«

Sie drehte sich zu mir um. Ihr Gesicht war rot und verweint.

»Mom?«

»Jess.« Sie kam mit ausgebreiteten Armen auf mich zu und zog mich an sich. »Es ist wegen Sarah …«, flüsterte sie. »Sie hatte einen Unfall, und ich muss gleich zu ihr und Dad ins Krankenhaus fahren. Es ist nichts Schlimmes, okay? Ich will nur nicht, dass deine Schwestern Angst bekommen.«

Sie griff nach meinen Händen, schaute mich prüfend an und versuchte zu lächeln, aber ich sah, dass in ihren Augen Tränen standen.

In meiner Kehle bildete sich ein Kloß. Statt der alten Mrs Sawyer sah ich jetzt Sarah vor mir, wie sie in der Dusche ausrutschte, sich das Schlüsselbein oder etwas anderes brach und wie der Krankenwagen sie und Dad mit heulenden Sirenen ins Krankenhaus fuhr. Ich war mir ziemlich sicher, dass meine Schwester und Ellie betrunken gewesen waren.

»Ist Sarah wirklich okay?«, fragte ich. Ich wusste, dass Eltern in solchen Momenten manchmal lügen, damit man nicht ausflippt, aber ich musste die Wahrheit wissen. »Bitte, Mom, sag es mir.«

Meine Mutter nickte, ließ meine Hände los und strich sich eine Haarsträhne aus dem Gesicht. »Ja, wir glauben schon. Sie war noch ansprechbar, als Tommy sie gefunden hat … sie und …« Ihre Hand flog zum Mund, und sie drehte sich zum Küchenfenster, von dem aus man direkt zu den Meyers rüberschauen konnte. Ich folgte ihrem Blick. Das Haus war hell erleuchtet, aber es stand kein Wagen in der Einfahrt.

»Wie? Tommy war auch dabei?« Das Szenario in meinem Kopf veränderte sich: Sarah saß immer noch betrunken und verletzt unter der Dusche, aber jetzt sah ich auch Ellie und Tommy vor mir und Tommys Hände, die über ihren Körper glitten. »Was hat Ellie denn genau gesagt, was passiert ist?« Der Verdacht, der mir plötzlich kam, war so übermächtig, dass mir schauderte und meine Stimme einen scharfen Unterton bekam. »Ist sie drüben? Kann ich schnell noch mal rüber und mit ihr reden, bevor du ins Krankenhaus fährst?« Ich brauchte Antworten, die nur Ellie mir geben konnte, und ich wollte ihr sagen, dass ich es total grausam fand, wie sie mit mir gespielt hatte und dass sie Sarah so hinterging. Ich wollte ihr sagen, dass wir ihr das nie verzeihen würden.

Mom stand am Fenster.

»Mom?«

Auf einmal sank sie in die Knie und vergrub das Gesicht in den Händen.

»Mom?«

»Nein, Tommy ist anscheinend nicht … nicht die ganze Zeit dabei gewesen. Er hat sie bloß gefunden, Jess. Sarah war … aber Ellie …«

Sie sah zu mir auf und jetzt liefen ihr die Tränen übers Gesicht.

Die Szene in meinem Kopf änderte sich zum dritten Mal, und plötzlich ahnte ich, was passiert war. Ich bekam keine Luft mehr und klammerte mich an der Tischkante fest, bis der Raum aufhörte, sich zu drehen, und ich wieder atmen konnte.

»Es ist furchtbar, Jess.« Meine Mutter schluchzte. »Ellie … Es ist furchtbar.«

In dem Moment sprang das Gebläse der Heizung an und warme Luft strömte an meinen Waden entlang. Der Raum drehte sich immer schneller um mich, Farbblitze flammten auf und erloschen, als ich die Augen schloss.

Jedes Geräusch auf der Welt war verstummt.

Und dann schob sich eine kleine, kalte Hand in meine und eine leise Stimme wisperte meinen Namen. Ich öffnete die Augen. Mattie stand neben mir. In ihrem Blick lag nur Neugier, keine Angst.

1

»Gluub mir, Ellie«, hast du gesagt. »Alle verlassen einen. Alle.«
Ich war erst sieben, und als ich die Arme nach dir ausstreckte, warst du an dem Ort, wo man ist, wenn der Tod kommt, wenn man allein gelassen wird oder jemanden furchtbar vermisst. An dem Ort, wo die Männer sind, die einfach so ihre Familie verlassen. »Das ist so«, hast du geflüstert. »Da kannst du jeden fragen.«

Sarah

Danach. November

Die besorgte Therapeutin trommelt mit dem Bleistift auf ihr Klemmbrett, wartet ab und lächelt dann. Nicht weil heute ein schöner Tag ist, an dem die Vögel in den Bäumen vor dem Smith Memorial Hospital zwitschern und die Sonnenstrahlen Regenbogenfarben auf den abgetretenen Linoleumboden malen, sondern weil das zu ihrem Programm gehört. Sie hat drei verschiedene Gesichtsausdrücke auf Lager: Besorgt. Tröstend. Mitfühlend.

»Sarah«, startet sie noch einen Versuch. »Erinnerst du dich an das, was du mir bei unserem letzten Gespräch erzählt hast?«

Ich ziehe die Ärmel meines Flanellschlafanzugs über die Finger und frage mich, warum es auf der Station der Jugendpsychiatrie eigentlich so kalt sein muss. »Tut mir leid«, sage ich müde. »Ich habe keine Ahnung mehr. Wirklich nicht.«

Sie wirft einen Blick in ihre Unterlagen, blättert hin und her und sagt, dass ich mich bei unserem letzten Gespräch an ein paar Dinge erinnert hätte. Ihre Miene wechselt über tröstlich wieder zu besorgt und sie zieht ihre breiten Brauen über den großen braunen Augen zu einer haarigen Raupe zusammen. Als ich schweige – nicht aus Trotz, sondern weil ich wirklich nicht mehr weiß, was ich letztes Mal gesagt habe –, beugt sie sich zu mir vor. Ihr Ellbogen drückt in die weiche schokoladenbraune Haut unterhalb ihres Rocksaums und ihre Mundwinkel zeigen leicht nach unten. Das ist das mitfühlende Gesicht.

»Sarah, ich weiß, dass das hier alles sehr belastend für dich ist, aber könntest du es nicht vielleicht trotzdem versuchen? Ellie war deine beste Freundin. Du bist im Moment sehr durcheinander. Können wir uns darüber ein bisschen unterhalten?«

Das ist kein Thema, über das ich mich mit irgendjemandem unterhalten will, aber mir bleibt nichts anderes übrig. Wenn ich morgen aus der Klinik entlassen werden möchte, muss ich vorher dieses Abschlussgespräch bestehen.

»Es ist schrecklich, und es macht mich traurig«, sage ich schließlich.

Die besorgte Therapeutin nickt, um mich zum Weiterreden zu bewegen.

Weil es die Wahrheit ist, sage ich außerdem noch: »Es war ein Unfall. Total bescheuert und blöd von uns, aber keine Absicht.« Und dann sage ich nichts mehr, weil ich wieder diese Enge in der Brust spüre. Als würde sich da drin ein riesiger Ballon aufblähen. Das letzte Mal habe ich ihn gespürt, als ich mitbekommen habe, wie die Ärzte an meinem Bett mit meinen Eltern gesprochen haben: *Seien Sie froh, dass sie noch am Leben ist. Bei so einer Überdosis… Sie kann wirklich von Glück reden, dass es bei ihr nicht so ausgegangen ist wie bei ihrer Freundin…*

Dabei stimmt das mit der Überdosis nicht. Jedenfalls war es nicht so, wie sie sich das vorstellen. Aber als ich versucht habe, das einem der Ärzte zu erklären, hat er nur höflich genickt, und da wusste ich, dass er mir nicht glaubt. Danach war mir klar, dass ich hier niemandem irgendetwas erklären muss. Dass es genügt, gerade so viel zu sagen, dass sie mich gehen lassen.

Stoisch. Das ist das Wort, das ich die ganze Zeit lautlos vor mich hin murmle. Ich lasse es in der Luft schweben wie eine schwerelose Kugel. Es ist verdammt anstrengend, sie nur mit der Kraft der Gedanken so in der Schwebe zu halten, und eigentlich ein Wunder, dass man es überhaupt schafft, sie vom Boden zu lösen.

Ich wende all meine Energie auf, um stoisch in das verkniffene Gesicht der Therapeutin zu starren. Aber nach einer Weile, während sie geduldig immer weiter versucht, mich zum Reden zu bringen, kommt es mir gar nicht mehr so verkniffen vor. Es erscheint mir offener und freundlicher, und auf einmal reißt mein Herz einen kleinen Spalt weit auf und lässt Gedanken hinein, die mir durch den Kopf gehen: *Wie kann es sein, dass Ellie tot ist? Wo ist dieser eine Moment hin, der das Leben vom Tod trennt? Ich will ihn wiederhaben.*

Die besorgte Therapeutin sieht mich nachdenklich an. »Du sagst, es war ein Unfall, Sarah. Erzählst du mir, wie es zu diesem Unfall gekommen ist?«

»Das haben wir doch schon besprochen«, sage ich und bin froh, dass sie darauf gleich wieder verkniffen schaut.

»Erzähl es mir trotzdem noch mal«, fordert sie mich auf.

»Wir haben …« Die Worte verklingen, als hätte ich nicht die Kraft, sie auszuformulieren, und ich hasse mich selbst dafür, vor ihr solche Schwäche zu zeigen.

»Ihr habt …?«, hakt die besorgte Therapeutin nach, und ihre knochigen Schultern biegen sich mir entgegen. Ihre rechte Hand, die auf ihrem Schenkel liegt, zuckt kurz, und ich frage mich, ob sie nach meiner greifen wollte. »Du bist hier an einem geschützten Ort, Sarah. Nichts, was in diesem Raum besprochen wird, wird jemals nach außen dringen. Du kannst über alles reden.«

Die Nummer kenne ich schon. Es ist die immer gleiche

Lüge, die man von Erwachsenen zu hören bekommt: Du kannst über alles reden. Aber sobald du es tust und ihnen wirklich irgendwas erzählst, halten sie dir einen Vortrag darüber, was du alles anders machen könntest, damit es in deinem Leben besser läuft. Und dann zählen sie auf, was *du* alles falsch gemacht hast, und was *sie* tun, um die Dinge wieder in Ordnung zu bringen. Und warnen dich, dass das jetzt aber wirklich das allerletzte Mal ist, dass sie dir helfen, und fragen, ob es nicht langsam an der Zeit wäre, endlich erwachsen zu werden.

Ich habe die Stimme meiner Mutter im Ohr, die flüstert: *Es ist so einfach, Sarah. Das Prinzip ist immer das Gleiche: A + B + C = Problem gelöst.*

Deswegen sage ich nichts. Stattdessen schließe ich die Augen, und ohne dass ich es will, ist Ellie da, und es ist fünf Tage vorher. Sie tänzelt lachend vor mir her und hält das Röhrchen mit den Tabletten in die Höhe. »Na los, trau dich!«, ruft sie. »Trau dich doch, Sarah!«

»Sarah?« Die besorgte Therapeutin legt ihre Hand leicht auf meinen Arm und ich bekomme eine Gänsehaut. »Alles okay?«, fragt sie, aber ich halte still.

Ich halte still, und als ich mich wieder gefangen habe, sage ich: »Es war ein Unfall. Was mit Ellie passiert ist, tut mir wahnsinnig leid, aber wir haben es nicht darauf angelegt. Es war einfach nur eine Riesendummheit. Wir haben doch bloß …«

Das ist der Moment, in dem ich mir die Hand auf den Mund presse. Die Therapeutin reicht mir ein Taschentuch und nickt zufrieden. Der Ballon in meiner Brust wächst, aber er platzt nicht. Er hält. Wächst und wartet.

Auf eins kann ich mich in meinem Leben absolut verlassen: Selbst wenn die Besuchszeit eigentlich schon vorbei ist, Dad kommt auf jeden Fall noch.

Glenn ist zwar nicht mein biologischer Vater (der Mann, der mich gezeugt hat, ist noch vor meiner Geburt abgehauen), aber er ist mein *richtiger* Vater, weil er immer für mich da gewesen ist, und deswegen nenne ich ihn Dad. Wenn ich ihn anschaue, sehe ich Bilder vor mir: er in seiner Marineuniform an dem Tag, an dem er meine Mutter geheiratet hat, in deren dickem Bauch ich gerade wuchs. Er und ich an meinem dritten Geburtstag, die Hände mit klebriger weißer Tortenglasur verschmiert. Er mit meinen gerade geborenen Schwestern – seinen richtigen Töchtern – im Arm, erst Jessie, dann Meg und zuletzt Mattie. Ich mache auch jetzt ein Bild für mein inneres Album als Beweis dafür, dass Dad mich liebt.

Er ist ein gut aussehender Mann. Er hat schöne, große Augen und ist kräftig gebaut. Ein Kerl wie ein Baum. Er versteht, dass ich seit Tagen niemandem ins Gesicht schauen konnte. »Ich hätte nicht wegfahren dürfen«, sagt er. »Ich hätte es ahnen müssen.«

»Morgen kommt sie nach Hause, Glenn«, höre ich die Stimme meiner Mutter. Sie ist ganz anders als mein Vater. Klein, blond, blass und mit rastlosen Händen. In der einen Sekunde steht sie still neben meinem Vater, die Hände tief in den Taschen vergraben, in der nächsten ist sie schon damit beschäftigt, Ordnung zu schaffen, nichtssagendes Zeug zu reden und Fragen zu stellen. Etwa: »Wie geht es dir heute?« oder »Hast du gut geschlafen? Kann ich dir irgendetwas besorgen? Schau dir den Baum da draußen an! Ist der nicht schön? Tommy hat nach dir gefragt. Ist das nicht nett von ihm? Reicht dir das eine Kissen? Ich kann die Schwester bitten, dir noch eins zu bringen. Warum ist es nur so unglaublich kalt hier?«

»Sarah?« Das ist wieder mein Vater. Er lächelt vorsichtig. »Morgen kannst du wieder nach Hause. Gut, oder?«

Ich nicke, damit sie sehen, dass ich »zugänglich« bin. Hier auf der Station für Jugendpsychiatrie ist das nämlich eine lebenswichtige Vokabel. Wenn ich zu verschlossen wirke, komme ich vielleicht nie mehr raus. Deswegen achte ich darauf, immer zu reagieren, wenn mich jemand anspricht, und mir nicht anmerken zu lassen, wie viel ich weine. Trotzdem klingt meine Stimme brüchig, als ich sage: »Ich möchte auf Ellies Beerdigung, um mich zu verabschieden.« Es fällt mir schwer, die einzelnen Wörter zu einem zusammenhängenden Satz aneinanderzufügen.

Besonders die Wörter, die etwas mit der Beerdigung meiner besten Freundin zu tun haben. Und die, in denen es darum geht, Abschied von ihr zu nehmen.

Danach herrscht Schweigen, das alles andere als still ist. Es besteht aus vielsagenden Blicken, die ausgetauscht werden, und rastlosen Händen. Mein Vater räuspert sich. »Sarah«, sagt er. »Sarah, das geht nicht…«

Meine Mutter streichelt mir die Wange und sagt so leise »Schatz…«, dass es eher wie eine Gebetsformel klingt.

Dad setzt noch einmal an. »Sarah…«

»Ja, was ist? Ich bin hier«, sage ich, weil ich denke, dass es das ist, was er hören will, aber Dad schaut an mir vorbei zu der Buche hinaus, die vor meinem Fenster steht. Ich folge seinem Blick. Ihre Äste kommen mir vor wie flehend zum Himmel gereckte Arme. Als ich mich wieder ihm zuwende, beobachtet er mich. Er wischt sich verstohlen über die Augen, dann sieht er Hilfe suchend zu meiner Mutter rüber. »Serena…?«

»Glenn…« Mom streicht ihm sanft über den Nacken. Er ist der Mensch, den sie von allen am besten versteht, viel besser als uns, obwohl wir doch in ihr gewachsen sind. Trotzdem sind wir ihr ein Rätsel. »Sag ihr einfach, wie es ist.«

Dad sieht mich an und legt mir dann eine Hand auf den Kopf. Sie ist so groß, dass sie meinen gesamten Hinterkopf umfängt. Ich finde es tröstlich, dass es immer noch Teile von mir gibt, die ganz in seine starken, schwieligen Hände hineinpassen. »Ellie ist schon eingeäschert worden«, sagt er. »Die Trauerfeier findet heute statt, weil ihre Mutter danach für einige Zeit in eine Art Reha-Klinik geht.«

Daraufhin herrscht erst einmal wieder Stille. Jemand ringt nach Luft. Es dauert eine ganze Weile, bis ich merke, dass ich das bin. Ich zwinge mich dazu, tief durchzuatmen, und entschuldige mich.

»Alles ist gut«, sagt Dad.

»Du wirst dich erholen«, sagt Mom. »So etwas braucht einfach seine Zeit.«

Wir schweigen lange. So lange, bis wir eine ruhige und gefasste Bilderbuchfamilie sind: eine gute Mommy, ein guter Daddy, eine gute Tochter. Während dieses langen Schweigens wird mir plötzlich bewusst, dass ein Mensch sterben und gleichzeitig lebendig bleiben kann.

2

In dem Jahr, in dem Dad uns verlassen hat, habe ich oft mein Ohr an die Wand zwischen unseren Zimmern gepresst und dich leise weinen gehört.

Jake

Danach. November

Mom sagt: »Du konntest es ja nicht ahnen.«

Nachdem ich aus New York nach Hause gekommen und mit ihr zum Bestattungsinstitut gefahren bin, wo sie mir ihre manikürten Nägel in die Handfläche gegraben hat, nachdem wir alles für die Beisetzung organisiert und die Aufbahrung meiner Schwester durchgestanden haben, sieht meine Mutter mich endlich an.

»Jake …« Sie hämmert nervös mit der Ferse gegen das Unterteil des Sofas und schaut wieder weg.

Ihre Augen sind rot unterlaufen, aber sie ist ausnahmsweise nüchtern. Deswegen und weil sie vor Trauer völlig am Ende ist, zittert ihre rechte Hand so sehr, dass sie überall Zigarettenasche verstreut und den beigen Teppich mit einer dünnen Schicht Grau überzieht. »Du konntest es unmöglich ahnen.«

Ich wende den Blick ab und sehe in die Richtung, in der Ellies Zimmer liegt. Die Tür ist abgeschlossen, als würde meine Mutter glauben, so auch die Erinnerung an die Nacht wegschließen zu können, in der Tommy sie dort reglos auf dem Boden fand. Obwohl ich irgendwie erleichtert bin, dass der Raum verschlossen ist, spüre ich gleichzeitig den Drang, mich gegen die Tür zu werfen, bis sie aufspringt, und mich in den Überresten ihres verwaisten Lebens zu verkriechen.

Mom rutscht auf der Couch näher und legt ihre klamme Hand auf meine. Wie immer versuche ich, nicht zurückzuzucken. Ich beichte nichts. Sage nicht: *Ich wusste aber, dass irgendetwas los war.* Oder: *Es war meine Schuld.* Stattdessen beobachte ich stumm, wie ihr Blick auf der Suche nach etwas, an dem sie sich festhalten kann, durchs Zimmer schweift.

»Am liebsten würde ich schreien«, sagt sie leise, und ihre Stimme zittert. Ich weiß, dass sie das nicht tun wird. Dazu ist sie gar nicht fähig. Sie ist Ärztin, Mutter und Alkoholikerin, aber erstaunlicherweise hat diese Dreifachbelastung sie niemals so weit gebracht, dass sie die Stimme erhoben hätte, weder gegen mich noch gegen meine Schwester oder gegen einen ihrer drei beschissenen Ehemänner. Meine Mutter frisst alles in sich hinein. Ich stelle mir vor, dass es in ihrem Inneren so faulig und schwarz aussieht wie auf einer Müllkippe.

Sie räuspert sich. »Dein Vater hat angerufen. Er kommt morgen zur Trauerfeier. Wir haben besprochen, dass wir ihre Asche unter einem der Bäume an dem kleinen Bach verstreuen wollen, an dem sie als Kind so gerne gespielt hat.« Ihre Stimme klingt gepresst wie von einer Lage modernden Laubs bedeckt. Sie holt zitternd Luft, aber ich sehe sie nicht an. »Am Falling Creek, weißt du?«

Ich drücke ihre Hand. »Das ist eine schöne Stelle, Mom. Wirklich schön.« Jetzt weint sie. Sie lässt sich gegen meine Schulter sinken, ihre Tränen tropfen auf meinen Hemdkragen, und ein unterdrücktes Schluchzen dringt aus ihrer Kehle. Ich warte darauf, dass es anschwillt, bis es den ganzen Raum ausfüllt und schwer wie ein Leichentuch auf uns lastet, doch es bleibt gedämpft, als würde es aus einem leise gestellten Radio kommen. Das Schluchzen ebbt schließlich ab, nicht aber das Weinen. Das hält an.

Davor. Juni

Die heißen Abgasschwaden aus dem Auspuff des Transporters verbrannten mir die Waden, und Ellie stand da, schwang ihre mageren Arme hin und her und kratzte sich an der Nase. Sie war sauer, weil ich sie allein ließ, um an der NYU zu studieren. Ihre Zigarette war fast aufgeraucht. Sie warf sie auf den Boden, zerrieb sie unter der Sohle ihres Flip-Flops und sagte: »Ich verstehe immer noch nicht, warum du nicht hier studieren kannst. Warum musst du so weit wegziehen? Warum muss es unbedingt New York sein?«

»Ellie, bitte.«

»Und ich versteh nicht, warum du jetzt schon fahren musst. Hättest du nicht bis August warten können wie alle anderen?«

»Ich fahre jetzt schon«, sagte ich, »weil ich am Sommerkurs teilnehmen muss. Du weißt genau, dass das die Bedingung war. Sonst hätten die mich gar nicht genommen.«

Darauf sagte sie nichts, weil sie wusste, dass es stimmte. Mein fast perfektes Abschneiden im Uni-Einstufungstest und mein guter Bewerbungsessay hatten mir den Platz an der NYU gesichert, aber der nicht gerade glänzende Notendurchschnitt meines Abschlusszeugnisses hatte die Zulassungsstelle nicht völlig überzeugt. Deshalb hatte man mir dringend nahegelegt, den Sommerkurs zu belegen, um meine »Chancen zu erhöhen, zu Semesterbeginn auf universitärem Niveau mithalten zu können«.

Allerdings wusste Ellie nicht, wie froh ich war, schon früher von hier wegzukommen.

Unser Onkel, der am Steuer des Transporters saß, hupte und streckte seinen frisch geschorenen Kopf ungeduldig zum Fenster raus. Sein klarer Blick erinnerte mich daran, wie oft ich ihn früher morgens nach irgendwelchen Feiern vornübergebeugt schlafend an unserem Küchentisch gefunden hatte, immer noch zu besoffen, um nach Hause zu fahren, das verglühte Gerippe einer selbst gedrehten Kippe zwischen den Fingern.

Weil er betrunken zum Arschloch mutierte, nutzte ich seinen wehrlosen Zustand gern, um mich an ihm zu rächen. Ich stellte zum Beispiel den Fuß auf den Tisch, schob ihn gefährlich nah an seine gequetschten Lippen und stieß mit der Schuhspitze leicht gegen das rosige, feuchte Fleisch. Keine Reaktion. Also steckte ich eine Hand in seine Jeans, zog die Scheine raus, die ich darin fand, fuhr mit dem Rad in die Stadt und kaufte mir Comics oder eine CD davon. Wenn ich zurückkam, hing er immer noch genauso da wie vorher, den Zigarettenstummel zwischen den Fingern.

Mittlerweile war er trocken. Seit er seine zweite Frau Matilda kennengelernt hatte, trank er nicht mehr. Er drückte wieder auf die Hupe. Dann beugte er sich aus dem Fenster und rief: »Jetzt mach mal hin, Jake!«

»Du weißt genau, dass ich keine andere Wahl hab.« Ich sah an Ellies traurigen Augen vorbei zu Sarah und Tommy, die händchenhaltend ein paar Meter hinter ihr standen. Noch ein Stück von den beiden entfernt wartete meine Mutter mit ihrem Mann, unserem neuesten – und hoffentlich letzten – Stiefvater.

Eigentlich hätte der Anblick von Sarah mit Tommy oder meiner Mutter mit dem Idioten reichen müssen, um mich schnellstmöglich in den Wagen steigen zu lassen, aber der Abschied fiel mir schwerer, als ich es mir vorgestellt hatte. Trotzdem änderte das nichts daran, dass ich wegwollte von alldem. Von der merkwürdigen Beziehung zwischen mir und Sarah, in der es immer wieder Momente gab, in denen ich mir einbildete, da wäre etwas zwischen uns, das in der Erinnerung aber zu nichts verpuffte. Von dem Dauerdrama um Ellie, ihren Launen und selbstzerstörerischen Anfällen. Von Tommy, mit dem ich immer weniger klarkam, seit er und Sarah vor ein paar Monaten zusammengekommen waren.

»Ich muss hier weg, Ellie.« Ich schloss die Finger um ihr Handgelenk und schwang ihren Arm hin und her, wie ich es früher oft gemacht hatte, als wir jünger gewesen waren und uns noch unbefangen angefasst hatten.

Mein Onkel schlug mit der geballten Faust aufs Lenkrad. »Hey, Alter«, sagte Tommy. »Dein Fahrer verliert langsam die Geduld, glaub ich.«

»Jake?« Mom kam ein paar Schritte auf mich zu, blieb dann aber stehen. Unter ihren Augen hingen dunkle Gewitterwolken. Anzeichen dafür, dass ihr letzter Kater nicht lange her war. Ich sah Sarah an. Unsere Blicke trafen sich, und ich fühlte mich wieder an den gestrigen Abend zurückversetzt, als sie plötzlich bei mir im Zimmer gestanden und gesagt hatte, sie wolle reden, die Hände in den Taschen ihrer abgeschnittenen Jeans vergraben. Wie ihre nackten, schlanken Oberschenkel in mir das Verlangen geweckt hatten, sie zu berühren, ich aber nicht nachgegeben hatte, noch nicht einmal als sie mir eine Hand auf den Rücken gelegt hatte, genau zwischen die Schulterblätter.

Sarah war so eine Art menschliche Achterbahn. Immer wenn man gerade dachte, die Fahrt sei zu Ende, wurde man wieder in die Höhe gerissen, und vor dem sich verdunkelnden blauen Himmel zeichnete sich die nächste Steigung ab. Und sie war jedes Mal höher als die letzte und jagte einem noch mehr Angst ein. Trotzdem gab es Tage, an denen ich mich nach der schwerelosen Berührung ihrer Finger sehnte und mir wünschte, sie würde die Stelle zwischen meinen Schultern massieren. Ich wusste so gut, wie es sich anfühlte, wenn sie mir ihre Hand in den Nacken legte und mit kreisenden Bewegungen leichten Druck ausübte, bis ich den Kopf nach vorne fallen ließ und mich ihr – nur für diesen Moment – hingab.

Vielleicht war das der Grund, warum ich gestern, als sie mir die Hand auf den Rücken gelegt hatte, die ersten Wellen ihrer Berührung zugelassen hatte. Aber sobald ich gespürt hatte, wie ihr Selbstvertrauen wuchs, hatte ich mich ihr entzogen. Ich traute Sarah einfach nicht. Wie auch? Selbst jetzt – nach allem, was in den vergangenen fünf Jahren immer wieder zwischen uns gewesen war – stand sie vor mir und hielt die Hand meines besten Freundes.

Ellie versetzte mir einen leichten Stoß mit der Fußspitze und zwang mich, sie anzusehen. Schlafmangel ließ die dünne Haut unter ihren Augen bläulich schimmern. Sie machte sich von mir los.

»Sag mir, dass du das nicht getan hast, Jake. Du hast mir versprochen, dass du es nicht tun würdest.«

»Dass ich was nicht tun würde?«, fragte ich, obwohl ich wusste, dass sie von Sarah sprach.

Sie hatte nie gewollt, dass ich ihr zu nahe kam. Hatte nicht gewollt, dass ich es *verkacke*. Und das nicht ganz zu Unrecht. Ich war nicht gerade bekannt dafür, nett zu Mädchen zu sein.

»Oh Mann, Jake.« Ellie guckte zu Boden und ihre langen blonden Haare fielen ihr ins Gesicht. Sie weinte. Ich konnte mich nicht erinnern, wann ich sie das letzte Mal weinen sehen hatte, aber es muss wohl in dem Sommer gewesen sein, als sie elf gewesen war und zu mir kam, ihre zitternde Hand in meine schob und mir erzählte, was Evan, unser erster Arschloch-Stiefvater, ihr angetan hatte.

»Oh Mann, Ellie.« Ich streckte die Hand aus, aber dieses Mal fasste ich sie nicht an. »Bitte nicht …«

Sie lachte und wischte sich mit dem Saum ihres Trägertops über die Augen. Die Wimperntusche hinterließ schwarze Schmierflecken auf dem dünnen Stoff. »Gott!«, schluchzte sie. Dann lauter: »Gott! Schaut mich an. Ich bin echt so eine verdammte Heulsuse.« Jetzt weinte sie richtig.

Ich zog sie zu mir und hielt sie fest, bis sie aufhörte, sich zu wehren. An meinem Hals spürte ich die Feuchtigkeit ihrer Tränen. »Kommst du zurück, wenn ich dich brauche?«, flüsterte sie.

»Ja, klar.« Ich drückte sie an mich, so fest ich konnte, und fragte mich, ob sie wusste, wie sehr ich in den zehn Jahren, seit unser Vater nicht mehr bei uns lebte, auf sie aufgepasst hatte. Dass ich in meinen Albträumen manchmal immer noch Evans Hände vor mir sah und wie er sie berührte … wie er ihr wehtat.

»Versprochen«, sagte sie. »Wenn ich dich brauche, kommst du zurück.«

»Immer, Ellie. Immer.«

Hinter ihr beobachtete Sarah uns. Als unsere Blicke sich erneut begegneten, spürte ich diesen Stich, den ich immer spürte, wenn sie in meiner Nähe war. Dieses schmerzhafte Wissen, dass das, was ich wollte, nicht das war, was mir guttat, und die Erkenntnis, dass ich es trotzdem nicht lassen konnte.

Mein Onkel hupte noch einmal und Ellie trat einen Schritt zurück. »Steig lieber ein«, sagte sie. Dann drehte sie den Kopf und steckte sich eine Zigarette zwischen die

Lippen. Ich gab ihr Feuer und sah zu, wie sie sich eine Haarsträhne aus dem Gesicht schob. Ein paar Haare blieben an ihrer feuchten Wange kleben. Ohne mich anzusehen, sagte sie: »Ich liebe dich, Jake.«

Ich schaute zu Boden. »Das weiß ich, Ellie. Das weiß ich.«

3

Dieses Haus ist so trostlos.
Ich wünschte …

Jessie

Danach. Januar

Nach Sarahs Entlassung aus der Klinik hat Mom entschieden, dass sie ins Gästezimmer im Erdgeschoss ziehen soll, damit jede von uns ihr eigenes Zimmer hat. Seitdem sitze ich oft allein hier oben und mache mir Gedanken. Über Sarah, über Ellie, über mich, darüber, wer ich bin und wer ich eigentlich sein sollte.

Mom hat uns alle in bestimmte Schubladen gesteckt. Sarah ist die Impulsive. Meg der Wildfang. Mattie ist süß und knuffig. Und ich bin die Grüblerin. Zumindest sagt sie das immer: *Jess, du bist so eine Grüblerin! Woher hast du das nur?*

Dabei habe ich vor Ellies Tod nicht ständig über irgendwas nachgegrübelt, sondern eine Menge andere Dinge gemacht. Ich war viel draußen, bin ins Kino gegangen oder mit meiner besten Freundin Lola herumgezogen und hab irgendwelchen Blödsinn angestellt. Bevor Ellie gestorben ist, habe ich oft so getan, als wäre ich jemand anderes – jemand, der nicht so … grüblerisch veranlagt ist. Aber jetzt hat es keinen Sinn mehr, anderen und mir selbst etwas vorzumachen.

Ich glaube, dass sich etwas in einem verändert, wenn jemand stirbt, den man kennt – als würde ein übernatürliches Wesen kommen, mit seinen riesigen übernatürlichen Händen in einen hineingreifen und die gesamte DNA-Struktur neu anordnen.

Aber als ich versucht habe, mit Lola darüber zu reden, hat sie mich angeschaut, als würde ich spinnen, und mich dann gefragt, wie ich es geschafft hätte, plötzlich so dünn zu sein wie Kate Moss. Und dann hat sie allen Ernstes einen Stift gezückt und wollte mein *Diätgeheimnis* wissen, damit sie endlich in die 26er Jeans passt, von der sie so träumt. Denn egal wie oft sie auch joggt, ihre runden Hüften werden einfach nicht schmaler.

Ich habe darauf erst mal eine ganze Weile nichts gesagt und dann kurz entschlossen die Wahrheit: »Mein Diätgeheimnis ist ganz einfach, da gibt es nichts aufzuschreiben. Du musst bloß nach den Mahlzeiten öfter alles wieder auskotzen und zwischendurch auch einfach mal gar nichts essen.«

Das war das erste Mal, dass ich es laut ausgesprochen hatte, und ich dachte, sie bräuchte vielleicht ein bisschen

Zeit, es zu verarbeiten, weil das ja schon ziemlich krass war. Aber Lola hat mir bloß mit ihrem blauen Puschel-Kuli auf den Kopf gehauen und gesagt: »Hey, das ist genial!« Danach hat sie das Thema nie wieder erwähnt, aber mir ist aufgefallen, dass sie im nächsten Monat bestimmt drei Kilo abgenommen hat.

Obwohl es bei mir insgesamt schon sieben Kilo sind, ist Lola die Einzige, die mich darauf angesprochen hat, dass ich allmählich immer weniger werde.

Wahrscheinlich liegt es daran, dass sich Mom zu viele Sorgen um Sarah macht, Dad zu viele um Mom und Meg und Mattie zu sehr mit sich selbst beschäftigt sind, um es zu bemerken.

Aber es ist ja auch wirklich nicht so dramatisch. Es ist auch nicht so, als hätte ich eine Essstörung. Ich fand mich nie zu dick und gefalle mir so dünn nicht besser als vorher. Ich kann nur nichts dran ändern.

Ich schaffe es nicht, das Essen bei mir zu behalten – wenn ich überhaupt genug Appetit habe, etwas runterzubringen. Es fühlt sich an, als wäre einfach nicht genug Platz in mir. Vielleicht ist das so, wenn man ein Geheimnis mit sich herumträgt.

Seit Sarah aus der Klinik zurück ist, bewegen wir uns zu Hause nur noch auf Zehenspitzen. Bei den gemeinsamen Mahlzeiten vermeiden wir alle Gesprächsthemen, die irgendwie heikel sein könnten, und am Gästezimmer schleichen wir möglichst geräuschlos vorbei, damit Sarah uns nicht hört. So wie jetzt. Lola lacht hinter mir.

»Hey, was läufst du denn so langsam?« Sie gibt mir einen Schubs, sodass ich mit einem dumpfen Geräusch gegen das Tischchen in der Diele stoße. Ich zucke zusammen und habe das verrückte Bedürfnis, ihren Kopf gegen die Wand zu schlagen, aber dann sage ich mir, dass Lola eben so ist, wie sie ist.

Auf dem obersten Treppenabsatz halte ich kurz an, um Luft zu holen.

»Was ist denn jetzt los?«, fragt Lola. »Hast du vor, für immer hier stehen zu bleiben?«

Sie knufft mich in den Rücken, damit ich weitergehe. Ich bin versucht, sie anzufauchen, sage dann aber nur: »Du weißt doch, dass wir wegen Sarah leise sein müssen.«

»Ich verstehe aber nicht, was ihr das bringen soll«, antwortet Lola. Sie lässt sich auf mein Bett fallen und wirft als Erstes alle Stofftiere runter, die ich ihrer Meinung nach längst entsorgt haben sollte, *weil Fünfzehnjährige keine Kuscheltiere mehr brauchen.* Mein Lieblingsteddy Mr Big Butt landet auf dem Rücken und starrt mich vorwurfsvoll an.

Ich habe nicht die Kraft, sie deswegen anzuschreien, sondern hebe Mr Big Butt nur stumm auf und setze mich mit dem Rücken an die Tür gelehnt auf den Boden. Unten knarrt das Parkett. Also haben wir Sarah doch aufgeweckt. Sofort fühle ich mich schuldig. Das habe ich von Dad geerbt. Sarah sagt immer, dass man ihm nur ein schlechtes Gewissen machen muss, dann würde er einem alles erlauben.

Ich höre schleifende Geräusche und bin mir ziemlich sicher, dass ich weiß, was gerade passiert. Auf der Kinoleinwand in meinem Kopf sehe ich, wie Sarah einen Stuhl aus dem Esszimmer durchs Wohnzimmer schleppt und ihn vor die Tür zu Dads Arbeitszimmer stellt. Sie steigt darauf, streckt sich und tastet über die Zierleiste aus Stuck. Sie sucht den Schlüssel zum Barschrank, der dort aber nicht mehr liegt. Ich habe gesehen, wie Dad ihn weggenommen hat, während sie in der Klinik war.

Jetzt bringt sie den Stuhl wieder ins Esszimmer zurück. Sie läuft kreuz und quer im Wohnzimmer herum, hebt Porzellanfigürchen hoch und schaut hinter Bilderrahmen, vielleicht wühlt sie sogar in Matties Spielzeugkiste. Anschließend geht sie in Dads Arbeitszimmer und sucht in den Schreibtischschubladen, achtet dabei aber darauf, nichts in Unordnung zu bringen. Sie durchsucht alles sehr gründlich, aber den Schlüssel findet sie nicht, weil er da nicht ist.

Jetzt lehnt sie sich vielleicht gerade gegen den Schreibtisch, und ich stelle mir vor, dass ihre Gedanken rasen: *Wo ist er? Verdammt, wo ist er nur?* In ihren Adern pulsiert es:

Ich muss ihn finden. Muss ihn finden. Muss ihn finden. Sie wirft einen Blick auf die Uhr an der Wand. Als Nächstes höre ich ihre Schritte die Treppe heraufkommen. Sie bleibt vor meinem Zimmer stehen und überlegt, ob sie klopfen soll. Dann dreht sie den Knauf und stemmt sich gegen die Tür, die nicht aufgeht, weil ich davorsitze.

Sarah späht durch den schmalen Spalt zu uns hinein. Sie beachtet Lola nicht, genauso wenig wie Mr Big Butt, und auch mich sieht sie nicht wirklich, obwohl ihre Augen auf mich gerichtet sind. Ihr Blick ist panisch.

»Wo ist er?«, fragt sie.

»Wo ist wer?«

»Du weißt genau, wovon ich rede.« Sie stemmt sich wieder gegen die Tür und ich rutsche ein paar Zentimeter vor.

»Nein, ich hab keine Ahnung«, behaupte ich.

Lola rührt sich nicht. Ich glaube, Sarah macht ihr Angst.

Wenn überall erzählt wird, man hätte seine beste Freundin umgebracht, haben die Leute Angst vor einem. Wenn ich Lola umbringen würde, müsste ich mir nie mehr ihre bescheuerten Geschichten anhören und mich auch nicht mehr von ihr herumkommandieren lassen. Dann wäre sie tot und stumm. Ich schäme mich dafür, so etwas zu denken, kann aber nichts dagegen tun.

Sarah starrt immer noch auf mich herunter und versetzt mir mit der Tür einen Stoß. Morgen habe ich bestimmt einen blauen Fleck an der Hüfte. »Tu das nicht«, sagt sie mit einer Stimme, die nicht ihre ist – die echte Sarah hat seit Ellies Tod nicht mehr mit mir geredet. Aber auch wenn sie es nicht ausspricht, verstehe ich, was sie in Wirklichkeit sagt, nämlich: *Bitte zwing mich nicht dazu, dich vor Lola anzubetteln.*

Für mich ist das richtig hart. Eigentlich dürfte ich die Antwort auf ihre Frage gar nicht kennen. Ich dürfte noch nicht mal verstehen, wovon sie überhaupt redet. Aber wir wissen beide, dass ich weiß, wo der Schlüssel ist, und dass genau das mein Problem ist. Ich bekomme immer alles mit.

»Er hat ihn mit Paketband unter den Teppich in seinem Arbeitszimmer geklebt.« Meine Stimme klingt schwach, weil mir bewusst ist, dass ich Dad in diesem Moment verrate. Genau wie Mom und mich selbst und – am allerschlimmsten – Sarah.

Nachdem sie die Tür zugezogen hat, bleibe ich noch einen Moment sitzen und starre ins Leere. Hinter mir sagt Lola: »Ach du Scheiße. Was hat die denn für ein Problem?«

»Gar keins.«

»Gar keins?«, wiederholt Lola, als hätte sie noch nie etwas Dämlicheres gehört.

»Ja, genau. Gar keins«, wiederhole ich, weil es stimmt.

Seit Ellie tot ist, zählen die Dinge, die früher mal wichtig gewesen sind, nicht mehr. Tatsache ist, dass nichts, absolut gar nichts, noch irgendeine Bedeutung hat.

4

Weißt du noch, wie du mit elf die Maus aus der Falle gerettet hast, die dein Vater aufgestellt hatte? Wie du kilometerweit in den Wald gelaufen bist, um sie auch ja an einer Stelle freizulassen, wo ihr ganz sicher nichts mehr passieren konnte?

Sarah

Danach. Januar

Zu Hause beäugen mich meine Schwestern aus sicherer Entfernung, als wäre ich eine Außerirdische oder so was in der Art und als hätten sie noch nie etwas davon gehört, dass es Menschen gibt, die nicht rausgehen wollen und die Tage an sich abtropfen lassen wie Regen an einer Fensterscheibe.

»Sarah?«

Mattie, in deren Mund gerade der erste bleibende Zahn heranwächst, ist noch am mutigsten. Sie sitzt jeden Tag neben mir und guckt mir dabei zu, wie ich *lethargisch* bin. Nur dass sie natürlich nicht weiß, was lethargisch heißt, weil man solche komplizierten Wörter in der Vorschule noch nicht lernt.

Mattie zieht grundsätzlich Klamotten an, die überhaupt nicht zusammenpassen – heute ein blau gestreiftes T-Shirt zu einer rosa-lila gepunkteten Hose –, und sagt verrückte Sachen wie: Wusstest du, dass Nixen nur im Meer leben und nicht in Schwimmbädern? Und wenn sie groß machen müssen, dann schwimmen immer die Kackewürstchen um sie herum, weil es im Meer nämlich kein Klo gibt.

Heute schleppt sie ihr *Dora-die-Entdeckerin*-Buch an. »Lesen wir das?«, fragt sie, und weil sie so gut riecht und so dralle Ärmchen und Oberschenkel hat und mir keine schwierigen Fragen stellt, zögere ich nicht, sie auf den Schoß zu ziehen und mein Gesicht im süßen Duft ihrer Haare zu vergraben.

Mattie liebt es, Bücher vorzulesen. Sie ist die geborene Vorleserin. Und ich liebe es, Mattie beim Lesen zuzuhören, wenn sie mit hoher Stimme die Wörter zu einer endlosen Kette aneinanderreiht, ohne sie durch einen einzigen Atemzug zu durchbrechen.

Aber als Mattie mir heute vorliest, kann ich mich nicht auf sie konzentrieren, weil Moms und Dads streitende Stimmen aus dem Schlafzimmer dringen.

»Wir können ihr nicht helfen«, sagt Mom.

»Bitte hab doch Geduld, Serena«, stöhnt Dad erschöpft. »Sie wird sich schon wieder fangen. Wir müssen ihr Zeit geben, um …«

»Du bist ja immer nur für ein paar Tage zu Hause und dann fährst du wieder. Du weißt nicht, wie es ist … wie es für die Mädchen ist, sie so zu sehen. Du weißt nicht, wie das für mich ist. Sie liegt nur im Bett und sieht fern. Den Schulstoff, den sie durcharbeiten müsste, schaut sie sich noch nicht einmal an. Wenn sie so weitermacht, schafft sie dieses Jahr den Abschluss nicht und dann …«

»Ist das denn so wichtig?«

Mom schweigt.

Ich stelle mir vor, wie sie versucht, die in ihr aufsteigende Panik zu unterdrücken, weil Dad es nicht mag, wenn man hysterisch ist. Aber es gelingt ihr nicht und bald fängt sie wieder an. »Verstehst du denn nicht, sie …«

»*Bitte*, Serena. Ich bin gerade erst nach Hause gekommen. Ich habe noch nicht einmal geduscht.«

Ich denke daran, wie müde er vorhin aussah, als er zur Tür hereinkam, die Stiefel mit Schlamm verkrustet. Aber Mom scheint das schon vergessen zu haben.

»Wann dann?«, faucht sie. »Wann sollen wir dann darüber sprechen? Das geht jetzt schon Wochen so. Wir müssen etwas unternehmen …«

Mitten im Satz bricht ihre Stimme und danach höre ich nur noch ihr sehr viel leiseres Schluchzen.

Mattie zupft an meinem Ärmel, um mich daran zu erinnern, dass es sie auch noch gibt. Ich ziehe sie an mich und drücke ihr einen Kuss auf den Scheitel. Sie liest weiter vor, aber ich höre nicht zu.

»Oh Mann.« Tommy sitzt am Fenster und lehnt sich mit dem Stuhl nach hinten. Das ist mein Lieblingsplatz. Hier sitze ich immer und starre auf die Welt da draußen. »So oft wie deine Mutter mich bittet, vorbeizukommen, muss es echt schlimm um dich stehen.«

Tommy ist mein Freund, Nachbar und mittlerweile ehemaliger Mitschüler. Außerdem ist er mehr oder weniger dauerbreit. Er kennt mich noch aus der Zeit, bevor ich das Etikett »schwieriger Fall« aufgeklebt bekommen habe. Als ich noch nicht unter ständiger Beobachtung stand und mir niemand vorwerfen konnte, an den grauen Strähnen in den blonden Haaren meiner Mutter schuld zu sein.

»Hey, Mädchen im Mond, sitz nicht bloß da und starr nach draußen. Sprich mit mir.« Tommy hat natürlich was geraucht, bevor er rübergekommen ist. Das erkenne ich an seinen Augen.

»Worüber willst du reden?«, frage ich ohne große Begeisterung. Hinter mir liegt einer dieser langen Tage, an denen so wenig passiert, dass sie einem noch länger vorkommen.

»Was weiß ich. Keine Ahnung. Soll ich dir was aus der Schule erzählen? Würde dich das aufmuntern?« Tommy lacht. »Hey, lass dich nicht so hängen. Nimm dir ein Beispiel an mir. Ich bin gut drauf, bist du gut drunter?«

»Halt die Klappe, Tommy«, sage ich und muss daran

denken, wie Ellie immer auf seine Sprüche abgefahren ist. Die beiden konnten stundenlang Blödsinn schwafeln und sich gegenseitig mit irgendwelchem Quatsch übertrumpfen.

Sie hätte jetzt wahrscheinlich im breitesten Südstaaten-Forrest-Gump-Singsang gesagt: *Das Leben ist wie eine Schachtel Pralinen. Man weiß nie, was man bekommt.*

Worauf Tommy gequickt hätte. *Mommy, Mommy, ich mag die rote Suppe nicht!*, und sich mit dröhnender Bassstimme selbst geantwortet hätte: *Halt's Maul, Kind, und iss. Die gibt's nur einmal im Monat.*

Ellie hätte dann grunzend einen Tanz aufgeführt und mit dramatischer Stimme *Schwein oder nicht Schwein, das ist hier die Frage* gesagt.

Tommy hätte feierlich die Hände gefaltet. *Hanf unser, der du bist in Jamaica, geraucht werde dein Joint, dein Rauch komme, deine Wirkung geschehe …*

So war das zwischen den beiden abgelaufen und dann hatten sie immer den totalen Lachflash bekommen. Tommy, weil er sich wirklich witzig fand, und Ellie, weil sie sich insgeheim nur über ihn lustig machte und er das nicht merkte. Manchmal hatte ich den beiden zugesehen und mich wie die Außenseiterin gefühlt.

»Vermisst du sie nicht?« Meiner ruhigen Stimme ist nicht anzuhören, wie es in mir drin aussieht.

»Hm?« Tommy schüttelt den Kopf, als würde er nicht

verstehen, wen ich mit »sie« meine. Dann verengt er die Augen und richtet den Blick konzentriert auf meine nackten Zehen.

Seit ich nicht mehr in die Schule gehe und in der Außenwelt aufgehört habe zu existieren, kommt Tommy mich jeden Sonntag besuchen, aber Ellie hat er bis jetzt noch kein einziges Mal erwähnt.

»Ellie. Vermisst du sie nicht?«

»Ey, bitte, *Sarah* …« Tommys Füße kommen mit einem lauten Knall auf dem Parkettboden auf. Er zupft an einem Faden, der aus dem Saum seines T-Shirt hängt.

»Ich will dich nicht runterziehen.« Mein Herz schlägt schneller, als ich mich an die Nacht erinnere, in der es violette Pillen auf uns regnete und ich das Echo von Ellies Stimme hörte: *Na los, trau dich, Sarah. Trau dich doch.*

Ich atme tief durch. »Ich will nur wissen, ob du sie vermisst.«

Tommy packt mich am Handgelenk und zieht mich so dicht zu sich heran, dass ich sein Herz höre, das verletzlich unter seiner Haut schlägt. Er küsst mich, streichelt sanft meinen Rücken und sagt: »Du weißt doch genau, wie ich sie vermisse.« Dann sagt er es noch einmal: »Du weißt das.«

Und ich weiß es ja wirklich. Ich fühle mich schlecht, weil ich ihn gezwungen habe, es auszusprechen, weil es jetzt zwischen uns steht. Und vor lauter schlechtem Gewissen umarme ich ihn. Mache alles mit Küssen ungeschehen. Bete, dass seine Berührungen meine Haut verwandeln, um freizulegen, was sich darunter verbirgt.

Eine Stunde später liegen wir ineinander verschlungen in meinem zerwühlten Bett und mein Kopf ruht an seiner Brust. Seine Finger zeichnen die blassen Narben auf meinem Bauch nach – die Narben von früher.

Als ich Ellie das erste Mal dabei erwischte, waren wir noch in der Middleschool. Sie stand im Materialraum unseres Kunstsaals, hob ihren Rock hoch und drückte die Klinge eines Teppichmessers in das blasse Fleisch an der Innenseite ihres Schenkels.

»Das ist überhaupt nicht schlimm«, sagte sie, als sie mein schockiertes Gesicht sah.

Ich stieg über die Kunststoffboxen mit Farben und Pinseln, die am Boden standen, und sah, wie das Blut in feinen Rinnsalen an ihrem Bein entlanglief. »Warum machst du das?«

Wir waren vierzehn und entwickelten uns mit jedem Monat zu einer größeren Gefahr für uns selbst und andere.

Ellie befeuchtete die Kuppe ihres Zeigefingers mit der Zunge und verrieb einen dünnen Streifen Blut auf ihrer Haut. »Keine Ahnung. Sag du es mir.« Sie hielt mir das Messer hin, dessen Klinge rot glänzte. »Es ist genug Zeit«, sagte sie, als ich ängstlich zur Tür schaute. Ich spürte, dass sie wartete. Sie wartete immer geduldig darauf, dass ich bei dem, was sie tat, mitmachte.

Ich wollte nicht, dass genug Zeit war, und gleichzeitig wollte ich es doch. Ellie riss mich aus einer Welt, die mir vernünftig und richtig erschien, in eine andere, die sich gut anfühlte, weil das, was darin passierte, so offensichtlich unvernünftig war. Es war, als würden wir gemeinsam an einen Ort fliehen, an dem es nicht darum ging, angepasst zu sein und das Richtige zu tun, sondern darum, Fehler machen zu können und zu wissen, dass es zumindest unsere eigenen waren.

Mir wurde schwindelig, als ich nach dem Teppichmesser griff, und die Konturen des Raums begannen vor meinen Augen zu verschwimmen. Ich spürte Ellies durchdringenden Blick auf mir, während ich langsam mein T-Shirt hochschob und einen Streifen Haut freilegte.

»Dann sind wir Blutsschwestern«, sagte Ellie. Sie sah zu, wie ich den ersten Schnitt machte, und lachte leise, als ich nach Luft schnappte. Aus der feinen rosa Linie quollen winzige Blutstropfen, die in den Bund meiner Jeans sickerten. Nach einiger Zeit sah ich den Raum wieder scharf, aber mein Atem ging immer noch stoßweise.

Ellie lächelte. »Schwestern für immer.«

Das war ihre größte Lüge.

Tommy vergräbt sein Kinn in meinen Haaren und ich zwinge mich wieder in die Gegenwart zurück.

»Wie ruhig es bei euch ist«, sagt er.

Das stimmt. Es ist ruhig im Haus, wenn mein Vater arbeiten und meine Mutter mit meinen Schwestern in die Nachmittagsvorstellung ins Kino gefahren ist. Das macht sie jeden Sonntag, während Tommy da ist. Ich wette, sie sorgt für sturmfreie Bude, weil sie darauf hofft, dass ihm während ihrer Abwesenheit der große Zaubertrick gelingt. Dass er es schafft, mein anderes Ich wieder hervorzulocken – die Version von mir, die sie zwar auch nie besonders toll fand, aber immer noch besser als die, die sie jetzt hat.

Tommy drückt mich an sich und räuspert sich nervös. »Hör zu, es gibt da was … wegen Ellie, was ich dir sagen möchte.«

»Okay.« Er sieht ein bisschen ängstlich aus. Als er nach ein paar Minuten noch nicht weitergeredet hat, frage ich: »Sagst du's mir noch?«

»Ja, gleich.«

»Worum geht es denn? Jetzt erzähl schon.«

»Also …« Er seufzt. »Du und ich, wir hatten doch diesen Krach, weißt du noch? Ein paar Tage, bevor …« Er zögert. »Du weißt schon, bevor … Ellie gestorben ist.«

»Ja.« Zwischen uns gab es ständig Zoff, es war ein ewiges Hin und Her. Manchmal kamen wir klar, dann hassten wir uns wieder – aber der Streit an dem Abend war der schlimmste, den wir je gehabt hatten. Ich war mir damals sicher gewesen, dass es zwischen uns endgültig aus war, aber dann war das mit Ellie passiert.

»Na ja, also ... Ellie hat mir an dem Abend eine SMS geschickt und gefragt, was ich mache und ob sie rüberkommen kann. Sie hatte Stress mit ihrem Stiefvater.«

»Wegen was?«

»Hat sie dir das nicht erzählt?« Er beißt sich auf die Unterlippe.

»Nein. Wieso, was war denn?«

Er setzt sich im Schneidersitz im Bett auf, seine Haare stehen wild in alle Richtungen ab. »Irgendwie war sie komisch. Erst hat sie nicht wirklich was darüber gesagt. Als sie zu mir rüberkam, war es ungefähr zehn und sie war schon total zugeknallt, hat mich aber trotzdem gefragt, ob ich was für sie hätte.« Er schüttelt den Kopf und seufzt. »Scheiße, Mann, sie war echt richtig im Arsch. Aber als sie endlich angefangen hat zu reden, hab ich ehrlich gesagt auch nicht so richtig kapiert, was los war.«

»Dann versuch doch einfach mal, es so klar wiederzugeben, wie es eben geht.« Ich weiß, dass das viel verlangt ist. Wenn Ellie in diesem Zustand war, war es fast unmöglich nachzuvollziehen, was in ihr vorging.

»Oh Mann ... ich hoffe, das klingt jetzt nicht irgendwie total daneben, aber ... Ist dir mal aufgefallen, dass Ellie ihrem Stiefvater gegenüber manchmal echt seltsam war?«, fragt Tommy.

»Inwiefern?« Meine Stimme klingt sachlich, aber mein Magen zieht sich zu einem Knoten zusammen.

»Na ja… irgendwie fast so, als würde sie ihn… anmachen?«

»Doch, ja«, sage ich langsam. Das war mir auch aufgefallen, aber ich hatte mir immer gesagt, dass sie das nur machte, weil sie betrunken war. Dass das eben Ellies Art war und sie gar nicht anders konnte, weil sie immer sämtliche Grenzen bis ins letzte Extrem ausloten musste.

»Soweit ich es verstanden hab, ist er deswegen ausgeflippt und hat ihr vorgeworfen, dass sie es darauf anlegt, seine Ehe kaputt zu machen, und dass es vielleicht besser für alle wäre, wenn sie zu ihrem Vater ziehen würde.«

»Moment mal… was?« Ich setze mich auch auf und wickle mir die Decke um den Oberkörper.

»Ich weiß. Hart.« Er setzt sich ans Kopfende, streckt seine langen Beine aus und sieht nachdenklich zum Fenster. Ich folge seinem Blick. Als ich mich ihm wieder zuwende, knabbert er wie wild an seinem Daumennagel.

»Hör auf!« Ich reiße ihm die Hand vom Mund. Der Nagel ist bis aufs Fleisch runtergekaut. Tommy sieht mich an, seine Augen glänzen.

»Hey.« Ich rutsche zu ihm hin und halte seine Hand in meiner. »Was ist denn los?«

»Dann weißt du es also nicht?« Er sieht sich um, als wollte er jede kleinste Einzelheit im Zimmer in sich aufnehmen: das zerwühlte Bett, sein zerknäult am Boden liegendes T-Shirt und uns beide, obenrum nackt und mit aufgeknöpften Jeans.

Ich zögere verunsichert. Schließlich frage ich: »Was müsste ich wissen?«

»Na ja, ich hab mich das schon die ganze Zeit gefragt … aber ich wusste nicht, ob … Ich dachte, sie hätte es dir vielleicht gesagt, und du wolltest … nur nicht darüber reden, weil … na ja … wegen allem, was danach passiert ist.«

»Ich habe keine Ahnung, wovon du sprichst.« Die habe ich wirklich nicht, aber ich ahne, dass das, was er mir gleich sagen wird, nichts Gutes ist.

»Oh.« Tommy greift nach meinen Händen und drückt sie sich auf die nackte Brust, aber ich entwinde mich seinem Griff und lege sie in meinen Schoß.

»Hey, komm zu mir.«

»Was müsste ich wissen, Tommy?«, frage ich noch einmal mit fester Stimme.

Er schiebt sich wieder den Daumen zwischen die Zähne, worauf die Wunde sofort zu bluten beginnt.

»Verdammt, Tommy!« Ich greife nach der Schachtel Kleenex, die auf dem Nachttisch steht, und werfe sie ihm hin. Er wickelt sich ein Tuch um den Daumen, das Blut zeichnet sich als dunkler Schatten auf dem Zellstoff ab.

»Ellie und ich haben uns in der Nacht echt abgeschossen«, sagt er.

»Ja, das hast du vorhin schon gesagt …«

»Jetzt lass mich doch erzählen, Sarah. Ich …« Er springt aus dem Bett, geht im Raum auf und ab und nagt am Nagel des anderen Daumen. Ich sehe ihm zu und versuche noch zu begreifen, als plötzlich von einer Sekunde zur anderen alles glasklar ist. Der Knoten aus Angst, der sich in meinem Inneren immer enger zusammengezogen hat, löst sich in einem Zucken auf.

Tommy sieht mich an. In seinen Augen stehen Tränen.

»Du hast mit ihr geschlafen«, sage ich langsam. »Stimmt's?« Meine Stimme wird lauter. »Das ist es, oder?«

Er nickt. »Aber doch nur, weil wir uns so gestritten hatten … Ich meine, das war echt hart, und du hast mir gesagt, dass du keinen Bock mehr auf mich hast …«

»Ach ja? Das hatte ich vorher allerdings auch schon ungefähr tausendmal gesagt …«

»Sarah, *bitte.* Du hast gesagt, dass es diesmal was anderes wäre. Du hast gesagt, dass du meinen Anblick nicht mehr erträgst! Sag nicht, dass das nicht stimmt«, fleht er, setzt sich auf die Bettkante und will mir einen Arm um die Schulter legen.

Ich stoße ihn weg. Von ihm berührt zu werden, ist das Letzte, was ich jetzt will. »Doch, das stimmt. Wir sind endgültig fertig miteinander.«

»Sarah, du hast immer gesagt, dass du nicht richtig mit mir zusammen sein willst …« Seine blutig geknabberten Finger schließen sich um meinen Oberarm. »Bitte, Sarah …« Als ich mich wehre, verstärkt er seinen Griff noch. »Hör mir doch zu.«

»Lass mich los!« Ich verkralle meine Nägel in sein Handgelenk und presse sie so fest hinein, dass ich mir eigentlich sicher bin, dass es blutet.

»Hey!« Er springt auf und starrt die tiefen halbmondförmigen Kerben in seiner Haut an. »Jetzt flipp nicht so aus. Das mit uns war vorbei. Du wolltest mich nicht mehr. Ich dachte … *Sarah*, jetzt tu bitte nicht so, als gäbe es bei dir nicht auch irgendwelche Sachen, die du mir nicht erzählst. Wir haben alle unsere Geheimnisse.«

Ich lasse mich nach hinten aufs Bett fallen und drücke mir schützend ein Kissen an die Brust. »Vor dir und vor Ellie habe ich nie welche gehabt …«

Wir wissen beide, dass das gelogen ist. Dass ich ihnen nicht alles erzählt habe, was zwischen mir und Jake gewesen ist. Aber Tommy hat das Thema nie angesprochen und tut es auch jetzt nicht. Er geht ums Bett herum, setzt sich neben mich, nimmt mein Kinn in die Hand und zwingt mich, ihn anzusehen.

»Sarah, jetzt mach nicht so einen Aufstand. Zerstör das nicht auch. Du und ich … wir sind alles, was übrig ist.« Er sieht mich eindringlich an. »Ich meine, es ist ja nicht so, als würdest du mich lieben. Jedenfalls nicht auf die Art. Stimmt doch, oder?« Er wartet. Als ich nicht reagiere, quetscht er mein Kinn zusammen.

»Tommy! Du tust mir weh.« Ich versuche, den Kopf zu drehen, aber er hält mich fest, und ich spüre, dass er wütend wird, was bei ihm nie gut ist. »Bitte, Tommy«, sage ich leise. »Ich glaube, es ist besser, wenn du jetzt gehst. Meine Mutter kommt auch bald nach Hause.«

Aber das scheint ihm egal zu sein. »Sprich es einfach aus, Sarah. Sprich es aus.«

»Was? Ich weiß nicht, was ich aussprechen soll.«

»Dass es dir egal ist …« Er kämpft einen Moment mit sich und sein keuchender Atem erfüllt den Raum. »Dass ich dir nie irgendwas …«

»Tommy, bitte!« Mir schießen die Tränen in die Augen und das bricht den Bann. Endlich lässt er mich los und ich flüchte mich in die hinterste Ecke des Bettes.

»Ich weiß nicht, was du von mir willst …« Meine Stimme erstirbt. Ich starre an die Decke und gehe in meinem Kopf an einen Ort, wo ich einen anderen Tommy sehe. Den Tommy, mit dem ich seit der sechsten Klasse befreundet bin. Der zweite Junge in meinem Leben, den ich geküsst habe, auch wenn es nur ein Experiment war damals bei Ellie im Keller, mit dreizehn. Und mit vierzehn war er der erste Junge, der mich im Arm gehalten hat, auch wenn das mehr deshalb war, weil ich auf LSD total ausgeflippt bin, als ich die Sirene des Spielzeugpolizeiautos meiner kleinen Schwester für echt gehalten und Panik bekommen habe, wir würden jetzt gleich verhaftet werden. Und mit fünfzehn war er der erste Junge, mit dem ich die Nacht verbracht habe, auch wenn wir dabei angezogen und so betrunken gewesen waren, dass wir praktisch bewusstlos bei Ellie im Zimmer auf dem Boden lagen und uns nicht mehr wegbewegen ließen.

Diesen Tommy sehe ich vor mir, nicht den, der hier ist. Dann höre ich ihn leise weinen und er tut mir leid. Wir beide tun mir unendlich leid.

Ich weiß nicht, wie ich ihn trösten soll, aber es ist klar, dass er mich braucht. Also rutsche ich wieder zu ihm hin und schmiege mich an ihn. Und obwohl ich ihm eben noch gesagt habe, er soll gehen, bitte ich ihn jetzt zu bleiben. Ich sage ihm, dass zwischen uns alles gut wird. Seine Schultern sacken nach vorn, und er schluchzt so, dass er am ganzen Körper zittert.

Kurz darauf biegt Moms Wagen in die Einfahrt. Tommy zuckt zusammen. Er steht auf und bückt sich nach seinem T-Shirt. »Tut mir leid, okay?«, sagt er leise.

»Ich weiß doch«, sage ich, springe vom Bett, schüttle die Decke auf und fange an, das Zimmer aufzuräumen. Und während ich das tue, nehme ich mir vor, diesen Nachmittag zu vergessen. Zu vergessen, dass wir so zueinander sein können.

5

Komm, wir halten uns an den Händen und tun so, als ob.

Jake

Davor. November

»Es läuft hier gerade nicht so gut für mich«, sagte Ellie. Ich hatte Probleme, sie übers Telefon zu verstehen, weil ihre Stimme so zitterte.

»Was meinst du damit genau?«, fragte ich. Es war schon spät, richtig spät. Ich hatte am nächsten Tag Vorlesungen, war aber noch wach, weil ich nie vor drei, vier ins Bett ging. »Warte kurz«, sagte ich, beugte mich über Amber, die ich vor ein paar Tagen in einer Bar in der Nähe der Uni kennengelernt hatte, und stellte die Musik leiser. »Okay, jetzt erzähl.«

»Das kostet mich alles so viel Kraft, Jake«, sagte sie. »Es ist echt krass.« Der panische Unterton in ihrer Stimme überraschte mich nicht. Seit ich aus Smith nach New York gezogen war, rief sie regelmäßig an. In manchen Nächten hörte sie sich an, als hätte sie Angst zu Hause ohne mich. Manchmal war sie auch total aufgekratzt, fast manisch, und wir quatschten stundenlang. Dann wieder saßen wir, das Handy am Ohr, fast schweigend da, und unser Gespräch verlief so holprig wie eine Fahrt über eine Straße voller Bodenwellen. Aber selbst in solchen Nächten spürte ich, dass sie nicht auflegen wollte.

Immer stellte sie mir Fragen. *Was hast du heute gemacht? Kommst du mittlerweile besser mit diesem einen Dozenten klar? Ist der Typ auf deinem Stockwerk immer noch so scheiße?* Aber wenn ich umgekehrt genauer wissen wollte, was bei ihr gerade so los war, blieb sie wortkarg.

»Am liebsten würde ich zu dir ziehen, Jake«, sagte sie schließlich. Die Idee war nicht neu. Ellie redete seit Monaten davon, aber ich war nicht sonderlich davon überzeugt.

In New York bestimmte ich allein über mein Leben. Ich war selbstbewusster geworden und hatte das Gefühl, meinen Platz gefunden zu haben. Mein immer gleicher Tagesablauf hatte etwas Beruhigendes: Um acht klingelte der Wecker, von neun bis zehn lernte ich für die Uni, um zehn holte ich mir einen Kaffee, danach ging ich in die Vorlesungen und anschließend zum Lernen in die Bibliothek. Wenn ich mich einsam fühlte, ging ich in Clubs oder Bars – es gab genügend, in denen mein gefälschter Ausweis nicht kontrolliert wurde – und lernte Mädchen kennen, deren Namen ich bald wieder vergaß. Zum ersten Mal in meinem Leben war ich total egoistisch und das genoss ich. Es war eine Erleichterung, mich nicht mehr für meine Mutter und meine Schwester verantwortlich fühlen zu müssen. Ich spürte so was wie Hoffnung in mir aufkeimen und fühlte mich frei.

»In einer Woche ist Thanksgiving und ich komme sowieso nach Hause. Lass uns dann darüber reden, okay?«

»Ich glaub aber, es wäre gut, wenn du jetzt gleich kommen würdest, Jake«, sagte Ellie.

Ich drehte mich auf die Seite und betrachtete das Schwarz-Weiß-Poster von Jim Morrison an der Wand, das Sarah mir am Abend vor meiner Abreise geschenkt hatte. In Anspielung auf einen meiner Lieblingssongs von den Doors hatte sie auf die Rückseite geschrieben: *Ich weiß zwar nicht, wie es auf der anderen Seite aussieht, aber ich hoffe, du bringst mich eines Tages dorthin.*

»Mach's mir nicht so schwer, Ellie«, sagte ich, weil ich schon auf der anderen Seite war und dort ein Gefühl der Unabhängigkeit gefunden hatte, das nicht mit ihr oder meiner Mutter oder Sarah vereinbar war.

Amber stupste mich an. »Wer ist Ellie?«

»Meine Schwester. Sie ist meine Schwester.«

Amber rollte sich auf den Bauch. Das Laken bedeckte ihren Körper nur von der Taille abwärts und ich zeichnete mit dem Finger die Konturen ihrer Rippen nach. Ihr Blick hatte etwas Besitzergreifendes. »Ich wusste nicht, dass du eine Schwester hast.«

»Mit wem redest du?« Ellies Stimme wurde plötzlich dunkler, wie immer, wenn sie innerlich die Stacheln aufstellte. »Wer war das? Hast du gerade Besuch, Jake? Ich will nicht mit dir reden, wenn jemand da ist. Warum kannst du eigentlich nie allein sein?«

»Hey, wäre es okay für dich, wenn du mich einen Moment allein lässt?«, sagte ich zu Amber.

Sie verengte die Augen. Ich stieß sie sanft mit dem Fuß an und sagte lautlos: *Bitte!* Amber stand träge auf. Im Bad schob sie das Fenster hoch, stieg auf den Toilettendeckel und zündete ihre Pfeife an. Wie sie da kauerte, wirkte sie wie ein Vogel, der auf einer Stromleitung sitzt.

»Ist sie weg?«, fragte Ellie.

»Ja.«

»Gut.« Sie schwieg einen Moment. »Jake, ich würde am liebsten sofort zu dir nach New York kommen und bei dir wohnen. Du weißt nicht, was ich hier durchmache. Wie schrecklich es ist … Die sind alle so …«

Amber räusperte sich. Ich drehte den Kopf und betrachtete sie. Sie ließ lächelnd eine Hand über ihre Brüste und Rippen nach unten gleiten, verharrte einen Moment auf ihrem Bauch, dann streiften ihre Fingerspitzen über ihre …

»Jake? Hörst du mir überhaupt zu?«, sagte Ellie.

Wenn Ellie getrunken oder geraucht oder zu viele von den Pillen unserer Mutter eingeworfen hatte, bekam sie oft paranoide Anwandlungen.

»Wann hast du eigentlich das letzte Mal durchgeschlafen?«

»Jake, bitte. Bitte tu das nicht.« Ihre Stimme wurde lauter. »Ich muss echt unbedingt mit dir reden … Es ist wirklich wichtig. Aber ich will dich dabei sehen.« Sie begann zu weinen, ein kehliges Schluchzen, das von stoßweisen Atemzügen und Schluckauf unterbrochen wurde.

»Hey … Ellie, sag mir, was los ist. Warum kannst du es mir nicht einfach jetzt sagen?«

Ellie schluchzte zu heftig, um antworten zu können. Ich sah wieder zu Amber rüber und versuchte, innerlich Abstand zu dem Drama um meine Schwester zu bekommen, zu der Bitte, von der ich wusste, dass sie gleich kommen würde.

»Ich kann nicht darüber reden«, sagte sie endlich. »Nicht am Telefon. Du hast mir versprochen, dass du kommst, wenn ich dich brauche, Jake. Und jetzt brauche ich dich. Bitte komm nach Hause.«

Ich seufzte, weil ich mein Versprechen natürlich nicht vergessen hatte. Aber die Fahrt nach Ohio war lang, und ich dachte an all die Dinge, die ich vorher noch erledigen musste: packen, meinen Dozenten per Mail Bescheid geben, dass ich ein paar Tage weg sein würde, einen Mietwagen besorgen. Ich dachte an den verfrühten Schneesturm, der die Straßen gestern zugeschneit hatte. Und ich dachte wieder an meine Mutter und an Sarah.

»Jake, du hast es versprochen.«

»Ja, ich weiß. Ich hab es versprochen.«

»Dann kommst du also?«

»Ja, so bald ich kann.«

»Okay, dann ist gut.« Sie schwieg. Ihr Atem ging gleichmäßiger und beruhigte sich irgendwann zu einem gleichmäßigen Aus und Ein. Dann wurde es ganz still in der Leitung, und ich wusste, sie hatte aufgelegt.

Ein paar Minuten saß ich mit dem Telefon in der Hand da, ohne mich zu rühren. Schließlich stand ich auf, ging zum Schrank, griff nach ein paar T-Shirts und warf sie zusammen mit einer Jeans in meine Reisetasche. Ich packte Unterhosen und Socken dazu und ein Paar feste Schuhe. Im Badezimmer nahm ich die Zahnbürste aus dem Glas. Amber beobachtete mich stumm. Sie kauerte immer noch auf der Toilette. Immer noch nackt. Immer noch rauchend. Die Augen leicht glasig.

Sie sagte: »Hey...«

»Hey...« Fasziniert von ihrer walnussbraunen Farbe, berührte ich eine ihrer Brustwarzen. Amber lächelte und nahm einen langen Zug aus der Pfeife. Sie strich leicht über mein Bein.

»Musst du weg?«

»Ja.«

»Jetzt gleich?«, fragte sie. »Heute Nacht noch?«

»Ja. Ich glaub, das wäre am besten. Es ist eine lange

Fahrt nach Ohio. Ungefähr elf Stunden. Und ich muss auch noch einen Mietwagen besorgen …«

Ihre streichelnde Hand wanderte meinen Schenkel hinauf. »Du willst echt heute Nacht noch losfahren? Dazu ist es zu spät.«

»Ich muss wirklich.«

Sie legte die Pfeife auf den Waschbeckenrand. »Aber nicht heute Nacht. Die Straßen sind total vereist.« Und dann hörte sie auf zu reden und ich spürte ihren warmen Atem an meinen Lenden. Ihre glänzenden schwarzen Haare schwangen vor und zurück wie ein Vorhang, der von einem Ventilator gebauscht wird. »Außerdem ist um die Zeit überhaupt kein Mietwagenverleih offen. Nein.« Sie schüttelte den Kopf. »Nicht heute Nacht.«

Ein paar Sekunden vergingen, ihr Atem strich über meinen Schenkel, und ich sagte: »Es wäre wirklich verrückt, in der Dunkelheit loszufahren.« Und noch ein paar Sekunden später sagte ich: »Ich fahre morgen, gleich nach der Vorlesung.«

Amber sah zu mir auf und leckte sich langsam über die Lippen. Ihre Augen waren dunkelbraun und erinnerten mich an die von Sarah, aber diesen Gedanken verscheuchte ich schnell. Ich wollte nicht an Sarah denken oder an Tommy oder daran, dass ich dort hinfahren musste. Ich wollte mich nur in Amber verlieren und in diesem Moment.

»Morgen Abend«, sagte sie. »Das ist viel besser.«

Sie hatte recht. Die Straßen waren vereist. Und was würde es Ellie nützen, wenn ich unterwegs einen Unfall baute? *Ellie ist zäh*, sagte ich mir. *Den einen Tag hält sie auch noch durch. Außerdem sind da ja noch Sarah und Tommy. Die werden auf sie aufpassen. Was soll schon passieren?*

Und dann sagte ich: »Ja, morgen Abend.«

Amber führte mich zum Bett zurück, die Spitzen ihrer glänzenden schwarzen Haare strichen über ihren braunen Rücken. Sie tastete nach dem Lichtschalter, aber ich schob ihre Hand weg. Ich wollte alles sehen. Sie lächelte mich an. Ich dachte: *Ein Tag mehr oder weniger macht keinen Unterschied. Sie wird das schon packen.*

Dann setzte sich Amber mit gespreizten Schenkeln auf mich, und ich hörte auf, an Ellie zu denken.

6

Tropfnass im Bad stehend, plane ich jeden Schritt akribisch voraus. Erst abtrocknen und schnell die Unterhose anziehen. Das wäre schon mal abgesichert. Danach das Unterhemd und die Socken und darüber den Schlafanzug. Dadurch hab ich den Rest auch abgesichert. Und dann auf Zehenspitzen über den Flur in mein Zimmer schleichen und die Tür abschließen. Damit auch das abgesichert ist.

Versuchen, mich morgen nicht daran zu erinnern, warum das alles.

Jessie

Danach. Januar

Als Lola weg ist, sitze ich auf dem Bett und starre an die Wand, bis ich irgendwann eine Stelle bemerke, an der die Farbe abblättert. Es ist nur eine winzige Unvollkommenheit und trotzdem bricht mir der Anblick das Herz.

Wir haben das Zimmer vor fünf Jahren gestrichen, ein paar Monate nach unserem Umzug nach Smith. Sarah hat das Mitternachtsblau für die Wände ausgesucht, ich den silbernen Lack für die Tür. Mom hat den größten Teil gestrichen, dabei die CD von irgendeiner Sängerin gehört, die wir nicht kannten, und die Hüften im Rhythmus der alten Songs gewiegt.

Als wir abends in unseren Betten lagen, hing der Geruch der frischen Farbe noch in der Luft. Sarah drehte sich zur Seite, band ihre braunen Haare zu einem Pferdeschwanz zusammen und sah mich ernst an.

»Fandest du nicht auch, dass Mom heute irgendwie komisch war?«, fragte sie. »Anders, meine ich. Aber gut anders. Zum Beispiel dass sie so getanzt hat. Es kam mir fast so vor, als wäre sie …« Sie sagte nicht *glücklich* oder *ausgelassen*, obwohl beide Wörter es gut getroffen hätten, weil wir damals nicht in solchen Kategorien über unsere Eltern nachdachten. Aber wenn sie sich anders verhielten als sonst, fiel uns das auf.

»Was war das für ein Stein an der Kette, die sie anhatte?« Dad hatte sie ihr kürzlich geschenkt. Ich dachte daran, wie sich der Anhänger leuchtend blau von ihrer Haut abgehoben hatte. Die Farbe war fast die gleiche wie die ihrer Augen und ließ sie noch mehr strahlen.

»Das war ein Lapislazuli«, murmelte Sarah. Und weil sie die Angewohnheit hatte, Wörter, die sie schön fand, zu wiederholen, sagte sie es danach gleich noch einmal, nur leiser. Ich sagte es auch und beim zweiten Mal klang es ganz genauso wie bei ihr. »Lapislazuli.«

»Wollen wir morgen wieder mit den Glamour Dolls spielen?«, fragte Sarah. Bevor sie Ellie kennenlernt hatte und cool und beliebt wurde, saß sie oft Stunden in unserem Zimmer und baute hinter ihrem Bett an einer Stadt für die Glamour Dolls. Ich träumte lieber mit offenen Augen vor mich hin oder las Bücher, für die ich eigentlich noch ein bisschen zu jung war. Bücher wie *Forever* von Judy Blume. Ich hatte die zerfledderte Taschenbuchausgabe in Moms Erinnerungenkiste gefunden und in einem Rutsch durchgelesen, war danach aber wochenlang deprimiert gewesen, weil der Inhalt darauf hinausläuft, dass Jungs ekelhaft sind und die erste Liebe nicht ein Leben lang hält.

»Mal schauen«, sagte ich absichtlich vage, weil ich es genoss, dass ausnahmsweise sie diejenige war, die etwas von mir wollte.

»Bitte. Das macht dir doch auch Spaß.«

Manchmal schon, aber oft fand ich es auch langweilig. Die Geschichten, die Sarah sich ausdachte, folgten immer dem gleichen Muster: Es ging jedes Mal um ein bei allen beliebtes Mädchen, dem irgendetwas Tragisches zustieß. Ihr Vater verschwand spurlos, die Schwestern wurden entführt, die Mutter verließ die Familie. Happy Ends waren die Ausnahme.

Ungefähr einen Monat vor ihrem Tod erzählte ich Ellie davon. Es war im Oktober. Die Glühwürmchen waren verschwunden, und ihre Larven warteten in der Erde vergraben auf den nächsten Sommer, aber bei Ellie im Zimmer war es warm und gemütlich.

»Na ja, ist doch kein Wunder, oder?«, meinte sie. »Was ist eigentlich mit ihrem richtigen Vater? Wo ist der?«

Wahrscheinlich hätte mir dieser Zusammenhang klar sein müssen. Schließlich suchte ich immer Antworten darauf, warum die Dinge so waren, wie sie waren.

Frage: Warum blinken Glühwürmchen?

Um Paarungspartner anzulocken.

Aber genauso wie ich nie darüber nachgedacht hatte, ob meine Mutter glücklich war, hatte ich nie über Sarahs Stellung in unserer Familie nachgedacht oder darüber, ob sie sich womöglich nicht ganz zugehörig fühlte.

Ich wollte nicht, dass wir weniger füreinander waren, als wir es meinem Gefühl nach immer gewesen waren, aber Ellie hatte den Finger auf etwas gelegt, das schwer zu ignorieren war. Sarahs braune Augen und ihr dunkler Teint standen in scharfem Kontrast zu den blauen Augen und der blassen Haut von uns anderen. Sie konnte mühelos die obersten Fächer in den Hängeschränken in der Küche erreichen, während ich und Mom dazu auf die Arbeitsplatte klettern mussten. Die Unterschiede, die immer da gewesen waren, traten plötzlich in aller Deutlichkeit zutage. Sarah war »nur« meine Halbschwester, selbst wenn ich das nicht wollte. Sie sollte etwas Ganzes sein, nichts Halbes.

In der Schule packt Lola mich am Handgelenk und zieht mich hinter sich her durch die überfüllten Flure. Als wir an einem schüchternen Möchtegern-Emo-Mädchen mit grünen Strähnen im Haar vorbeikommen, zischt sie: »Sorry, aber der Look ist echt nichts für dich.« Dann dreht sie sich zu mir um und sagt laut: »Gott, hast du die eben gesehen? Die wandelnde Freakshow.«

Seit Lolas Eltern sich vor Kurzem endgültig getrennt haben, wird es schlimmer mit ihr. Ihre Mutter schreit nur noch rum, ihr Vater lässt sich mittlerweile gar nicht mehr blicken, und ihr älterer Bruder ist schon lange ausgezogen, weil er das dauernde Gestreite nicht mehr ausgehalten hatte. Lola ist seitdem ziemlich unerträglich zu jedem, einschließlich mir. Wie jetzt, als ich fast gegen eine Säule gelaufen wäre und sie faucht: »Gott, wie oft muss ich es dir noch sagen? Die starren dich nicht alle an.«

Wir bleiben vor unseren Schließfächern stehen. Ich stelle meinen Zahlencode ein und schäle mich aus meinen diversen Klamottenschichten. Den Schal lasse ich an, weil es in der Schule so kalt ist, dass ich selbst in meinem langärmligen T-Shirt und dem Pulli darüber noch ein bisschen friere.

»Jetzt sag bloß nicht, dass du den anbehalten willst, Jess«, stöhnt Lola. »Das sieht aus, als hättest du keinen Hals.« Sie wickelt mir den Schal ab, wirft ihn in mein Fach und knallt die Tür zu. »So«, sagt sie und lehnt sich dagegen. »Du kannst mir dankbar sein ... Oh, schau!« Sie verengt die Augen und deutet ans andere Ende des Flurs.

Tommy ist gerade um die Ecke gebogen. Er hat den Arm lässig um eine blonde Neuntklässlerin mit verschmiertem Eyeliner und knallengen grauen Jeans gelegt. »Was findet er bloß an der?«, fragt Lola laut.

»Keine Ahnung«, sage ich, obwohl mich das Mädchen

mit ihrer Zartheit, der blassen Haut und den hellen Haaren sofort an Ellie erinnert.

»Ist er nicht mehr mit deiner Schwester zusammen?«, fragt Lola lauernd.

»Weiß ich nicht.« Ich habe Tommy noch nie besonders gemocht, weil er mich auf Sarahs Party zu ihrem zwölften Geburtstag als »nervig« bezeichnet hat und immer fies zu mir war, bis ich einen Busen bekam. Damals änderte sich sein Ton plötzlich, und ich begriff, dass er einer von den Typen ist, die zu anderen nur nett sind, wenn sie etwas von ihnen wollen.

Lola drückt den Rücken so durch, dass ihre Brüste vorstehen wie zwei Raketen auf der Abschussrampe. »Hey, Tommy.«

»Hey, Lola.« Tommy lächelt und flüstert der Blonden etwas ins Ohr, worauf sie sofort verschwindet. Kaum ist sie weg, dreht er sich um und starrt auf Lolas Pulli. »Kommst du mit?«, sagt er und schlendert einfach weiter. Er wartet noch nicht mal, um zu sehen, ob sie ihm folgt, aber das stört Lola nicht. Sie lächelt mir triumphierend zu, wirft ihre Tasche in ihren Spind und knallt die Tür zu.

»Äh, Lola?«, sage ich. »Das ist die falsche Richtung. Zu Mrs Medina müssen wir da lang.« Aber entweder hat sie nicht mitbekommen, was ich gesagt habe, oder es ist ihr egal, jedenfalls läuft sie ihm aufgeregt hinterher, und ich bleibe allein im Flur stehen. Ich ziehe den Schal wieder aus meinem Schließfach und wickle ihn mir um den Hals. Dann stehe ich da und habe einen Moment lang das Gefühl, keinen einzigen Schritt gehen zu können. Morgens ist die Panik immer am schlimmsten. Inmitten dieser ganzen Schülermassen, die sich bepackt mit Rucksäcken und mit vom Schlaf verquollenen Augen durch die Flure schieben und drängeln, habe ich immer das Gefühl, als würde der Sauerstoff nicht für alle reichen.

Aber es hilft nichts, ich muss in den Unterricht, also setze ich mich langsam in Bewegung, die Augen starr auf den Linoleumboden geheftet.

Jemand legt mir eine Hand auf den Arm. Im ersten Moment denke ich, es ist Lola, aber dafür ist die Berührung zu sanft. Ich hebe den Blick. Clara Lee, die Jahrgangsprecherin der zehnten Klassen, steht neben mir. Wir sind nicht wirklich miteinander befreundet, kennen uns aber schon seit der Middleschool. Sie lächelt mich an. Ich versuche, zurückzulächeln, was mir aber nicht gelingt, also zucke ich nur mit den Schultern. »Hey.«

»Hey!«, sagt sie. »Du bist doch auch im Kurs von Mrs Medina, oder?«

Als ich nicke, hakt sie sich bei mir unter. »Wenn wir uns nicht beeilen, kommen wir zu spät.« Und dann zieht sie mich hektisch durch die Gänge. Wir kommen genau in dem Moment durch die Tür ins Klassenzimmer, als es gongt. Clara lässt meinen Arm los. »Das war knapp.«

Ich setze mich an meinen Platz. Lolas Stuhl hinter mir ist leer. Mrs Medina steht mit dem Rücken zur Klasse an der Tafel und schreibt etwas. Die geschmeidigen Bewegungen ihrer Hand haben etwas Hypnotisches. Während ich ihr zusehe, werde ich schläfrig. Ich lege den Kopf auf die Tischplatte, lasse meinen Stift zwischen den Fingern kreisen und denke über die Dinge nach, die uns verändern. Vielleicht hat die Scheidung ihrer Eltern und die Sache mit Tommy letzten Sommer Lola zu einem anderen Menschen gemacht.

Vielleicht hat das, was zwischen Ellie und mir passiert ist, mich zu einem anderen Menschen gemacht.

Es gongt zum zweiten Mal. Mrs Medina dreht sich um und verliest die Anwesenheitsliste. Als sie nach Lola fragt, tue ich so, als hätte ich sie nicht gehört.

7

Diese Leere …

Sarah

Fünf Jahre davor

Unsere Welten prallten an meinem zwölften Geburtstag aufeinander. Im einen Moment rannte ich von der Middleschool nach Hause und der Rucksack schlug rhythmisch gegen meine Schulterblätter, im nächsten lag ich auf Mr Lumpnicks Rasen und meine Bücher und Hefte waren um mich herum verstreut. Als ich den Kopf hob, war sie schon aufgestanden und zupfte sich Blätter aus ihren blonden Haaren.

»Hey«, rief sie und stieß mich leicht mit der Schuhspitze an. »Pass gefälligst auf, wo du langläufst!«

Es dauerte einen Moment, bis mir dämmerte, dass ich tatsächlich mit einem dünnen Mädchen mit glatten blonden Haaren und riesigen blauen Augen zusammengestoßen war und nicht mit etwas viel Gewaltigerem wie einem Auto oder einem Baum.

»T–tut mir leid«, stammelte ich und rappelte mich auf. »Ich hab dich nicht gesehen.« Ich war so in Gedanken versunken gewesen, als ich um die Ecke in unsere Straße bog – die Vorbereitungen für meine erste richtige Geburtstagsparty, das neue Kleid, das ich anziehen würde, die Vorstellung, wie die Party mein Leben verändern und mich zu einer der beliebten Schülerinnen machen würde –, dass ich nicht auf die Idee gekommen war, jemand könnte auf dem normalerweise menschenleeren Gehweg stehen.

»Pass auf, wo du langläufst«, sagte sie noch mal.

Pass du auf, wo du rumstehst, dachte ich, traute mich aber nicht, es laut zu sagen. In unserer Familie wurde sehr viel Wert auf Höflichkeit gelegt. In der Familie des Mädchens aber anscheinend nicht. Jedenfalls machte sie keine Anstalten, mir zu helfen, als ich meine Sachen zusammensammelte, sondern starrte nur auf mich herunter.

Erst als ich den Reißverschluss von meinem Rucksack zuzog, merkte ich, dass meine linke Hand leer war. Die Geburtstagsballons, die meine Mutter mir als Überraschung in die Schule hatte liefern lassen – und die von den eingebildeten Zicken, die mich sonst keines Blickes würdigten, neidisch bestaunt worden waren –, waren nicht mehr da. Ich ließ mich ins Gras zurücksinken und hätte am liebsten geheult.

»Hast du Geburtstag?«, fragte sie.

Ich hob den Kopf. »Woher weißt du das?«

Sie deutete stumm noch oben. Zwischen den goldgelb belaubten Ästen eines Baums schwebten die Ballons. Sie sprang hoch, bekam das Ende der Schnur zu fassen und riss daran. Die Ballons schossen nach unten und zerplatzten mit lautem Knallen zwischen den spitzen Zweigen.

»Hier.« Sie beugte sich vor und drückte mir die Schnur mit den Überresten in die Hand. »Ich hab übrigens auch Geburtstag. Morgen.« Sie schüttelte sich eine blonde Haarsträhne aus den Augen.

»Echt?«, sagte ich und sah zwischen ihr und den schlaffen Ballonleichen hin und her.

»Ja, verrückter Zufall, oder?« Wieder stieß sie mich mit der Schuhspitze an. »Was ist? Willst du den ganzen Tag hier sitzen bleiben?«

Ich stand auf, schlang mir den Rucksack über die Schultern und klopfte meine verdreckte Jeans ab. Dann ging ich, die toten Ballons hinter mir herschleifend, die letzten hundert Meter nach Hause. Das Mädchen folgte mir.

»Machst du eine Party?«

»Ja«, sagte ich erst nur, bis sie mich mit dem Ellbogen anstieß. »Heute Abend. Um sechs. Und du?«

»Ich mach keine.« Sie zupfte mir einen Grashalm aus den Haaren und reichte ihn mir. »Ist alles ein bisschen viel für meine Mutter. Sie lässt sich gerade scheiden und so.

Ich glaub, deswegen hat sie es vergessen.« Sie zuckte mit den Achseln, als fände sie das nicht so schlimm, aber ich merkte ihr an, dass es ihr etwas ausmachte. Meine Mutter hätte unsere Geburtstage niemals vergessen. Jetzt in diesem Moment stand sie wahrscheinlich in unserer gelb gestrichenen Küche und kochte mein Lieblingsessen – Roastbeef mit Ofenkartoffeln.

»Das tut mir echt leid, aber …« Ich deutete auf unser Haus. »Ich muss jetzt rein.« Ich nickte ihr zu. Als ich den Plattenweg hinaufging, hörte ich Laub hinter mir rascheln. Im nächsten Moment stand sie wieder neben mir.

»Hey, kann ich auch zu deiner Party kommen?«

»Äh …« Ich sah ihr nicht in die Augen und hoffte, sie würde den Wink mit dem Zaunpfahl verstehen und nicht noch mal fragen, aber als ich den Kopf hob, schaute sie mich abwartend an. Verlegen räusperte ich mich und sagte: »Ich würde dich ja gern einladen, aber …«

Sie schaute weg, und ihre Schultern hoben und senkten sich wie bei Jessie, wenn sie verlegen war. »Ach so, ja klar. Kein Problem. Verstehe. Es ist nur … ich war die ganzen Ferien weg wegen der Sache mit meiner Mutter und meinem Stiefvater, aber mein Bruder hat mir erzählt, dass ihr hier eingezogen seid und dass du echt cool bist und … Na ja, ich dachte, weil wir doch Nachbarn sind …« Sie deutete auf das einstöckige grüne Haus gegenüber, auf dessen Veranda ein Junge saß und eine Zigarette rauchte.

»Da wohnst du? Das ist dein Bruder?« Ich hatte den Jungen schon viele Male heimlich beobachtet, seit wir nach Smith gezogen waren, und mich wie alle Mädchen in unserer Nachbarschaft rettungslos in ihn verknallt. Er war irgendwie anders, sah unnahbar aus und rauchte ständig. Er trug schwarzen Kajal wie der Sänger von Green Day, und seine Haare waren schwarz gefärbt und mit viel Gel zu einem Iro hochgekämmt. Er hatte Ringe in beiden Ohren. Und er hatte die dunkelblauesten Augen und war so ungefähr der hübscheste Junge, den ich je gesehen hatte.

Das Mädchen beobachtete mich. »Ja.«

Ich legte mir eine Hand auf den Bauch, weil ich plötzlich ein ganz seltsames Ziehen spürte.

»Warum lächelst du?«

Ich hörte sofort auf zu lächeln. »Ich … tu ich doch gar nicht. Ich dachte nur gerade, dass ich mich freuen würde, wenn du auf die Party kommen würdest.«

»Ja?« Ihre blauen Augen leuchteten auf.

»Ja, und …« Ich trat nervös von einem Fuß auf den anderen. »Deinen Bruder kannst du ruhig auch mitbringen, wenn er Lust hat.«

Sie grinste, als hätte sie damit gerechnet. »Ist es okay, wenn Tommy auch mitkommt? Er wohnt mit seiner Mutter bei uns im Poolhaus und geht auf dieselbe Privatschule wie ich. Seine Mutter ist Sekretärin dort. Aber ab nächstem Jahr wechsle ich wieder auf die normale Highschool.« Sie seufzte, als fände sie es anstrengend, so viel erklären zu müssen. »Tommy wahrscheinlich auch.«

»Äh, ja. Okay.« Ich war zu sehr damit beschäftigt, mich darüber zu freuen, dass ihr Bruder mich cool genannt hatte, als dass ich mich jetzt auf irgendwelche Nebensächlichkeiten konzentrieren konnte. »Klar, bring mit, wen du willst.«

Ihr Lächeln wurde breiter. »Danke. Wie heißt du eigentlich?«

»Sarah«, sagte ich. »Und du?«

Sie schob sich eine blonde Haarsträhne aus dem Auge. »Ich heiße Ellie, und das ...« – sie zeigte auf die andere Straßenseite – »... ist Jake.«

Ein paar Stunden später drehte Jess sich in unserem Hobbykeller im Kreis, bis sich ihr blau-gelb gemusterter Rock mit den anderen Farben im Raum zu einem bunt schillernden Strudel mischte, der mich schwindelig und gleichzeitig glücklich machte. Die Party hatte offiziell vor einer halben Stunde begonnen, nur von Ellie und Jake fehlte bisher noch jede Spur.

Jess hörte auf, sich zu drehen, um die Gummis in ihren Zöpfen straff zu ziehen, sah sich in dem überfüllten Raum um und fragte misstrauisch: »Hat Mom dir eigentlich erlaubt, so viele Leute einzuladen?«

Ich sah sie genervt an. Mit einer kleinen Schwester, die sich noch dazu als Party-Polizistin aufspielte, würde ich an der Schule garantiert keine Beliebtheitspunkte sammeln. »Wie wär's, wenn du langsam mal wieder nach oben gehst, Jess? Das ist meine Party. Und Mom hat auch gesagt, dass du hier unten nichts verloren hast.«

In dem Moment klingelte es an der Haustür und Jess' Miene wurde wachsam. Mom hatte ihr extra die Aufgabe übertragen, den Gästen die Tür aufzumachen, damit sie oben blieb und sich trotzdem nicht ausgeschlossen fühlte.

»Aber du erzählst mir später ganz genau, wie alles war.«

»Versprochen.« Ich gab ihr einen Schubs. »Los jetzt!«

Als sie weg war, zählte ich meine Gäste und versuchte, nicht daran zu denken, dass möglicherweise gleich Jake unsere Kellertreppe herunterkommen würde. Insgesamt waren siebenundzwanzig Leute gekommen. Sogar die aus der In-Clique wie Billy Mancuso, der immer total süße Grübchen bekam, wenn er lächelte, oder Vanessa Gomez, das wahrscheinlich hübscheste Mädchen aus unserem Jahrgang, und ihre nicht ganz so hübsche beste Freundin Tori Levitts, die sie um einen Kopf überragte.

Ich konnte selbst kaum glauben, dass sie alle auf meine Party gekommen waren. Weil ich neu an der Schule war, hatte ich noch keine Freunde gefunden. In den Pausen stellte ich mich entweder schüchtern zu irgendwelchen

Grüppchen dazu und schwieg oder wanderte einsam auf dem Schulgelände herum und fühlte mich unbeliebt.

Aus Verzweiflung und weil Mom mir gesagt hatte, ich müsste mir mehr *Mühe* geben, andere Schüler kennenzulernen, hatte ich beschlossen, eine Geburtstagsparty zu machen. Dad hatte mich dazu ermuntert, ruhig alle aus dem Jahrgang einzuladen, die ich toll fand. *Was soll passieren?*, hatte er gesagt. *Schlimmstenfalls kommen sie eben nicht. Na und?* Also hatte ich siebzehn Einladungen geschrieben und sie den beliebtesten Schülern gegeben, obwohl ich nicht damit gerechnet hatte, dass sie wirklich kommen würden.

Aber sie waren tatsächlich alle da – und dazu noch zehn weitere Leute, die ich gar nicht eingeladen hatte. Viele hatten sogar bunt verpackte Geschenke auf meinen Geburtstagstisch gelegt.

Eigentlich hätte ich mich freuen müssen, aber ich traute meinem Glück noch nicht so ganz. Bis jetzt hatte sich noch niemand richtig mit mir unterhalten, außer um mich zu fragen, wann Ellie kommen würde, was ich ein bisschen komisch fand. In unserem Hobbykeller feierten siebenundzwanzig Leute und ich hatte trotzdem immer noch exakt null Freunde.

Doch dann schwang plötzlich die Kellertür auf. Von oben fiel Licht die Treppe hinab und bildete einen leuchtenden Kreis zu meinen Füßen. Jessies Zöpfe wippten aufgeregt. »Noch mehr Gäste!«

Drei Gestalten, deren Köpfe vom Licht wie von Heiligenscheinen umflirrt wurden, drängten sich an ihr vorbei. Als Erste kam Ellie, die eine knallenge Jeans und ein perfekt ausgewaschenes Vintage-T-Shirt mit *Mork-vom-Ork*-Aufdruck anhatte, danach ein schief grinsender Junge, den ich noch nie gesehen hatte, und zuletzt Jake in einer schwarzen Jeans und einem zerfetzten weißen T-Shirt, das ihm viel zu klein war. Er sah wahnsinnig gut aus.

Alle um mich herum hörten schlagartig auf zu reden. Selbst die Musik schien leiser zu werden, als die drei in der Tür standen. Ich öffnete den Mund, aber bevor ich etwas sagen konnte, krähte Jessie mit ihrer hellen Stimme: »Mom hat gesagt, du sollst hochkommen. Und zwar jetzt gleich. Sie will mit dir reden!«

Hinter mir hörte ich ein paar Leute kichern.

»Quietscht die immer so? Das ist ja wohl voll nervig«, sagte der Junge, der mit Ellie gekommen war, mit gekünstelt hoher Stimme. Alle lachten, außer meiner Schwester, die schnell nach oben flüchtete.

»Nur wenn sie nervös ist«, verteidigte ich sie halbherzig.

Er überreichte mir ein Gänseblümchen, das er eindeutig gerade im Vorgarten gepflückt hatte. »Alles Gute zum Geburtstag, Sa–rah«, sagte er und zog meinen Namen komisch in die Länge. Ich fragte mich, ob er immer so redete oder es vielleicht einfach nur witzig fand.

»Das ist Tommy.« Ellie schob ihn zur Seite. »Und das …«, sie überreichte mir eine Schachtel, auf der mit schwungvoller Schönschrift in Lila mein Name stand, »… ist für dich von mir und Jake.« Sie stieß ihren Bruder in die Seite.

»Stimmt«, brummte Jake. Er rieb sich die Augen und verschmierte dabei seinen Kajal.

»Was ist es denn?«, fragte ich und schüttelte die Schachtel neugierig.

Ellie strahlte. »Ein *Happy-Days*-T-Shirt. Jake hat es letzte Woche zusammen mit ein paar anderen coolen Klamotten«, sie deutete auf ihr eigenes Shirt, »im Sperrmüll vor dem Haus von der alten Mrs Sawyer gefunden. Ist doch die totale Verschwendung, so was wegzuwerfen, oder?«

»Wow …«, sagte ich verlegen, weil ich nicht wusste, wie ich auf ein Geschenk reagieren sollte, das jemand aus dem Müll gezogen hatte. Ich sah mich um und merkte, dass alle uns anstarrten. Tori hob zaghaft die Hand und winkte Jake zu, der sie nicht beachtete.

»Hast du *Happy Days* mal gesehen?«, fragte Ellie.

»Die hat doch keine Ahnung, wovon du redest«, sagte Tommy.

»Doch, klar«, behauptete ich, obwohl das glatt gelogen war. Ich ging zum Tisch, um die Schachtel und das Gänseblümchen abzulegen.

»Ganz entspannt bleiben«, sagte Ellie, die mir folgte. Sie nickte den anderen im Raum zu und grüßte Tori mit gnädigem Lächeln. »Die sind immer so, wenn wir irgendwo auftauchen. Hab ich vergessen, dir zu sagen. Na ja, die finden uns eben cool. Kann man nichts machen.« Sie nahm das Gänseblümchen, steckte es mir hinters Ohr und führte mich wieder zu Jake und Tommy. Wir bildeten eine Art Kreis, wobei ich steif zwischen Jake und Ellie stand und mir Mühe gab, nicht zu nervös zu wirken. Mir fiel auf, dass Jake und ich genau gleich groß waren. Eindeutig ein Zeichen Gottes, dass wir füreinander bestimmt waren.

»Nette Party.« Ellie sah sich in unserem Hobbykeller um. »Wenn man was mit den Leuten hier anfangen kann.«

»Sarah!«, gellte Jess' Qietschstimme in dem Moment zu uns herunter. »Sarah! Du sollst hochkommen! *Sofort.*«

Ich wandte mich widerstrebend zur Treppe, wobei ich versuchte, Ellies lässigen Schlendergang zu imitieren. Ich war mir sicher, dass sie sich von solchen Dingen – nervigen kleinen Schwestern und überbesorgten Müttern – niemals aus der Ruhe bringen lassen würde. Jess erwartete mich schon auf dem Treppenabsatz.

»Und wie ist es?«, fragte sie und wickelte sich eine Haarsträhne um ihren Zeigefinger.

»Weißt du, dass du echt nervst?«, fuhr ich sie an, und ihr Lächeln fiel in sich zusammen.

»Sarah …« Mom saß mit einer Tasse Tee in der Hand am Küchentisch. »Sei nett zu deiner Schwester.«

»Mom, sie benimmt sich voll peinlich.«

»Tu ich nicht«, sagte Jess.

»Tust du wohl!«

»*Jess! Sarah!*« Moms Stimme war streng und wir verstummten.

»Sarah«, sagte sie ernst. »Ich weiß, dass ich dich ermutigt habe, diese Party zu machen, aber jetzt sind gerade ein paar Gäste gekommen, bei denen ich kein so gutes Gefühl habe.« Sie sah mich an, wie sie mich immer ansah – besorgt, aber auch so, als wäre sie enttäuscht von mir. Das erste Mal hatte sie mich so angeschaut, als ich sieben gewesen war und Jess eingeredet hatte, sie könnte fliegen – was ihr eine kleine Narbe über dem rechten Auge eingebracht hatte.

Mom legte eine Hand auf ihren Bauch, der mittlerweile auf die Größe eines Basketballs angewachsen war, und unterdrückte ein Gähnen. »Ich schaffe es einfach nicht mehr die steilen Treppen rauf und runter, und euer Vater will auch nicht, dass ich etwas tue, was Mattie schaden könnte.«

Zwei Tage vorher hatte ich mitbekommen, wie meine Eltern sich darüber unterhalten hatten, wie es nach Matties Geburt weitergehen sollte. Mom wollte sich sterilisieren lassen, aber Dad meinte, dass sie doch irgendwann noch mal versuchen könnten, einen Jungen zu bekommen. »Ich brauche keinen Sohn, Glenn. Mir reichen die vier, die wir haben, voll und ganz. Für mich ist das Kinderkriegen damit abgeschlossen.«

Es war nicht schön gewesen, mit anzuhören, wie meine Eltern sich stritten, und noch weniger, sich vorzustellen, dass Dad uns vielleicht weniger liebte, weil wir Mädchen waren. Mich womöglich sogar am allerwenigsten, weil ich ja noch nicht einmal seine richtige Tochter war.

»Hörst du mir eigentlich zu?«, fragte Mom.

Mein Gesichtsausdruck sagte *Natürlich höre ich dir zu*, aber das stimmte nicht. »Unten ist wirklich alles okay, Mom«, versicherte ich ihr. »Mach dir keine Sorgen.«

Mom schüttelte den Kopf. Das machte sie oft. Manchmal stand sie in der Küche, spülte Geschirr und schüttelte plötzlich den Kopf, obwohl gar niemand da war, der etwas hätte sagen können. »Ich weiß nicht, Sarah.« Sie presste die Hand auf ihren Bauch und verzog das Gesicht, als hätte das Baby sie gerade getreten. »Macht bitte keine Dummheiten, okay?«

»Okay«, sagte ich mürrisch. »Versprochen.«

Sie seufzte und warf mir einen anderen Blick zu. Einen, der sagte, dass es tausend Dinge gab, über die sie gern mit mir geredet hätte – zum Beispiel ihre mütterliche Intuition –, die sie aber nicht in einer Sprache ausdrücken konnte, die ich verstand.

Unten lehnte Jake lässig neben einem offen stehenden Kellerfenster, rauchte und beobachtete die Leute um sich herum, als würde er sich einen Tierfilm im Fernsehen ansehen. Ellie stand neben ihm und wurde von einer Gruppe kichernder Mädchen umringt, unter denen auch Tori und Vanessa waren. Sie erzählte irgendetwas und alle hingen an ihren Lippen. Als sie mich die Treppe herunterkommen sah, winkte sie mich mit einer leeren Flasche zu sich.

»Wollen wir spielen?«, fragte sie, als ich bei ihr war. Ich sah, wie Tori und Vanessa ein wissendes Lächeln austauschten.

»Was denn?«

»Was wohl?« Ellie lachte. Sie ging in die Mitte des Raums und legte die Flasche direkt unter die Discokugel auf den Boden. Dann rief sie alle zu sich und wies sie an, sich in einem Kreis um die Flasche herum zu setzen.

Die Flasche wurde gedreht und innerhalb kürzester Zeit verschwanden mehrere zusammengewürfelte Pärchen für »Sieben Minuten im Paradies« im Bad, in der Waschküche oder in der Vorratskammer.

Als Jake an der Reihe war, hielt ich die Luft an, während die Flasche kreiselte, und hoffte, wünschte und betete inbrünstig. Nachdem sie sich dreimal im Kreis gedreht hatte, zeigte sie eindeutig in meine Richtung. Jake stand achselzuckend auf und ich folgte ihm in die Waschküche.

»Hast du nicht was vergessen?«, fragte er. Ich drehte mich um und blickte in dreiundzwanzig Augenpaare.

»Oh.« Ich schloss die Tür und wir setzten uns einander gegenüber auf den Boden. Jake lehnte sich an die Wand. Wir betrachteten uns ein paar Sekunden stumm.

»Und wie findet du sie so?«, fragte er schließlich und beugte sich vor. Sein Atem roch schwach nach kaltem Rauch und Pfefferminzdrops.

Seine Frage erwischte mich unvorbereitet. »Wen denn?«

»Na, deine Party.«

»Gut«, sagte ich, aber meine Stimme zitterte, weil es mich total nervös machte, mit ihm allein in einem Raum zu sein. »Und du … wie findest du sie?«

Er zuckte mit den Achseln und zerrte an einem Loch in seinem T-Shirt. Das Loch wurde größer, bis ich einen Blick auf seine blasse Haut erhaschte. »Ich steh nicht so auf Massenveranstaltungen«, sagte er mit einem kleinen Lächeln. »Aber Ellie wollte unbedingt kommen.«

Wir schwiegen eine Weile unbehaglich. »Tja, ich schätze, ich sollte dich langsam mal küssen«, meinte er dann. »Wenn das für dich okay ist?«

Ich nickte. Wir sahen uns einen Moment tief in die Augen und mir stockte der Atem. Dann richteten wir uns beide ein Stück auf, er legte mir beide Hände um die Taille und zog mich an sich, bis sich unsere Hüftknochen berührten. Er betrachtete mein Gesicht. Sein Blick wanderte ganz langsam von meiner Stirn bis zu meinem Kinn hinunter.

In der nächsten Sekunde spürte ich plötzlich seinen Mund an meinem, und seine Zunge stupste zart gegen meine Lippen, bis ich sie öffnete. Ich schloss die Augen, und die Welt drehte sich um mich, bis da nichts mehr war als seine Lippen auf meinen und seine Hände, die ich warm an meinem Rücken spürte.

8

Es war ganz leicht, dir zu erklären, wie man es macht: Du musst bloß fester zudrücken. Am Anfang tut es weh, aber ist das nicht bei allem so, was man zum ersten Mal macht? Und hast du nicht sowieso gesagt, dass du irgendwann ein Tattoo möchtest? Das tut auch weh. Weißt du noch, wie ich dir das Rauchen beigebracht habe? Du hast gehustet und gesagt, dass deine Lunge brennt. Das wird so ähnlich brennen, nur noch mehr. Aber ich habe dir nie gesagt, was am allermeisten wehtut. Am schlimmsten tut weh, dass meine Mutter mich nie fragen wird, was die Verbände an meinen Armen sollen und warum meine Unterarme so vernarbt sind. Und dass ich weiß, dass ich es nie schaffen werde, so fest zuzudrücken, wie ich eigentlich will. Dass ich zu viel Angst habe, es zu versuchen.

Jake

Danach. November

Nachdem Mom aufgehört hat zu weinen, bittet sie mich, ihr die Valium zu holen, die auf ihrem Nachttisch liegen. Die goldenen Vorhänge in ihrem Schlafzimmer sind zugezogen. Ich muss an die vielen Samstage denken, an denen Ellie und ich uns hinter den schweren Stoffbahnen versteckt und flüsternd Mau-Mau gespielt haben, um nicht von Mom entdeckt zu werden, die uns sonst gezwungen hätte, unsere Zimmer aufzuräumen.

Das war, als unser Vater noch bei uns gelebt hat. Ellie hatte damals gerade das Spiderman-Dreirad von mir geerbt, nachdem ich mein erstes BMX-Rad mit Stützrädern bekommen hatte. Wenn Mom von der Arbeit nach Hause kam, trug sie ihren weißen Kittel, der nach Krankenhaus roch. Dad stellte seine Aktentasche neben die Haustür und legte seinen Schlüsselbund auf die Küchentheke. Samstags wurde immer der Rasen getrimmt. Dad tropfte der Schweiß von den Spitzen seiner aschblonden Haare, während er die Wildblumen entlang des Jägerzauns massakrierte, den Mom ihn hatte aufstellen lassen, als ich vier wurde. Er bat mich, ihm zu helfen, und ich sammelte die bunten Blumen ein und band sie zu einem Strauß, den ich Ellie schenkte.

Moms Zimmer ist extrem aufgeräumt, was für mich ein Zeichen ihrer inneren Aufgewühltheit ist. Die Tabletten stehen auf dem Nachttisch, genau wie sie es gesagt hat. Ich lasse das braune Röhrchen in der Handfläche hin und her rollen. Dann schraube ich den Deckel ab und sehe aus alter Gewohnheit nach, wie viele noch drin sind. Es sind nur noch drei. Ich schüttle mir eine davon in die Hand und sehe dann, dass auf dem Nachttisch ein Schlüssel liegt. Ich muss sie nicht fragen, um zu wissen, dass es der Schlüssel zu Ellies Zimmer ist.

»Jake?«, ruft meine Mutter aus dem Wohnzimmer. Ich stecke den Schlüssel in die Hosentasche. Auf dem Rückweg lege ich einen Zwischenstopp in der Küche ein, um ein Glas Wasser zu holen.

»Hier.« Ich reiche ihr das Wasser und die Tablette. Als sie sie geschluckt hat, strecke ich die Hand nach dem leeren Glas aus. »Du solltest dich ein bisschen hinlegen.«

Sie bleibt sitzen. Ich nehme die Decke, die auf dem Sessel liegt, breite sie über sie und streiche ihr eine graue Haarsträhne aus dem Gesicht.

Mom sieht sich im Raum um. Ihr Blick wandert über die Möbel, die sie und Sargeant nach ihrer Hochzeit neu gekauft haben, streift die Büchervitrine, die sie von ihrem Vater geerbt hat, und bleibt beim Barschrank hängen. »Wir haben euch nie gesagt, trinkt keinen Alkohol«, sagt sie. »Immer nur, dass ihr nicht zu viel trinken, nicht betrunken Auto fahren und keine Dummheiten machen sollt. Aber nie, dass ihr gar keinen Alkohol trinken sollt. Das war wahrscheinlich ein Fehler, oder?«

»Ach, Mom.« Ich setze mich neben sie und spüre die Schuldgefühle schwer auf mir lasten. Ihre und meine.

»Hör auf damit. Hör auf, dich zu quälen. Warum machst du das?« Ich lege beide Arme um sie und sage mir, dass ihr jetzt in diesem Moment nichts passieren kann. »Wir können das Haus verkaufen. Du könntest irgendwo in den Süden ziehen, nach South Carolina zum Beispiel, was hältst du davon? Du sagst doch immer, dass du den Winter nicht erträgst.«

Sie schluchzt. »Ich hätte die Tabletten nicht im Haus haben dürfen. Mir hätte klar sein müssen, dass sie … Ich wusste doch genau, wie sie ist.« Sie vergräbt den Kopf in meiner Armbeuge. »Du glaubst aber doch nicht, dass sie …«

Da ist er wieder. Der Gedanke, der schon seit Tagen Gestalt anzunehmen versucht. Der uns allen durch den Kopf geht, auch wenn wir ihn nie laut aussprechen.

»Es war keine Absicht«, tröste ich sie. »Du weißt, dass sie immer alles ausprobieren musste ... diesmal ist es nicht gut ausgegangen.« Ich erzähle ihr nichts von dem Anruf. Ich sage ihr nicht, dass ich schuld bin.

»Ich kann hier nicht mehr leben«, sagt sie.

»Das musst du auch nicht, Mom. Okay? Wir denken uns was aus.« Ich streichle ihr über den Rücken und bringe sie sanft dazu, sich hinzulegen. Danach setze ich mich neben sie auf den Boden und halte ihre Hand.

Sie zieht sie an die Brust und hält sie fest. Ich bleibe bei ihr, bis sie einschläft.

Mom erzählt immer, dass ihr Vater ein typischer irischer Einwanderer wie aus dem Bilderbuch gewesen sei: Er war Polizist, ein starker Trinker und einer, dem leicht die Hand ausrutschte. Ellie und ich haben unseren Großvater nie kennengelernt. Er starb ein Jahr, bevor Mom ihr Medizinstudium beendete, an einem Herzinfarkt. Unsere Großmutter war schon fünfzehn Jahre vorher an Krebs gestorben. Mom war damals erst elf gewesen.

Als ich selbst elf war, habe ich mal zu ihr gesagt, dass sie sich nicht so oft mit Männern treffen soll. Dass Dad das bestimmt nicht gut finden und nicht zu uns zurückkommen würde, wenn sie einen Freund nach dem anderen hätte. »Er kommt sowieso nicht mehr zu uns zurück«, hat sie darauf geantwortet. »Und glaub mir, wenn das

das Schlimmste ist, was ich mache, kannst du von Glück reden. Du hast keine Vorstellung davon, was Eltern ihren Kindern alles antun können.« Ich glaubte ihr. Schon damals wusste ich, dass Mütter weitaus schlimmere Dinge tun konnten, als sich mit Männern zu treffen und am Wochenende betrunken zu sein. Sie konnten auch sterben und ihre Kinder hilflos in einer verrückten Welt zurücklassen.

Als Mom eingeschlafen ist, streife ich durchs Haus und denke darüber nach, dass jeder eine ganz eigene Familiengeschichte hat, die einen über Generationen hinweg zu dem Menschen macht, der man ist. Als ich mich irgendwann vor Ellies Zimmer wiederfinde, ziehe ich den Schlüssel aus der Tasche und schließe auf. Ich bleibe auf der Schwelle stehen und nehme alles in mich auf: Ellies ordentlich gemachtes Bett, das an die Wand geschoben ist. Die auf ihrem Schreibtisch herumliegenden CDs – eine wilde Mischung aus Emo, Punk, Folk und Bluegrass. Die Fotos, die am Bücherregal, am Fensterbrett und auf dem Schreibtisch kleben. Sie hat sie mit der Polaroidkamera aufgenommen, die ich letztes Jahr im Sperrmüll gefunden habe.

Es riecht nach Vanille und auch leicht nach Essig. Mir fällt ein, wie ich an dem Morgen ins Haus kam und Jessie hier auf den Knien den Boden schrubbte. Warum sie das wohl gemacht hat? Aber im nächsten Moment wird dieser Gedanke von der Frage überlagert, der Mom und ich ausweichen, seit wir Ellie verloren haben. Mein Kiefer verkrampft sofort wieder, und ich zwinge mich, an andere Dinge zu denken. An die Uni, an den Makler, den ich für Mom schon mal kontaktieren könnte, an Sarah …

Ich gehe zum Fenster, schaue nach drüben und denke an Sarah. Frage mich, ob es ihr mittlerweile besser geht. Ob ich sie besuchen soll. Ich würde ihr gern alles erzählen. Ich möchte, dass sie mir den Rücken massiert, bis mein Kopf vornüberfällt und ich mich ihr völlig hingebe. Aber das geht nicht. Die Welt hat sich gewandelt und ich habe die Orientierung verloren.

9

Ich bin mir sicher, dass ich mich mitten auf die Straße stellen könnte und nicht überfahren werden würde. Ich bin unsichtbar. Mich gibt es gar nicht.

Jessie

Danach. Januar

Nach dem Unterricht bittet Mrs Medina mich nach vorn. Sie wartet, bis die anderen Schüler den Raum verlassen haben und es zur nächsten Stunde – ihrer Sprechstunde – gegongt hat, bevor sie mich nach Sarah fragt. Als Sarah sich noch für die Schule interessiert hat, war Mrs Medina immer ihre Lieblingslehrerin. Deswegen habe ich auch alles dafür getan, um in ihren Kurs zu kommen.

»Jessica? Ich habe dich etwas gefragt.« Mrs Medina räuspert sich. »Sieh mich bitte an, wenn ich mit dir rede.«

»Ja.« Ich starre auf das zusammengeknüllte Blatt Papier, das vor dem Mülleimer liegt, und zwinge mich dann, sie anzusehen. Ihr Blick ist so mitfühlend und besorgt, dass er mir unangenehm ist.

»Du brauchst keine Angst zu haben«, sagt sie. »Ich will dir nichts Böses.«

»Ich weiß.« Ich sehe sie mit ausdruckslosem Gesicht an.

»Tust du das?«, fragt sie, aber wir wissen beide, dass das eine rhetorische Frage ist. »Hör zu, Jessica, angesichts der Umstände hältst du dich wirklich großartig, aber du bist im Unterricht sehr still. Früher hast du dich viel mehr beteiligt …«

Inzwischen bin ich an diese Punkt-Punkt-Punkt-Sätze gewöhnt. Wenn man eine Schwester hat, die zu den Stars der Schule gehört hat, aber nicht mehr aufgetaucht ist, seit sie versehentlich eine Überdosis Tabletten genommen hat, werden einem ständig Fragen gestellt, die mit drei Punkten im Nichts enden. Deswegen ist mir die darauf folgende Stille vermutlich auch viel weniger unangenehm als Mrs Medina.

»Jessica, ich mache mir Sorgen um dich.« Sie legt sich eine Hand in den Nacken und hält einen Moment nachdenklich inne, bevor sie weiterspricht. »Vielleicht sollte ich mal mit deiner Mutter reden …«

»Nein! Bitte, Mrs Medina, tun Sie das nicht!«

Mrs Medina hebt die Augenbrauen. Solche Gefühlsausbrüche ist sie von mir nicht gewohnt.

»Es ist nur, dass meine Mutter …« Ich hole tief Luft. »Sie macht gerade eine Menge durch, und ich will nicht, dass sie sich noch mehr sorgt.«

Das ist die Wahrheit. In letzter Zeit ist Mom noch nervöser als sonst. Am liebsten würde ich nach ihren Händen greifen und sagen, *jetzt halt doch mal still.* Aber ich weiß, dass das nichts nützen würde. Deswegen versuche ich, ihr zu Hause zu helfen, so viel ich kann, und ihr auch sonst keine Probleme zu machen.

»Aber was ist mir dir? Was machst *du* durch?«, fragt Mrs Medina. Eigentlich ist das eine naheliegende Frage, aber sie ist die Erste, die sie stellt, seit alles in sich zusammengestürzt ist.

»Mir geht es gut.« Mein Blick wandert wieder zu Boden, zu dem zerknüllten Blatt Papier. Ich frage mich, ob es ein Liebesbrief ist, den jemand verloren hat, oder einfach nur eine leere Seite aus einem Block, die bloß deswegen weggeworfen wurde, weil sie an einer Stelle ein bisschen eingerissen war. Das fände ich nämlich noch schlimmer.

Mrs Medinas Hand rutscht über den Tisch, als wolle sie nach meiner greifen.

»Wirklich«, wiederhole ich. »Mir geht es gut.«

Sie zieht die Hand zurück, stemmt sie in die Hüfte und wartet.

Genau wie ich.

Schließlich sagt sie: »Na gut, Jessica, wenn du meinst…«

Es ist ein Kraftakt, aber ich sehe sie mit dem selbstbewussten Blick an, mit dem man Lehrer glauben lassen kann, man wüsste die Antwort auf jede Frage, die sie einem stellen.

Mrs Medina schenkt mir dafür ein freundliches Lächeln, das aber zugleich besorgt ist, und sagt: »Gut, dann kannst du jetzt gehen.«

Sie schreibt mir noch eine Entschuldigung für die nächste Stunde und bringt mich dann zur Tür. Als ich gehe, seufzt sie schwer. Ich schleppe das Gewicht dieses Seufzens noch lange mit mir herum.

Davor. Juli

Ich verstand kein Wort von dem, was Meg brüllte, als sie aufgeregt ins Zimmer platzte. Aber das war nichts Neues. Das kannte ich.

Meg war elf, ein totaler Wirbelwind und unberechenbar. Sie stritt sich ständig mit den anderen Mädchen aus der Nachbarschaft um Dinge wie Glitzersticker oder Fahrradhupen. Mom nannte sie oft »den kleinen Schreihals«, und ich war schon daran gewöhnt, dass sie ohne anzuklopfen in unser Zimmer stürmte und wegen irgendetwas völlig durchdrehte.

Es war Samstag. Lola hatte beschlossen, dass heute »Pediküretag« war, und ließ sich durch die plötzliche heftige Unterbrechung nicht stören. Mit bewundernswerter Geschicklichkeit strich sie mit dem Pinselchen weiter über ihre Zehennägel.

»Verzieh dich und spiel mit deinen Barbies, Meg«, sagte sie, ohne aufzusehen.

»Ich spiele nicht mehr mit Barbies«, behauptete Meg, auch wenn die liebevoll in einer Ecke unseres Hobbykellers aufgebaute Barbiewelt das Gegenteil bewies.

»Gott, Jess, sag du doch auch mal was.« Lola sah mich mit diesem Blick an, der signalisierte, ich hätte irgendetwas falsch gemacht, auch dann, wenn ich überhaupt nichts gemacht hatte.

»Hau ab, Meg.« Ich griff nach einem Kissen und zielte auf ihren Kopf.

»Hey!« Sie wich dem Kissen aus und schaute beleidigt. »Das hier ist auch mein Zuhause.«

»Aber nicht dein Zimmer«, sagte Lola.

»Na gut. Dann schau ich eben alleine zu, wie Sarah mit Tommy *rumknutscht*.«

Einen Moment lang war es still. Wir hatten bis dahin beide nicht gewusst, dass Sarah und Tommy etwas miteinander hatten. Lola sah so geschockt aus, wie ich mich fühlte, während Meg über das ganze Gesicht strahlte. Unsere Reaktion bewies ihr, dass sie voll ins Schwarze getroffen hatte.

Lola war die Erste, die etwas sagte. Ihre Stimme war beinahe normal, aber ich hörte trotzdem das Zittern darin. »Du lügst.«

Megs Lächeln erstarb. »Tu ich nicht.«

Lola schoss vom Bett hoch und humpelte mit ihren noch feuchten Zehennägeln auf Meg zu. »Doch. Du lügst!«, sagte sie noch einmal. Meg wich zurück, ihr ganzer Körper schrumpfte in sich zusammen.

»Nein, das … das stimmt wirklich!«, stammelte sie. Sie sah von mir zu Lola und dann wieder zu mir. Ihr Mund stand offen.

Lola schnippte mit den Fingern vor ihrem Gesicht herum. »Also gut. Was hast du genau gesehen? Los, sag schon!«

Meg holte tief Luft und begann uns umständlich zu erzählen, dass sie gerade eben mit ein paar anderen Kindern aus der Nachbarschaft Verstecken gespielt hätte.

»Ja, ja,« unterbrach Lola sie. »Jetzt komm endlich zum Punkt.«

»Also … ich hab mich bei den Meyers hinter dem Poolhaus versteckt«, sagte Meg, »und da habe ich plötzlich Sarahs Stimme gehört und …« Sie hielt kurz inne, um Luft zu holen. »Sie und Tommy sind in seinem Zimmer und voll am Rumknutschen!«

»Dieser verdammte Wichser!«, stieß Lola hervor.

Meg riss die Augen auf. Wir durften solche Ausdrücke nicht verwenden. Weder zu Hause noch woanders. »Das Wort darfst du nicht sagen«, rief sie. »Jess, sag ihr, dass sie so was nicht sagen darf.«

Lola riss die Wattebäusche zwischen ihren Zehen heraus, schlüpfte in ihre Flipflops und winkte ungeduldig nach mir. »Worauf wartest du, Jess?«

Darauf, dass ihr gesunder Menschenverstand einsetzte, aber das sagte ich nicht laut. Stattdessen sagte ich: »Nein danke«, und konzentrierte mich wieder auf meine Pediküre.

»Du kommst mit«, sagte sie.

»Nein. Ich mag Tommy zwar nicht, aber Sarah kann mit ihm rummachen, so lange sie will. Das ist ihre Sache. Wozu sollen wir hinter ihnen herschnüffeln?«

Lola warf mir einen durchdringenden Blick zu, den ich nicht deuten konnte, bückte sich nach meinen Flipflops und warf sie mir hin. »Du kommst jetzt mit.«

Als wir ein paar Minuten später vor dem Haus gegenüber standen, überlegte sie kurz. »Am besten gehen wir hintenrum.« Sie deutete auf den Pfad, der links am Haus vorbeiführte, und straffte die Schultern, als würde sie gleich in eine Schlacht zu ziehen.

»Ganz ehrlich? Ich verstehe nicht, warum du dich so aufregst.«

»Komm schon«, sagte sie, aber ich blieb stehen.

Plötzlich tauchte Meg neben uns auf. »Ich will mit!« Sie zerrte an ihrer Jeans, die so hochgerutscht war, dass es aussah, als hätte sie Hochwasserhosen an. Sie tat mir leid. Elf zu sein ist schrecklich, weil es so ein Übergangsalter ist. Man ist noch zu jung, um abends länger aufbleiben zu dürfen, aber alt genug, um schon seine Periode zu haben. Man muss BHs tragen, obwohl man noch gar keinen richtigen Busen hat, und sich gegen Jungs wehren, die einen küssen wollen – nicht aus Verliebtheit, sondern weil sie ihren Freunden etwas beweisen müssen. Aber der schlimmste Moment ist der, in dem Elfjährige erkennen, dass die ältere Schwester, die sie immer für ihre beste Freundin gehalten haben, gar nicht ihre Freundin ist.

Lola drehte sich gereizt um. »Hau ab, Meg. Geh wieder rein. Du bist zu jung für diese Scheiße.«

»Ihr seid auch nur vier Jahre älter als ich«, protestierte Meg.

»Gott. Jess, *bitte*!« Lola hob genervt die Arme.

»Geh, Meg«, sagte ich und ignorierte ihren flehenden Blick. »Ich meine es ernst.«

Meg rührte sich nicht von der Stelle. Insgeheim bewunderte ich sie dafür.

»Mein Gott. Das gibt's doch nicht«, murmelte Lola. Sie marschierte auf Meg zu, baute sich vor ihr auf und blaffte ihr ins Gesicht: »Jetzt hau schon ab. Du nervst!«

Meg stiegen die Tränen in die Augen. »Jess?«

Ich musste an den Tag denken, an dem Sarah mich verraten hatte, um vor Ellie cool dazustehen, sagte mir aber, dass das hier etwas anderes war. Dass ich Meg nach Hause schickte, um sie vor dem zu schützen, in das Lola mich hineinzog, auch wenn ich selbst nicht wusste, was genau es war.

»Geh schon, Meg.«

Meg sah von mir zu Lola und wieder zu mir. Ihr Kinn zitterte. Dann machte sie auf dem Absatz kehrt und stakste in ihrer komischen Hochwasserhose nach Hause.

Lola packte mich am Arm, aber ich riss mich los. »Moment noch«, sagte ich und ließ Meg nicht aus den Augen, bis die Haustür hinter ihr zufiel. Dann drehte ich mich zu Lola um und sagte: »Okay, lass uns gehen.«

10

Wie viel erzählst du mir? Wie viel erzähle ich dir? Es gibt so viele Dinge, von denen ich das Gefühl habe, dass ich sie dir nicht sagen kann. Gibt es auch Dinge, die du mir nicht sagen kannst? Weißt du, wer dein Vater ist? Willst du es wissen? Ich weiß zwar, wer mein Vater ist, aber ich **kenne** ihn nicht.

Sarah

Fünf Jahre davor

»Bist du nicht froh, dass wir gekommen sind?«, fragte Ellie, als die Party vorbei war und alle nach Hause gegangen waren. Ellie war geblieben, um mir beim Aufräumen zu helfen. Danach saßen wir auf dem Betonboden im Hobbykeller und die Discokugel über uns warf flirrende Lichtpunkte an die Wände ringsum. »Die liegen Jake richtig zu Füßen, weißt du. Das ist echt lächerlich«, sagte sie, während sie ihre Jeans hochrollte, ein Pflaster vom Schienbein abzog und an einer verschorften Wunde rummachte.

»Tut das nicht weh?«, fragte ich.

Sie nickte. »Doch.«

»Warum machst du es dann?«

Ellie riss achselzuckend ein großes Stück Schorf ab, unter dem ein unregelmäßig geformter Fleck rosafarbenen Fleischs zum Vorschein kam.

Ich war überrascht, dass die Wunde sofort anfing, stark zu bluten. Ellie schaute einen Moment lang fast fasziniert zu und fragte dann nach einem Taschentuch.

Ich kam eilig mit ein paar Blättern Klopapier aus dem Bad zurück, die sie sich aufs Bein drückte. »Wir sollten morgen irgendwas Besonderes machen, wenn du schon keine Geburtstagsparty feiern kannst«, sagte ich.

Sie lachte. »Wir haben doch schon was gemacht.«

»Was meinst du?«

»Na, deine Party«, sagte sie. »Das war gleichzeitig auch meine Party. Was hast du denn gedacht, warum so viele Leute gekommen sind und Geschenke für mich mitgebracht haben?«

Ich starrte Ellie an und fragte mich, ob sie möglicherweise ein bisschen gestört war. Es gab einiges, was dafür sprach: Sie riss sich den Schorf von Wunden, bis sie bluteten, rammte anderen Leuten ständig die Ellbogen in die Rippen oder stieß sie mit dem Fuß an und erfand anscheinend auch Lügengeschichten.

»Aber die habe ich alle persönlich eingeladen«, sagte ich, bis mir plötzlich einfiel, dass auch einige Leute da gewesen waren, die ich nicht eingeladen hatte.

Ich stand auf, ging zum Tisch und sah mir die Kärtchen an, die an den Geschenken hingen. Mit einer einzigen Ausnahme stand auf allen Ellies Name. »Aber … woher wusstest du denn, wen ich eingeladen hatte?«

Ellie sah zur Discokugel und dann wieder zu mir. »Von Tori und Vanessa. Die haben es mir erzählt. Na ja, die beiden sind so was wie meine besten Freundinnen, weißt du? Obwohl ich sie in letzter Zeit ziemlich langweilig finde.« Sie lächelte. »Keiner hatte Lust, auf deine Party zu kommen, bis ich gesagt hab, dass wir zusammen feiern.«

»Aber du wusstest doch gar nicht … dass ich eine Party mache.« Ich spürte einen Knoten im Magen.

»Doch. Vanessa hat mir schon vor ein paar Wochen davon erzählt.«

»Aber du hast mich vorhin erst gefragt, ob ich eine mache … Dann hast du gelogen.«

»Bloß weil ich die Antwort schon wusste, kann ich doch trotzdem fragen.«

»Das ist trotzdem gelogen«, protestierte ich.

»Nein, ist es nicht. Außerdem ist es jetzt doch sowieso egal …« Sie lächelte triumphierend. »Die Party war super. Alle hatten ihren Spaß. Ist doch gut.«

Ich war sprachlos und wusste nicht, was ich fühlen sollte: Scham, weil niemand auf meine Party hatte kommen wollen, Wut, weil Ellie mich reingelegt und so getan hatte, als wäre sie genauso ein armes Würstchen wie ich, das verzweifelt Anschluss sucht, oder – was ich irgendwie am schlimmsten fand – Dankbarkeit dafür, dass sie durch ihr Täuschungsmanöver verhindert hatte, dass ich mich komplett lächerlich gemacht hatte.

»Hey, ich wollte dir doch bloß helfen«, sagte Ellie. »Du bist doch deswegen jetzt nicht sauer, oder?« Ihre großen Augen glänzten, als würde sie gleich heulen.

Die Wahrheit war, dass ich mit ihr befreundet sein wollte. Sie war unberechenbar, sie war cool und beliebt, sie war Jakes Schwester. Alles Sachen, die für sie sprachen. Trotzdem hatte ich das Gefühl, dass ich ein Schlupfloch brauchte, um das, was sie getan hatte, okay finden zu können, ohne mein Gesicht zu verlieren.

»Hast du das wirklich gemacht, um mir zu helfen?«, fragte ich.

»Na klar«, sagte Ellie, ohne eine Sekunde zu zögern. »Wirklich.«

»Okay … dann bin ich nicht sauer.«

Ellie lächelte und sah plötzlich überhaupt nicht mehr so aus, als würde sie gleich heulen. Sie streckte mir mit dramatischer Geste den kleinen Finger hin. »Freundinnen?«

Ich ließ zu, dass sie ihn bei mir einhakte. Die Discokugel warf funkelnde Flecken auf unsere Hände und ich schob alle Zweifel beiseite. »Freundinnen.«

11

Deine Weihnachtskarte. Das fröhliche Foto von dir und deiner Familie unter der Palme. Ist dir aufgefallen, wie ähnlich deine kleine Tochter mir sieht?
Das ist doch der Beweis, oder?
Der Beweis dafür, dass nichts zwischen uns heilig ist.

Jake

Danach. Februar

Amber steht vor der Tür meines Zimmers im Studentenheim. Sie hat sich die langen dunklen Haare zu Zöpfen gebunden und trägt silberne Stiefel. Sie sagt nicht Hallo und wartet nicht darauf, dass ich sie reinlasse, sondern schiebt sich einfach an mir vorbei. Als ich mich umdrehe, lehnt sie schon am Fenster und schaut mich an.

»Ich hab dich schon länger nicht mehr gesehen. Du hast auf meine SMS nicht reagiert, und Janie hat gesagt, dass du seit Wochen nicht mehr im Literaturseminar warst.«

Seit Ellie tot ist, habe ich mich nicht mehr bei Amber gemeldet. Ich erinnere mich vage daran, dass sie im Dezember ein paar SMS und Mails geschrieben, an Silvester betrunken auf meine Mailbox gesprochen und im Januar eine Post-it-Notiz an meine Zimmertür geklebt hat.

»Wer ist Janie?«, frage ich.

»Meine Mitbewohnerin. Sie ist in deinem Kurs. Ist ja auch egal.« Ihre Stimme wird freundlicher, als wäre ihr klar geworden, dass das irgendwie kein besonders gelungener Einstieg war. »Aber jetzt mal im Ernst. Was war los?« Sie zieht ihre Jacke aus und legt sie aufs Fensterbrett. »Hast du dich versteckt?«

Sie schaut mich an, aber ich ertrage ihren Blick nicht, denn alles, was ich darin sehe, ist die Nacht, in der ich zum letzten Mal mit Ellie telefoniert habe. Es schnürt mir die Luft ab.

»Hey. Alles okay?«, fragt Amber.

Ich starre auf meine Füße. »Ja, alles okay.« Ich nehme meine Finger von den Schläfen und dem Kopfschmerz, der dort sitzt, seit ich aus Ohio zurückgekommen bin.

»Okay, ich bin ganz ehrlich«, sagt sie, und ihre freundliche Stimme bekommt einen schrillen Unterton. »Ich hab das, was mit deiner Schwester passiert ist, mitbekommen und dachte … na ja, dass es dir vielleicht guttun würde … mit jemandem darüber zu reden.«

Ich hebe den Blick. Sie sieht mich immer noch an, den Hinterkopf an die Scheibe gelehnt.

»Was gibt's da zu reden?«, frage ich matt.

»Ich weiß auch nicht. Wann warst du das letzte Mal in der Uni?« Sie schweigt einen Moment und mustert mich. »Du siehst ziemlich schlimm aus. Bist du in letzter Zeit überhaupt mal draußen gewesen?«

»Was geht dich das an?«

Sie runzelt überrascht die Stirn. Dann dreht sie sich um und sieht auf die Straße hinunter. Die Aussicht ist mir nur allzu vertraut. In den vergangenen Wochen habe ich eine Vorlesung nach der anderen sausen lassen und mich im gleichförmigen Gewusel der winzigen Gestalten dort unten und in der faszinierenden Berechenbarkeit der Ampelphasen verloren, die von Rot zu Grün und wieder zu Rot umschalten.

»Ich kann von hier aus die Bar sehen, in der wir uns kennengelernt haben«, sagt sie. »Dahinten …« Sie zeigt mit dem Finger in die Ferne und ihre Stimme erstirbt. Dann lässt sie die Hand wieder sinken. »Hast du dich schon mal gefragt, ob es so was wie Zufall überhaupt gibt?«

»Inwiefern?«, antworte ich, weil ich nicht weiß, worauf sie hinauswill oder warum sie überhaupt noch hier ist.

»Na ja, ich meine, wie hoch ist die Wahrscheinlichkeit«, sie räuspert sich, »dass man zwei Mal hintereinander vom Blitz getroffen wird? Oder dass innerhalb von einer Woche zwei Flugzeuge abstürzen?« Sie lacht hohl. »Manchmal beruhige ich mich mit solchen Statistiken. Wenn zum Beispiel in einer Woche, in der ich irgendwo hinfliegen muss, ein Flugzeug abstürzt, denke ich: Gott sei Dank, das passiert mir schon mal nicht.«

Ich habe keine Ahnung, wovon sie redet. Oder warum

sie jetzt durchs Zimmer geht und dabei den Haufen mit dreckigen Klamotten und den vergessenen Resten von irgendwelchem Fastfood, das ich mir habe liefern lassen, ausweicht. Ich weiß nur, dass ich lieber allein an einem Abgrund stehen würde als hier mit ihr in diesem Zimmer.

Sie macht bei dem Sessel halt, auf dem ein Karton mit Briefen, Skizzenbüchern und Fotos steht, zieht ihn zu sich heran und späht hinein. »Sachen von Ellie?«, flüstert sie.

»Bitte nicht.« Ellies Namen aus ihrem Mund zu hören, ist zu viel, und in meiner Brust breitet sich sofort wieder dieser Schmerz aus, der sich manchmal anfühlt, als würde ich innerlich zerrissen werden. »Bitte geh. Es gibt nichts, worüber wir reden könnten.«

Es ist lange still und dann steht sie plötzlich neben mir und streckt die Arme nach mir aus. Ich weiche einen Schritt zurück und noch einen und noch einen, bis ich da angekommen bin, von wo sie losgegangen ist. Das Fensterglas in meinem Rücken ist kalt. Sie ist nur Atemzüge von mir entfernt.

»Jake ...« Sie berührt mich an der Wange, aber ich schiebe ihre Hand weg. »Wie hoch war die Wahrscheinlichkeit, dass wir uns kennenlernen und ich in der Nacht, in der sie angerufen hat, hier bin? War das nur ein Zufall? Das kann ich irgendwie nicht glauben. Und seit ich gehört habe, was passiert ist, muss ich die ganze Zeit ...«

Ihre Stimme bricht und ihre Augen füllen sich mit Tränen. »Ich meine, wie hoch war die Wahrscheinlichkeit?«

»Was macht das für einen Unterschied?«, frage ich, aber ich weiß, was sie meint. Ich weiß, dass genau das den Unterschied gemacht hat. Und jetzt verstehe ich endlich auch, warum sie hergekommen ist. Warum sie mir das alles erzählt hat. Sie sucht nach dem, wonach wir alle suchen. Vergebung.

»Jake ...« Sie streichelt mir über die Brust. Es fühlt sich merkwürdig an, die Hand eines anderen Menschen auf meinem Körper zu spüren, die Stimme eines anderen Menschen neben mir zu hören. »Wenn wir uns nie kennengelernt hätten ...« Ihr Blick sucht meinen. »Wenn ich nicht gesagt hätte, dass du nicht fahren sollst ...« Sie schmiegt sich an mich.

»Amber, *bitte.*« Ich drücke mich gegen die Fensterscheibe, aber weiter weg komme ich nicht. Seit Wochen schwirren mir all die *wenn ich doch* und *hätte ich nur* durch den Kopf. Ständig höre ich das Echo des letzten Satzes, den Ellie zu mir gesagt hat, bevor ich nach New York gefahren bin: *Kommst du zurück, wenn ich dich brauche?*

Ambers Lippen gleiten über meinen Hals. »Ich musste dir einfach sagen, wie sehr mich das fertigmacht. Du solltest wissen, dass ... ich mir das nie verzeihen werde.« Sie legt den Kopf an meine Brust, und ihre Schuldgefühle tränken mein T-Shirt, als sie es noch ein paarmal wiederholt. »Es tut mir so leid.«

Als sie mich küsst, drehe ich den Kopf nicht weg. Ich lasse zu, dass sie mich zum Bett führt. Ich lasse zu, dass sie das Licht ausmacht. Und als ihre Hände über meinen Rücken streicheln, sage ich mir, dass ich nicht über das nachdenken muss, was danach kommt.

Dass das, was wir tun, okay ist. Dass es das ist, was ich brauche, um mich besser zu fühlen – die Dunkelheit dieser Nacht. Die Illusion, dass die Liebe nah ist.

12

Ich sehne mich nach der Zeit zurück, als wir in der sechsten Klasse waren und du mich überredet hast, zu euch zu kommen und mit den Barbies zu spielen. Wir haben die Vorhänge ganz dicht zugezogen, aus Angst, jemand könnte mit einer Leiter zum Fenster hochklettern und entdecken, dass wir immer noch Kinder sind.

Jessie

Davor. Juli

Wir kauerten im Gebüsch vor Tommys Zimmer. Lola atmete schwer, als wären wir kilometerweit gelaufen und nicht gerade mal hundert Meter. Sie sah aus, als würde sie gleich losheulen, dabei hatte ich Lola schon seit einem Jahr nicht mehr weinen sehen.

»Was ist denn?«, fragte ich schließlich.

Sie starrte aufs Gras, als würde sie jeden einzelnen Halm zählen. Ein Schmetterling flatterte vorbei, und ich beobachtete, wie er mit seinen Flügeln, einem Wirbel aus Gelb und Schwarz, gegen eine plötzliche Windböe ankämpfte.

»Lola«, sagte ich sanft. »Kannst du mir nicht wenigstens sagen, warum wir hier sind?«

In dem Moment begann sie wirklich zu weinen, und ich konnte nichts dagegen tun, dass mir das ein bisschen wie ein Wunder vorkam. Als ob einem das Gesicht von Jesus in einem getoasteten Käsesandwich erscheint oder so was. Irgendwann wischte sie sich über die Nase und an ihrem Handgelenk glitzerte ein Streifen Rotz. Sie ließ die Haare ins Gesicht hängen und schüttelte den Kopf, als würde sie es – was auch immer es war – für sich behalten wollen. Aber dann erzählte sie es doch.

»Vor ein paar Monaten bin ich von dir nach Hause gegangen und hab draußen auf der Straße Tommy getroffen. Er hat gefragt, ob er mich noch ein Stück begleiten kann …« Sie holte tief Luft, bevor sie weiterredete, und ihre Stimme klang so mechanisch wie die von einem Sprachcomputer, so als wäre sie die Geschichte im Geist schon Hunderte von Malen durchgegangen. »Wir sind nebeneinanderher gelaufen und haben rumgealbert, aber dann hat er meine Hand genommen und gesagt, dass er mich echt hübsch findet.«

Drinnen wurde die Musik leise und wir hörten Sarah lachen. Lola krümmte sich. Als der nächste Song einsetzte, redete sie weiter. Ihre Stimme klang härter als vorher. »Meine Mutter war an dem Abend mit irgendeinem neuen Kerl verabredet und Tommy hatte …« Sie stockte, und ich sah ihr an, dass sie es mir nicht sagen wollte.

»Was denn, Lola? Was hatte Tommy?«

Sie räusperte sich. »Er hatte Gras dabei.«

»Aber du hast nichts geraucht, oder?« Lola hatte in der

sechsten Klasse die »Sag einfach Nein«-Kampagne ins Leben gerufen und machte sich immer verächtlich über Leute lustig, die sich toll fanden, weil sie rauchten. Zigaretten wohlgemerkt. Aber natürlich wusste ich, dass so etwas keine Bedeutung mehr hat, sobald ein Junge im Spiel ist.

»Ach komm, Jess« – ihre Stimme bekam einen trotzigen Unterton –, »ich hab ihm natürlich gesagt, dass ich nicht kiffe, okay? Was denkst du von mir? Aber dann wollte er gehen, und du weißt, dass ich immer Angst hab, wenn ich allein zu Hause bin. Besonders nachts. Seit Dad weg ist, finde ich es unheimlich bei uns mit den ganzen leeren Zimmern. Also habe ich ihn gefragt, ob er noch kurz mit reinkommt.«

»Und du hast wirklich nicht gekifft?«, fragte ich.

Ihre schuldbewusste Miene sagte alles.

Sie schlang die Arme um ihre Knie. »Ich wollte bloß wissen, ob man echt alles plötzlich so lustig findet, wie er gesagt hat, aber ich hab gar nichts gespürt. Tommy sagt, ich dürfte nicht bloß paffen, sondern müsste richtig inhalieren.«

Als ich die Augen verdrehte, schaute sie weg und zuckte mit den Achseln.

»So ein großes Drama ist das jetzt wirklich nicht.«

»Und warum hast du gerade geweint?«

Sie war lange still. »Er hat danach immer mal wieder angerufen und ist vorbeigekommen. Und ich dachte, dass er mich wirklich mag.« Sie holte Luft und suchte meinen Blick. »Das hat er ja auch gesagt. ›Ich mag dich echt, Lola‹, hat er gesagt.« Sie schwieg wieder. Ich sah ihr an, dass sie versuchte, sich zusammenzureißen, aber als sie wieder anfing zu reden, merkte ich, dass sie immer noch mit den Tränen kämpfte. »Ich hätte es nicht gemacht, Jess, echt nicht, wenn ich nicht wirklich geglaubt hätte …« Jetzt liefen ihr die Tränen übers Gesicht.

Ich zog sie an mich und versuchte, ihr Schluchzen mit meiner Umarmung zu dämpfen. »Hey, alles wird wieder gut«, sagte ich mitfühlend, aber sie weinte nur noch heftiger. Nach einer Weile wurde sie leiser, klammerte sich aber immer noch an mich und presste ihr nasses Gesicht in mein T-Shirt.

In der Stille hing das, was sie gesagt hatte – und was es bedeutete – über uns: gewaltig und nicht wieder rückgängig zu machen.

SEX.

Das war das größte Geheimnis, das sie jemals vor mir gehabt hatte. »Heißt das …?«, fragte ich irgendwann. »Du und Tommy … seid ihr jetzt richtig zusammen? Heulst du deswegen?«

Sie schüttelte den Kopf und sagte kleinlaut: »Er guckt mich in der Schule noch nicht mal mehr an.«

Ich spürte einen scharfen Schmerz, als ich mir vorstellte, wie es sich anfühlen musste, so viel gegeben und dafür so wenig bekommen zu haben. Ohne nachzudenken, küsste ich Lola auf den Kopf und strich ihre Haare glatt. Das war das Einzige, was mir einfiel, um sie zu trösten. So machte ich es auch immer mit Mattie, wenn sie weinte, aber Lola war nicht Mattie, und statt sich an mich zu kuscheln, zog sie sich zurück.

Sie lehnte den Hinterkopf an die Hauswand und starrte zum Himmel, während ihr leise Tränen übers Gesicht liefen. Ich hielt ihr meine Hand hin und sie griff danach.

Wir bemerkten Ellie erst, als sie sich neben uns setzte. Mit ihrer blassen, durchscheinenden Haut, dem blauen Petticoat und der dünnen bestickten Rüschenbluse sah sie aus wie eine Fee.

»Belauscht ihr etwa Tommy und Sarah?«, fragte sie, die pink geschminkten Lippen zu einem Grinsen verzogen.

Normalerweise übernahm Lola in solchen Situationen die Führung, diesmal blieb sie stumm und versteckte ihr verheultes Gesicht hinter ihrem Haarvorhang.

Ich überlegte noch, was ich antworten sollte, als Ellie mich ansah. »Gott, die Scheißmücken fressen mich noch auf«, sagte sie, und jetzt grinste sie nicht mehr. »Lasst uns hier abhauen.«

Sie kroch unter dem Gebüsch hervor und ging aufs Haus zu. Wir folgten ihr. Drinnen sagte sie zu Lola: »Da hinten ist das Bad, da kannst du dir das Gesicht waschen. Wir gehen schon mal in mein Zimmer.« Sie deutete auf eine Tür, die halb offen stand. »Wenn du fertig bist, kommst du nach.«

Ich war vorher noch nie in Ellies Zimmer gewesen und überrascht, wie hell es darin war. Die Wände waren butterblumengelb gestrichen, und von der Decke hingen Sterne, die so orange leuchteten wie Mandarinen. An die Fensterscheibe hatte sie in einem Zickzackmuster einen Schwarm Glühwürmchen mit wassermelonengrün fluoreszierenden Körpern gemalt, die aussahen, als wären sie gerade von draußen reingeflogen. Auf dem Schreibtisch klebten lauter Polaroids von Ellie und Sarah. Ich sah eins, das erst gestern aufgenommen worden war.

»So, so…« Ellie stellte sich dicht neben mich. »Ihr spioniert also hinter anderen Leuten her.«

Ich sagte nichts. Es ging mir oft so, dass ich in Ellies Gegenwart verstummte. Obwohl sie klein und zart war, hatte sie etwas extrem Einschüchterndes. Nach einer Weile seufzte sie und ging zur Kommode. Sie holte Zigaretten aus der Schublade, steckte sich eine in den Mund und zündete sie mit einem knallblauen Feuerzeug an, auf dem ein *Hello-Kitty*-Sticker klebte. Er sah aus, als wäre es einer von denen, mit denen Mattie ihr Bett beklebt hatte.

»Auch eine?« Ellie hielt mir das Päckchen hin, aber ich schüttelte den Kopf.

Sie steckte es in ihre Rocktasche. Nachdem sie ein paar Züge geraucht hatte, aschte sie in eine benutzte Tasse, die auf dem Tisch stand, und sagte: »Du und Lola unter Tommys Fenster. Was sagt man dazu …?«

Wieder schwieg ich.

»Du bist echt zum Totlachen«, sagte sie. »Wie Sarah, nur in stumm.«

Ihre Augen waren mit schwarzem Eyeliner umrahmt, die Lider glänzten mitternachtsblau. Mir fiel auf, dass ich sie noch nie ungeschminkt gesehen hatte.

»Ist schon okay.« Sie streifte wieder Asche ab. »Du musst dich dafür nicht schämen. Zugucken kann ja auch Spaß machen.«

»Ich hab überhaupt nicht zugeguckt«, widersprach ich. »Und ich bin auch nicht wie Sarah.« Ich hob das Kinn und versuchte, selbstbewusster auszusehen, als ich mich fühlte. Im Bad hustete Lola laut.

»Gott.« Ellie schnaubte. »Tommy ist es echt nicht wert, so ein Theater um ihn zu machen.«

»Du weißt es?«, fragte ich erstaunt.

Sie lächelte. »Stell dir vor.«

»Und Sarah? Weiß sie auch, dass Tommy was mit Lola gehabt hat?« Ich war mir nicht sicher, ob ich die Antwort überhaupt hören wollte. Obwohl meine Schwester ganz schön selbstsüchtig sein konnte, erschien es mir unwahrscheinlich, dass sie Lola wissentlich so verletzt hatte.

Andererseits wusste ich auch, dass Menschen immer für Überraschungen gut sind.

»Wenn Sarah sich mal die Zeit nehmen würde, darüber nachzudenken, was sie alles wissen könnte, wäre sie wahrscheinlich ziemlich geschockt. Aber ich glaube, sie fühlt sich im Moment in ihrer Ahnungslosigkeit ganz wohl.« Ellie schob sich näher und füllte den Raum zwischen uns mit Zigarettenrauch. Ich hustete nervös und lehnte mich so weit zurück, wie ich konnte.

»Aber wieso sagst du es ihr nicht?«, fragte ich, um überhaupt etwas zu sagen. »Du bist doch angeblich ihre beste Freundin, oder nicht?«

»Warum sagst du es ihr nicht?«, flüsterte Ellie, die jetzt so dicht vor mir stand, dass sich unsere Zehen in den Flipflops fast berührten. »Du bist doch angeblich ihre Schwester, oder nicht?«

Wir sahen uns an. Ihre Finger strichen fast unmerklich über meine. »Nein. Du bist nicht wie Sarah.« Ihre Stimme klang gelangweilt, aber gleichzeitig hatte ich das Gefühl, dass sie auch ein bisschen nervös war. »Ich hab immer schon gefunden, dass du hübscher bist.«

Sie drehte sich um, ging zum Bett und setzte sich darauf, als wäre nichts passiert. Ich ließ mich rückwärts gegen den Schreibtisch sinken. Mein Herz klopfte wie wild. Ich sah vorsichtig zu Ellie rüber und merkte, dass sie mich beobachtete.

»Was ist?« Sie lächelte ihr unergründliches Lächeln, bei dem man nie wusste, ob es nett war oder gemein.

»Nichts«, sagte ich.

Lola kam ins Zimmer. Sie hatte sich die Haare zu einem ordentlichen Pferdeschwanz gebunden und schien sich wieder halbwegs beruhigt zu haben. Ihre Augen waren zwar noch leicht gerötet, aber sonst sah man ihr nicht mehr an, dass sie geweint hatte. »Danke«, sagte sie zu Ellie.

»Kein Problem.« Ellie zog die Zigarettenschachtel aus der Rocktasche, klappte sie auf und hielt sie Lola hin, die sich ohne zu zögern eine nahm.

»Erlaubt dir deine Mutter, dass du in deinem Zimmer rauchst?« Ich warf Lola einen Seitenblick zu.

»Meiner Mutter ist es scheißegal, was ich in meinem Zimmer mache. Außerdem ist sie arbeiten.« Ellie gab Lola Feuer und lachte. »Jetzt sei nicht so eine verkrampfte Spießerin, *Jess*. Verkrampfte Spießerinnen sind nämlich verdammt unbeliebt.«

Ihre Worte trafen mich, aber ich versuchte, mir nichts anmerken zu lassen. Ich sah auf meine nicht fertig lackierten Zehennägel und hoffte, dass die Röte schnell wieder verschwand, die mir ins Gesicht gestiegen war.

Lola hustete. »Was bestimmte Sachen angeht, ist Jess echt ein bisschen zurückgeblieben«, sagte sie.

»Ach ja? Was für Sachen zum Beispiel?«, fragte Ellie

und klang ehrlich interessiert, was mich verblüffte. Normalerweise behandelte sie mich so von oben herab wie Lola Meg.

»Lola!«, zischte ich, weil ich genau wusste, dass sie ihr gleich von der Party erzählen würde. Ich hatte mich deswegen schon die ganze letzte Woche fertigmachen lassen müssen. »Wehe, du …«

»Jessie.« Lola brachte mich mit einem Blick zum Schweigen und sagte zu Ellie: »Letzte Woche hat Todd Michael eine Party gemacht, aber sie hat sich geweigert, hinzugehen«, Lola zeigte mit der Zigarette auf mich, »weil seine Eltern an dem Abend nicht zu Hause waren.«

»Das stimmt nicht«, widersprach ich. »Ich hatte einfach keine Lust, hinzugehen.«

»Sie lügt«, sagte Lola. »Sie ist nur deswegen nicht hin, weil seine Eltern nicht als Aufpasser da waren und sie Angst hatte, dass irgendein Junge versuchen könnte, sie zu küssen. Als wäre das so schlimm. Hallo? Ich hab meinen ersten Kuss bekommen, als ich in der Sechsten war – Jess ist fünfzehn und immer noch ungeküsst. Ich meine, wie verklemmt kann man sein …?«

Sie redete weiter, aber ich hörte nicht mehr zu. Mein Gesicht glühte. Ich hatte sowieso immer das Gefühl, dass Ellie mich für total langweilig hielt, und jetzt …

»Stimmt das, Jess?«, fragte Ellie.

»Und wie das stimmt!«, sagte Lola. »Sie ist so …«

»Heißt *du* Jess?«, fragte Ellie scharf und wandte sich mir zu. »Also, Jess, ist das wahr?«

Ich hob den Blick und sah in ihr neugieriges Gesicht. Jede Faser meines Körpers prickelte vor Scham. Als ich nickte, veränderte sich ihre Miene und wurde beinahe mitfühlend.

Im Zimmer war es bis auf Lolas nervöses Hüsteln vollkommen still.

Wieder starrte ich auf meine Zehen und wartete auf das, was jetzt garantiert als Nächstes kommen würde. Ich war mir sicher, dass sie sich über mich lustig machen würde, aber Ellie überraschte mich. »Na, das lässt sich ja schnell ändern«, sagte sie.

Lola lachte. »*Wie denn?*«

»Indem ich sie küsse«, sagte Ellie einfach.

»W…was?«, stammelte Lola.

»Was?«, echote ich und hob ruckartig den Kopf. Ellie kam auf mich zu. Mir wurde heiß.

»Aber das ist total eklig. Das machen bloß Lesben«, sagte Lola, und ich nickte automatisch.

»Na und? Hast du etwa was gegen Lesben, Lola?« Jetzt stand Ellie direkt vor mir. »Außerdem küsse ich Jess nur, damit sie weiß, wie es sich anfühlt. Das ist so eine Art Trainingskuss.« Sie zog eine Augenbraue hoch und sah Lola an. »Oder?«

»Ich … ich weiß nicht«, stotterte Lola.

»Na ja«, sagte Ellie. »Betrachte es mal so: Ich helfe Jess, indem ich ihr beibringe, wie man küsst. Ich tue es für einen guten Zweck. Aber du hast nur deswegen mit Tommy geschlafen, weil du Angst hattest, dass er dich sonst uncool findet. Und das ist einfach nur arm. Also? Was ist schlimmer?«

Lola starrte Ellie mit offenem Mund an, die Zigarette klebte an ihrer Unterlippe. Obwohl sie es verdient hatte, tat sie mir leid. Wenn Ellie es auf jemanden abgesehen hatte, konnte sie richtig fies werden. Ich hatte schon oft mitbekommen, wie sie auch die selbstbewusstesten Mädchen an unserer Schule mit einem einzigen kalten Blick aus ihren blauen Augen zum Weinen gebracht hatte.

»Ich weiß nicht, woher du das hast, aber es stimmt nicht«, sagte Lola laut. »Okay? Das ist eine Lüge. Und ich finde es gar nicht gut, dass du Lügen über mich verbreitest.«

Ellie verdrehte die Augen. »Tommy erzählt da aber was ganz anderes.«

»Dann lügt er«, protestierte Lola, und ihre Augen bekamen einen glasigen Schimmer.

»Was hast du denn gedacht, Lola?«, fragte Ellie ruhig. »Hast du dir eingebildet, du wärst was Besonderes für ihn? Dachtest du etwa, ihr wärt zusammen?«

Lola warf ihre Zigarette in die Tasse, riss das Haargummi aus ihrem Pferdeschwanz und drehte sich zum Fenster.

»Gott«, sagte Ellie mit ihrer typisch gelangweilten Stimme. »Jetzt weint sie wieder.«

Lola schüttelte trotzig den Kopf. Nach einer Weile sagte sie: »Mit Tommy bin ich sowieso fertig. Okay?«

Ellie lachte leise, ging zu Lola rüber und legte ihr beide Hände auf die Schultern. Sie zwinkerte mir verschwörerisch zu, aber ich verstand nicht, was das alles mit mir zu tun haben sollte. »Du darfst nicht so empfindlich sein, Lola. Überleg doch mal. Was du eben über Jess gesagt hast, war auch total gemein, aber sie hat nicht geweint. Und weißt du, warum nicht? Weil Jess zäh ist und du nicht.«

Und plötzlich verstand ich, was hier passierte. Auf ihre ganz eigene verkorkste Art verteidigte Ellie mich.

»Okay?«, sagte Ellie und verstärkte den Griff um Lolas Schultern.

»Ja, ja, wie du meinst«, brummte Lola.

Ellie ließ sie los. »Vielleicht solltest du jetzt lieber nach Hause gehen«, sagte sie.

Lola nickte wie betäubt, machte aber keine Anstalten, sich zu rühren.

»Na los«, sagte Ellie.

»Jess?« Die Situation war fast dieselbe wie die vorher, nur dass es diesmal nicht Meg war, die mich flehend ansah, sondern Lola. Ich wollte Mitleid mit ihr haben, aber ich schaffte es nicht.

»Jess bleibt hier«, bestimmte Ellie. Der Satz löste ein Gefühl in meinem Bauch aus, das ich nicht einordnen konnte. Ich wusste nur, dass mein Wunsch zu bleiben genauso stark war wie der zu gehen.

»Gut«, sagte Lola, die immer noch wie gelähmt dastand. Aber irgendwann löste sie sich aus der Erstarrung und schob sich langsam aus dem Zimmer. Ein paar Sekunden später knallte die Haustür. Als ich aufsah, lächelte Ellie mich an.

»Keine Ahnung, warum du mit der befreundet bist. Die ist doch scheiße.«

»So ist sie nicht immer«, sagte ich halbherzig. Als Ellie mich zweifelnd ansah, sagte ich: »Ihre Eltern haben sich gerade scheiden lassen.«

»Na und? Was hat das damit zu tun?«, fragte Ellie. »Meine Mutter ist zum dritten Mal verheiratet.«

Was meiner Meinung nach nur bestätigte, dass an dem, was ich gesagt hatte, etwas dran war, aber ich hütete mich, das laut auszusprechen. Wir schwiegen beide. Ellie ging zum Schreibtisch, griff nach einem Polaroid, betrachtete es gedankenverloren und knickte eine der Ecken mit dem Zeigefinger hin und her. Sie wirkte plötzlich verunsichert.

»Oder bist du jetzt sauer auf mich?«, fragte sie.

Ich zuckte mit den Schultern, weil ich nicht wusste,

was ich von der ganzen Sache halten sollte. Niemand hatte sich je so für mich eingesetzt, und im Grunde hatte Lola es verdient, mal eine reingewürgt zu bekommen, aber andererseits …

»Ich weiß nicht. Vielleicht sollte ich lieber auch gehen«, sagte ich.

Ellie legte das Polaroid zurück und drehte sich zu mir um. Wieder kam sie mir so nahe, dass unsere Finger sich berührten.

»Ellie, bitte …« In meinem Bauch zog sich alles zusammen. Es fühlte sich fast an, als hätte ich einen elektrischen Schlag bekommen, aber angenehm.

»Sie ist doch selbst schuld, Jess. Du kannst nicht immer nur nett sein«, sagte sie.

»Du kannst nicht immer nur gemein sein«, entfuhr es mir. Das war das Ehrlichste, was ich jemals zu ihr gesagt habe.

Ellies Lächeln war beinahe anerkennend. »Siehst du«, sagte sie. »Geht doch. Das war nicht gerade nett, aber offen.« Sie hob die Hand an meine Wange und mein Kinn begann zu zittern. Mich überkam das absurde Verlangen, meine Lippen auf ihre Finger zu pressen, und ich hatte Angst, diesen seltsamen Impuls nicht kontrollieren zu können. Ich versuchte, das Zittern zu unterdrücken, indem ich mich versteifte, die Knie zusammenpresste und die Arme an meine Seiten drückte, aber das half nicht.

Ich dachte gerade daran, wegzurennen, als Ellie sich vorbeugte und mit ihren Lippen ganz leicht über meine streifte.

Sie lehnte sich ein Stück zurück und sah mich forschend an.

»Ist das okay?« Im nächsten Moment lagen ihre Hände auf meiner Taille und rutschten über den Bauch aufwärts, bis sie zögernd ein Stück unter meinen Brüsten liegen blieben.

Ich nickte automatisch.

»Gut.« Sie lächelte und näherte sich wieder meinem Mund. Diesmal war der Druck ihrer Lippen fester und ihre Zunge war weich und feucht. Ich schloss die Augen, und obwohl ich wusste, dass es nicht sein sollte, ließ ich zu, dass sie mich küsste. Lange küsste.

13

Du bist das Gegenteil von allem, was ich bis jetzt kannte.

Sarah

Danach. Februar

»Bist du so weit? Können wir anfangen?« Die besorgte Therapeutin trommelt mit dem Stift gegen ihre Schläfe und stößt ein Seufzen aus, das ihre vollen Lippen kräuselt. Sie kommt mir heute müde vor. Ein Stoffband hält ihre Haare aus dem Gesicht. Ihre Augenlider sind geschwollen. Die Wimperntusche ist ein bisschen verschmiert.

Es ist Mittwoch, ich sitze mal wieder in ihrer Praxis, beobachte sie und frage mich, wie lang sie mir noch vorspielen kann, dass sie sich wirklich für mein Leben interessiert. Nicht mehr lange, würde ich sagen. Das Seufzen eben ist nur der erste Riss in der Fassade, den ich zu sehen bekomme. Bald werde ich mehr davon hören. Die besorgte Therapeutin wird anfangen, öfter auf die Uhr zu sehen, vergessen, den Vibrationsalarm ihres Handys einzustellen, und ihr Gähnen hinter dem Ärmel ihres

Pullovers verbergen. Alles wird bröckeln und schließlich in sich zusammenstürzen, aber heute noch nicht. Heute schafft es die besorgte Therapeutin, mit durchgestrecktem Rücken dazusitzen und mich mit gebührend besorgtem Therapeutinnenblick anzusehen. Sie fragt noch einmal, diesmal mit energischerer Stimme: »Bist du so weit?«

Ehrlich gesagt bin ich es nicht. Aber das spielt hier keine Rolle. Drei Therapiemonate haben mich gelehrt, dass sich niemand für diese Art von Ehrlichkeit interessiert. Also mache ich es mir auf dem abgewetzten Ledersofa bequem, ziehe mir ein silbernes Kissen heran, drücke es an mich und sage: »Ja, von mir aus können wir anfangen.«

»Ich habe mich gestern ein bisschen mit deiner Mutter unterhalten.« Die besorgte Therapeutin steckt sich ihren Stift hinters Ohr und reibt sich mit dem rechten Zeigefinger geistesabwesend den Augenwinkel. »Sie hat erwähnt, dass ihr, du und Ellie, Teil einer Vierer-Clique wart.« Sie wirft einen Blick auf ihre Notizen. »Du, Ellie, Tommy und Jake. Möchtest du mir ein bisschen darüber erzählen? Was habt ihr denn so gemacht, wenn ihr zusammen wart?«

Da hätten wir sie: die Fangfrage.

»Du weißt ja«, sagt die besorgte Therapeutin auf mein Schweigen hin, »dass alles, was du in diesem Raum sagst, unter uns bleibt.« Ihr Finger schwebt noch immer in der Nähe ihres Auges, als würde sie damit rechnen, dass sie es gleich wieder reiben muss. Das ist eine gute Gelegenheit, die Unterhaltung in eine neue Richtung zu steuern.

»Sind Sie müde?«, frage ich.

»Nein, eigentlich nicht«, antwortet sie.

»Sie sehen müde aus.« Ich beuge mich vor, drücke die Ellbogen in die Oberschenkel und schaue sie mitfühlend an. »Sie haben …«, ich deute unter meine eigenen Augen, »… Ringe unter den Augen.«

»Wirklich?« Sie lässt die Hand sinken, als hätte ich sie verunsichert. Dieser kleine Sieg macht mich richtig glücklich.

»Erzähl mir von …«, wieder schaut sie in ihre Notizen, »… von Jake.«

Ist es Zufall, dass sie als Erstes nach ihm fragt und nicht nach Tommy, oder ist das mal wieder ein Trick? Das Ass in ihrem Ärmel? Ich drücke das Kissen noch enger an mich. Es riecht nach Old Spice oder einem anderen Altmännerrasierwasser. Ich frage mich, ob der Old-Spice-Mann zu der besorgten Therapeutin gekommen ist, um über eine verstorbene Ehefrau zu reden, über Kinder, von denen er sich entfremdet hat, oder über Potenzstörungen. War er freiwillig hier, weil er das schmerzhafte Bedürfnis hatte, eine Geschichte zu verstehen, die er tief in seinem Innersten lange Zeit unter Verschluss gehalten hat? Kann sein. Vielleicht ist er aber auch von seiner Familie zu der Therapie gezwungen worden.

»Jake ist Ellies älterer Bruder«, sage ich. »Mehr gibt es da nicht zu erzählen.«

»Ach, mehr gibt es da nicht zu erzählen? Wirklich nicht?« Die Therapeutin legt ein Bein über das andere und beugt sich vor. Ihr Rock rutscht ein Stück hoch, und ich sehe, dass sich auf der Innenseite ihres linken Knies die dunklen Tentakel eines Besenreisers ausbreiten. Ich frage mich, ob sie davon weiß und ob es ihr peinlich wäre, wenn sie wüsste, dass man diese feinen Äderchen sieht.

»Deine Mutter hatte den Eindruck, dass du zu Jake eine besonders enge Beziehung hattest. Was glaubst du, warum sie das gesagt hat?«

Ich bin überrascht, weil sich das so anhört, als würde meine Mutter etwas über mein Leben wissen, obwohl ich mir ziemlich sicher bin, dass sie keine Ahnung hat.

Oder doch? Ich rutsche tiefer ins Sofa und frage mich, was meine Mutter weiß und was nicht. Schließlich sage ich: »Ich weiß es nicht.« Das ist schlicht und einfach und wahr. Abgesehen davon, selbst wenn ich mit ihr über Jake sprechen wollte, könnte ich ihr nicht erklären, was für eine Art von Beziehung er und ich hatten. Wir waren keine Freunde oder Feinde und auch nie ein Paar. Wir waren etwas Undefiniertes. »Er ist Ellies Bruder, das ist alles.«

»Das ist alles?«, wiederholt sie. Diese Taktik wendet sie ständig an, als würde das Wiederholen meiner Sätze helfen, eine tiefer liegende Antwort zutage zu fördern. »Aber dadurch, dass er der Bruder deiner besten Freundin war, hast du fast zwangsläufig auch viel Zeit mit ihm verbracht. Dabei musst du ihn näher kennengelernt haben.«

»Ja, kann sein«, sage ich vage, und dann mache ich ein Gesicht, als wäre dieser Gedanke neu für mich und ich würde angestrengt darüber nachdenken. »Hm ...«

Damit die Sitzungen schneller vorbeigehen, werfe ich der besorgten Therapeutin oft irgendwelche total bedeutungslosen Häppchen hin. Ich beschreibe beliebige Details übertrieben dramatisch, damit sie denkt, sie wären wichtig. Und genau das werde ich jetzt auch tun. Nachdem ich eine Weile mit ernster Miene grübelnd dagesessen habe, seufze ich laut und sage: »Jake hat unglaublich blaue Augen. Sie sind tiefblau. Fast schwarz.«

»Ach ja? Erzähl mir mehr über ihn.« Sie kritzelt etwas auf ihren Block. Ich wette, da steht: *Öffnet sich allmählich. Sehr gut!*

Ich seufze wieder. »Und in seinem linken Auge hat er einen winzig kleinen braunen Fleck, direkt neben der Iris.«

»Mhm-mhm.« Die Therapeutin schreibt wieder etwas. Bestimmt: *Interessant!* Anschließend sieht sie mich an und wartet darauf, dass ich weiterrede, aber ich zucke nur mit den Schultern und schweige. Ihre hoffnungsvolle Miene verändert sich und sie sieht plötzlich enttäuscht aus. Ich denke an den kleinen braunen Fleck in Jakes Auge, und dieser spontane, unbedeutende Gedanke öffnet plötzlich ein mikroskopisch kleines Wurmloch, durch das die Vergangenheit in die Gegenwart kriechen kann.

»Woran denkst du?« Die besorgte Therapeutin beugt sich sofort vor, als würde sie spüren, dass irgendwo dicht unter der Oberfläche die wahren Geheimnisse warten. Ihre Stimme ist fest. »Erzähl es mir. Erzähl mir, woran du jetzt gerade denkst.«

»Ich denke an gar nichts Konkretes«, behaupte ich, obwohl ich an Jake denke und an Ellie und an alles dazwischen. In meinem Kopf wirbeln Gedankenfetzen durcheinander, bis sich eine ganz deutliche Erinnerung herauskristallisiert: etwas, das vor einem Jahr passiert ist, als Ellies Eltern nicht in der Stadt waren und ich bei ihr übernachtet habe. Wir dachten, wir hätten das Haus das ganze Wochenende für uns allein, aber dann kam ihr Stiefvater früher von seiner Geschäftsreise zurück.

»Sarah?« Die Therapeutin rutscht bis zur Kante ihres Sessels vor. »Gibt es etwas, das du mir erzählen möchtest?«

Ich richte mich wieder auf. Sehe an ihr vorbei aus dem Fenster, vor dem der Verkehr vorbeirauscht, Autos mit Menschen darin, die wie durch Zauberei auftauchen und wieder aus meinem Blickfeld verschwinden. »Nein, nichts.«

»Bist du sicher?« Sie wirft einen Blick auf die Uhr. Aber ich schweige, bis sie schließlich sagt: »Tja, so wie es aussieht, sind wir sowieso am Ende unserer Sitzung angelangt.« Sie macht sich noch ein paar Notizen, greift nach ihrem Kalender und geht ins Wartezimmer hinaus, um den Termin für unsere nächste Sitzung mit meiner Mutter zu besprechen.

Ich bleibe zurück und beobachte weiter die Autos. Ich stelle mir vor, ich würde selbst in einem davon sitzen und glücklich ins große Jenseits rasen.

Davor. März

Wir standen uns im Wohnzimmer gegenüber. Ich noch mit dem Geschmack von Alkohol auf den Lippen und Ellies Stiefvater mit seinem kleinen Rollkoffer neben sich. Er war vor ein paar Sekunden nach Hause gekommen und hatte mich vor dem geöffneten Barschrank stehen sehen.

»Wo ist Ellie?«, fragte er. Dann wanderte sein Blick zu meinem dünnen Nachthemd – das ich absichtlich angezogen hatte, weil ich gehofft hatte, dass Jake mich darin sexy finden würde –, und auf seinem Gesicht zeichnete sich ein leicht enttäuschter Blick ab, den ich schon kannte.

»Ähm …« Ich wich ein paar Schritte zurück und zog

die Schultern hoch. Ich war ziemlich angetrunken. Ellie hatte die Idee gehabt, uns mit hochgesteckten Haaren und Jackie-O.-Sonnenbrillen wie die Frauen aus *Mad Men* zu stylen, Martinis zu trinken und zu den alten Soul-Platten zu tanzen, die ihr richtiger Vater dagelassen hatte.

»Na, so was. Hallo, Sargeant.« Plötzlich stand Ellie, die ein dünnes rotes Negligé von ihrer Mutter trug, im Raum. Sie ging mit ausgebreiteten Armen auf ihren Stiefvater zu und umarmte ihn wie einen lang vermissten Liebhaber. »Du bist früher zurück als erwartet«, sagte sie. Ihr Blick war glasig.

Er löste sich aus der Umarmung, und ich merkte ihm an, dass ihm die Situation unangenehm war. Er sah sich im Wohnzimmer um und fuhr sich durch die schütteren braunen Haare. Sein Blick streifte die benutzten Teller auf dem Couchtisch und das leere Martiniglas, das auf dem geöffneten Barschrank stand. Er runzelte die Stirn. »Lass das, Ellie.« Seine Stimme klang erschöpft. »Du bist jetzt fast siebzehn und zu alt für solchen Unsinn.«

Ellie blies sich den Pony aus der Stirn und rieb sich die Stelle zwischen Unterlippe und Kinn. Sie sah ihn unter halb geschlossenen Lidern an und sagte mit verführerischer Stimme: »Ich bin doch bloß neugierig. Warst du denn nie neugierig?«

»Ellie …« Er schüttelte den Kopf und seufzte wieder, während er ihren Namen wiederholte. »Ellie, hör mir zu.

Dieses Spiel muss aufhören. Ich mache das nicht mehr mit und ich habe es dir schon einmal gesagt. Wenn du so weitermachst, werde ich mit deiner Mutter darüber reden müssen.« Er hob die Hände und sein Gesicht sah gequält aus. »Du lässt mir keine andere Wahl …«

»Du musst ihr gar nichts erzählen.« Ellies Augen verengten sich. »Weil es nichts zu erzählen gibt. Noch nicht …« Sie strich langsam vom Kragen über die Knöpfe seines Hemds nach unten, bis ihre Fingerspitzen auf seiner Gürtelschnalle lagen.

»Stopp jetzt! Hör auf damit, sage ich! Es reicht!« Er schob Ellie so heftig von sich, dass sie rückwärts stolperte und auf dem Sofa landete. Sie begann zu lachen. Es war ein lautes, schrilles Lachen, bei dem ich eine Gänsehaut bekam.

Und dann begann sich auf einmal alles um mich zu drehen, und ich hatte das Gefühl, als würde sämtlicher Sauerstoff aus dem Zimmer gesogen werden. An die Wand gestützt wankte ich aus dem Raum.

In Ellies Zimmer schob ich das Fenster hoch und drückte mein Gesicht ans Fliegengitter. Die Nachtluft war eisig, aber ich blieb stehen, bis die Kälte unerträglich wurde. Dann begann ich meine Sachen zusammenzupacken, während Ellies Stimme in meinem Kopf widerhallte: *Warst du denn nie neugierig? Warst du denn nie neugierig? Warst du denn nie neugierig?*

Als ich fertig war, stellte ich mich noch einmal ans offene Fenster. Ich versuchte, ruhig durchzuatmen, fühlte mich aber immer unwohler, und mir war auch immer noch schlecht. Irgendwann kam Ellie ins Zimmer und blieb vor meiner gepackten Tasche stehen.

»Willst du etwa gehen?«

Mir war so schwindelig, dass mir alles vor den Augen verschwamm. Eigentlich wollte ich sie fragen, was das sollte. Warum sie so etwas immer wieder machte. Aber ich wusste, wie das Gespräch verlaufen würde, und hatte nicht die Kraft für einen Streit. Nicht jetzt. »Mir geht es nicht so gut.«

»Dir geht es nicht so gut?«, fragte Ellie. »Aber vor ein paar Minuten hast du noch gelacht und getanzt. Ist es wegen Sargeant?« Sie nannte ihn immer beim Nachnamen, nie Gary, wie er mit Vornamen hieß. »Ach komm, du weißt doch, was für ein Loser er ist.« Sie trank einen Schluck von dem Martini, den sie in der Hand hielt. »Ich versteh nicht, was du jetzt auf einmal für ein Problem hast.«

»Was machst du?« Ich legte die Hand auf den Bettpfosten und sah sie an.

»Was ich mache?« Sie hielt mir das Glas so ruckartig entgegen, dass der Martini über den Rand schwappte. »Ich trinke. Ich …« Sie versuchte zu lachen, aber es klang erstickt. »Ich versteh dich nicht.« Sie lächelte. »Ist dir echt so schlecht?« In ihre Augen trat allmählich so etwas wie Begreifen, vielleicht sogar Besorgnis.

Ich betrachtete das Glas, in dem sich die durchsichtige Flüssigkeit wieder beruhigt hatte. Es gab so vieles, was ich ihr sagen wollte, aber ich brachte kein Wort heraus, sondern strich mir nur mit den Fingern über die Lippen, als könnte ich über Gebärdensprache mit ihr kommunizieren.

»Ich verstehe dich nicht«, wiederholte sie.

»Manchmal kommt es mir so vor, als wärst du zwei verschiedene Menschen«, sagte ich schließlich und bückte mich nach meiner Tasche.

»Hey. Was soll das denn heißen?« Ellie hielt mich am Handgelenk fest, aber ich riss mich los. Ich blieb auch nicht stehen, als sie mir in den Flur hinterherlief.

»Sarah, was soll das?«, rief sie. »Du machst hier wegen nichts einen Riesenaufstand. Ich verstehe überhaupt nicht, worum es geht. Es ist doch gar nichts passiert!«

Ich lief weiter, nach rechts durch die Küche, und erst als die Terrassentür hinter mir zufiel, fühlte ich mich plötzlich wieder sicher.

Beim Pool blieb ich stehen und holte tief Luft. Ich hielt mich an einem Baum fest, spürte die raue Rinde unter meiner Handfläche und drehte mich um. Ellie stand an der Spüle und sah zum Fenster hinaus. In ihren Augen spiegelte sich Verwirrung. Ich wäre gern zurückgegangen, um ihr zu sagen, dass alles gut werden würde, aber daran glaubte ich nicht mehr. Tränen liefen mir übers Gesicht, und einen kurzen Moment lang sah ich wieder das Mädchen, das ich kennengelernt hatte, als ich zwölf gewesen war. Aber dann hob sie ihr Martiniglas an die Lippen, und ich sah die fast erwachsene Ellie – die Ellie, die ich insgeheim hinter mir lassen wollte.

14

Es gibt Tage, an denen bin ich kurz davor, dir zu sagen, dass ich es alleine nicht schaffe. Aber selbst an solchen Tagen bringe ich es nicht über mich, das zu jemandem zu sagen, der vielleicht nicht für immer da sein wird.

Jake

Danach. Februar

Später steht Amber auf und zieht eine Flasche Wein aus ihrer Tasche. »Ich hatte keine einfache Kindheit, weißt du«, sagt sie. Sie streichelt meinen Rücken und erzählt mir jede Menge schreckliche Anekdoten aus ihrem Leben: von grausamen Babysittern, einem tyrannischen Vater, der zu viel gearbeitet hat, und einem Onkel, der ihr mal eine Ohrfeige verpasste, weil sie »Scheiße« gesagt hat.

Ein paar Stunden später ist die Flasche leer, und Amber, deren Blick inzwischen leicht verschwommen ist, schlüpft in ihre silbernen Stiefel, flucht »Scheiße, schon wieder so spät!« und verschwindet.

Als sie weg ist, lasse ich die leere Weinflasche am Boden kreiseln und starre auf den Karton mit Ellies Sachen. Seit Monaten stelle ich mir vor, wie es sein wird, wenn ich seinen Inhalt sortiere – die Briefe, die Fotos und ihre Skizzenbücher. Zeugnisse von dem, was Ellie war oder sein wollte, von dem, was ich nicht über sie wusste, und von dem, was ich wusste, aber nie hatte sehen wollen. Ich ertrage diese Vorstellung immer nur eine gewisse Zeit lang, bevor der Schmerz zu schlimm wird und ich dankbar für jede Abwechslung bin, zum Beispiel mein Handy, das klingelt.

»Ich wollte nur deine Stimme hören«, sagt Mom, als ich mich melde. Es hört sich an, als wäre sie außer Atem. So redet sie neuerdings. Die Sätze drängen aus ihr heraus und werden nur von hektischem Luftholen unterbrochen, gleichzeitig haben sie auch etwas Zögerliches, so als müsste sie die Tränen zurückhalten.

Ich setze mich aufs Bett und schlüpfe routiniert in die Rolle des fürsorglichen Sohns. »Gut«, antwortet sie auf meine Frage, wie es ihr geht. Sie schwärmt vom herrlichen Wetter in Arizona und bittet mich, wie sie es schon so oft getan hat, sie dort zu besuchen.

»Du wirst sehen, es wird dir gefallen. Arizona ist wirklich wunderschön«, sagt sie und erträgt mein verlegenes Schweigen, während ich abwarte, bis sie mir die nächste Geschichte präsentiert, eine weitere Rechtfertigung, eine weitere »Erkenntnis«, die sie in der Gruppentherapie aus der Tiefe ans Licht befördert hat.

So verbringen die Patienten im Full Circle Spa ihre

Tage: Sie üben die Kriegerinnen-Yoga-Stellung, suchen Erleuchtung durch meditative Trancezustände, tätscheln tröstend die Hand ihres Sitznachbarn und heischen anschließend bei ihren Angehörigen um Verständnis. Und wir? Wir hören ihnen zu, weil wir uns gemein vorkommen würden, wenn wir es nicht täten.

Meine Mutter beginnt damit, mir eine »Erkenntnis« zu schildern. Wie immer höre ich nur mit halbem Ohr zu und erhasche dadurch lediglich Bruchstücke ihres neuesten Aha-Erlebnisses: »Ich habe den Gedanken nie zugelassen, was für Auswirkungen es auf mich hatte, dass mein Vater Alkoholiker war. Ich habe mir immer eingeredet, dass er eben cholerisch veranlagt war und einen anstrengenden Beruf hatte, aber dadurch, dass er nach außen hin trotzdem funktioniert hat, habe ich mir nie bewusst gemacht, dass er letzten Endes auch nicht anders war als die trinkenden Väter von anderen …«

Wir sprechen in letzter Zeit häufig über ihren Vater. Darüber wie er sie als Kind verprügelt hat, wenn er betrunken war, wie er sie vor der ganzen Familie verspottet hat, wenn sie mit schlechten Noten nach Hause kam, und dass ihre Brüder es noch schwerer gehabt hatten als sie, weil er sie zu *echten Männern* erziehen wollte. Das Bild meiner den Wutanfällen ihres Vaters hilflos ausgelieferten Mutter verstärkt meinen Schmerz noch und ich klinke mich innerlich für eine längere Zeit aus. Trotzdem schaffe ich es, ihre Redepausen mit »Okay«, »Oh Mann« und »Kann ich mir vorstellen« zu füllen.

Als ich mich wieder in die laufende Sendung einschalte, sagt sie gerade: »Es hat mich immer so glücklich gemacht, dass du auf mich gewartet hast, aber das habe ich dir damals nie gesagt. Es tut mir leid, dass ich das versäumt habe, Jake. Du hast immer Bücher von Mark Twain gelesen, während du gewartet hast, erinnerst du dich?«

Anscheinend hat sie mittlerweile im Schnelldurchlauf von ihrer zu meiner Kindheit vorgespult.

Sie spricht von den Sommerferien, als ich zehn war. Ich war damals immer wach geblieben, wenn Ellie schon längst geschlafen hatte, und hatte am Tisch lesend darauf gewartet, dass Mom aus dem Krankenhaus kam.

Sie erzählt, wie sie sich an diese zärtlichen spätabendlichen Wiedersehen erinnert. Und auch ich kehre in diese Zeit zurück, die größtenteils im Nebel liegt. Ein paar Erinnerungsfetzen kann ich noch greifen: die getoasteten Käse-Sandwiches mit Chips, die sie uns herrichtete; wie wir nebeneinander am Pool saßen, die Waden im kalten Wasser, die warmen Teller auf unseren Schenkeln. Verschütteter Wein, der in den Fugen zwischen den Bodenplatten entlangfloss. Wie ich sie anlog, damit sie wegen ihrer Zwölf-Stunden-Dienste keine Schuldgefühle bekam, und immer behauptete, Ms Sullivans Essen sei grauenhaft, obwohl es in Wahrheit fantastisch war. Ich erinnere mich daran, wie es über Zigaretten und Wein immer später wurde, bis Mom sich jedes Mal mit glasigen Augen zu mir umdrehte und anfing, sich über meinen Vater auszulassen.

Das ist der Teil, an den ich mich deutlich und klar erinnere: »Männer, die auch nur einen Funken Verantwortungsgefühl im Leib haben, brennen nicht mit ihrer Kollegin nach Florida durch. Männer mit Verantwortungsgefühl lassen ihre Frau und ihre Kinder nicht einfach so im Stich. Männer mit Verantwortungsgefühl brechen ihre Versprechen nicht. Jake …?« Das war der Moment, in dem sie immer erstarrte wie jemand, der auf einem Zehnmeterbrett steht und überlegt, ob er springen soll. »Jake, versprich mir, dass du ein verantwortungsbewusster Mann wirst. Dass du ein Versprechen, das du einmal gegeben hast, niemals brechen wirst. Dass du nie so wirst wie er.«

Dann legte sie immer ihre Hand auf meine und ließ nicht mehr los, bis ich ihr versprach, dass ich ein anderer Mann sein würde, ein besserer. Ich musste es ihr mehrmals versprechen, bis ihr Griff sich lockerte und sie murmelte: »Ich weiß, dass du uns liebst. Dass du Ellie liebst. Du wirst uns nie allein lassen.«

Aber ich war mit falschen Versprechungen von ihnen weggegangen und hatte bewiesen, dass ich kein bisschen anders oder besser war als mein Vater.

Mom unterbricht ihre Erinnerungen und fragt: »Waren diese Abende für dich genauso besonders wie für mich?«

Meine Antwort kommt mechanisch. »Ja, Mom.«

»Gut. Gut.« Es piepst in der Leitung und sie seufzt. »Ich muss leider Schluss machen«, entschuldigt sie sich. »Denk über meinen Vorschlag nach, ja? Es ist so schön warm hier. Perfekt für ein verlängertes Wochenende.«

»Ja, ich denke darüber nach.« Das Desinteresse lässt meine Stimme ausdruckslos klingen und ich höre die Verletztheit in ihrem Abschied.

Wieder allein lasse ich mich zu Boden rutschen und lehne den Kopf gegen die Matratze. Ich greife nach Ambers Weinflasche und spüre das Glas in meiner Handfläche: hart, kalt, schmerzlich jeder Hoffnung entleert.

15

Der Hello-Kitty-Sticker erinnert mich daran, wie ich mich als Elfjährige gefühlt habe. Wie es sich angefühlt hat, als noch alles okay war und sich noch nicht so viele Gedanken in meinem Kopf drängten. Und du, du erinnerst mich auch daran.

Jessie

Davor. August

Lola schlüpfte in ihren grauen Schlafanzug und zog die Hose so ruckartig hoch, dass der Gummizug um ihre Taille schnalzte. »Das glaub ich einfach nicht«, sagte sie und betrachtete meinen Rucksack, der harmlos in der Ecke lag. »*Irgendwas* musst du doch gefunden haben. Du hast ihr ganzes Zimmer durchsucht, oder?«

Es war Freitagabend. Vor ein paar Stunden hatte ich noch auf dem Bett gesessen und das letzte Buch von der Sommerferien-Leseliste verschlungen. Wobei das weniger Fleiß als pure Verzweiflung gewesen war. Seit einem Monat konnte ich an nichts anderes mehr denken als an Ellie und unseren Kuss. Das Lesen war ein reines Ablenkungsmanöver. Meine Mutter hatte mal zu mir gesagt: *Wenn die Gedanken Karussell fahren, muss man sich eine Beschäftigung suchen. Und zwar am besten eine, die einem guttut.*

Das Nachdenken über das, was zwischen Ellie und mir passiert war, machte mir nur Angst. Mithilfe der Bücher konnte ich mich ablenken und war dadurch mit der Leseliste bestimmt viel weiter als alle anderen in meinem Jahrgang. Der Roman hatte gerade seinen Höhepunkt erreicht, als Lola kam. Sie trug eine schwarze Gymnastikhose und ein enges schwarzes T-Shirt und hatte die langen braunen Haare zu einem Knoten hochgesteckt. So lief sie normalerweise nicht rum. Lola war eher der Minirock-und-wild-gelockte-Mähne-Typ.

»Was hast du denn vor? Ich dachte, du wärst heute bei deinem Vater?«

»Er hat's mal wieder vergessen. Ist ja nichts Neues.« Sie ließ sich auf mein Bett fallen, holte zwei Funkgeräte, eine Taschenlampe und ein Fernglas aus der Reisetasche, in der sie ihre Übernachtungssachen mitgebracht hatte, und erklärte mir ihren Plan.

»Also, wie sieht's aus?«, fragte sie anschließend. »Machst du mit?«

Ich sah sie entgeistert an. Hatte sie ernsthaft vor, bei Ellie einzubrechen? Zumindest war sie perfekt vorbereitet. Sie wusste, dass Ellies Mutter und ihr Stiefvater am frühen Abend zu einem Ärztekongress nach Baltimore geflogen waren. *Das hat deine Schwester doch vor ein paar Tagen beim Abendessen erzählt, weißt du nicht mehr?* Außerdem wusste sie, dass Tommy, Sarah und Ellie heute im Kino waren. *Hat sie doch auch beim Essen erzählt. Mann, du hörst anscheinend nie zu!* Und sie wusste, dass unter dem Keramikfrosch im Garten ein Ersatzschlüssel versteckt war. *Kannst du dich nicht mehr erinnern, wie Jake ihn da mal hervorgeholt hat, als er sich ausgesperrt hatte?*

»Du musst bloß Schmiere stehen«, sagte sie. »Den Rest erledige ich allein.«

Soweit ich verstanden hatte, bestand »der Rest« darin, dass sie in Ellies Zimmer nach irgendetwas suchen wollte, das ihr helfen würde, sie an der Schule für alle Zeiten zum Gespött zu machen – ein Tagebuch mit peinlichen Einträgen, Nacktfotos oder am besten medizinische Unterlagen, die belegten, dass sie eine Geschlechtskrankheit hatte.

»Ich glaube, du hast zu viel *Gossip Girl* geschaut«, sagte ich.

»Ha, sehr witzig.« Lola verengte die Augen. »Ellie ist eine miese Schlampe. Ich hab Tommy gefragt, ob das, was sie behauptet hat, stimmt. Und er hat gesagt, dass es gelogen war. Alles.« Über ihr Gesicht huschte ein Ausdruck tiefster Verletztheit.

»Tommy ist doch selbst ein Lügner«, sagte ich. »Woher soll Ellie das mit dir und ihm gewusst haben, wenn er es ihr nicht erzählt hat?«

Lola zuckte mit den Schultern, als wären die Einzelheiten egal, solange sie Tommys Wort hatte. »Vielleicht hat sie uns nachspioniert?«

»Was? Dir und Tommy?«, fragte ich ungläubig. Wenn Lola das tatsächlich für möglich hielt, war sie nicht ganz normal.

»Warum denn nicht? Wir haben Tommy und Sarah doch auch nachspioniert«, sagte sie, als würde das irgendwas beweisen. »Also, was ist jetzt? Hilfst du mir oder nicht?«

Ich wusste genau, dass sie die Sache durchziehen würde, ob mit mir oder ohne mich. Sie war fest entschlossen. Es blieb keine Zeit, Ellie zu warnen, und ansonsten hätte ich es höchstens verhindern können, wenn ich meiner Mutter davon erzählt hätte. Aber ich wollte Lola nicht verraten. Auf gar keinen Fall. Ich überlegte fieberhaft, was ich tun könnte, und hatte eine Idee.

»Okay, ich helfe dir«, sagte ich. »Aber nur wenn du Wache hältst und ich reingehe.«

Als sie den Mund öffnete, um zu widersprechen, hob ich die Hand. »Hör mir erst mal zu, okay? Ich kenne mich bei Ellie im Haus viel besser aus als du, dadurch bin ich auch schneller wieder draußen, und das Risiko, erwischt zu werden, ist geringer.«

Natürlich sagte ich nicht, dass der Gedanke, in Ellies Zimmer zurückzukehren, mich mehr reizte, als ich es auch vor mir selbst je zugegeben hätte.

Lola zögerte.

»Entweder wir machen es so oder ich helfe dir gar nicht«, sagte ich.

Zwanzig Minuten später stand ich in Lolas schwarzen Klamotten und der Taschenlampe in der Hand in Ellies Zimmer.

Es war ein merkwürdiges Gefühl, vor ihrem Schreibtisch zu stehen und in ihren Sachen herumzukramen. In mir mischten sich die gegensätzlichsten Gefühle. Ich hatte ein schlechtes Gewissen und war gleichzeitig glücklich, fand mich mutig und hatte zugleich Angst. Aber vor allem fühlte ich mich verändert.

Bis vor einem Monat war ich noch ungeküsst gewesen, hatte Lola niemals angelogen und nie etwas Verbotenes getan. Und jetzt war ich ohne Ellies Wissen in ihrem Zimmer und wühlte mich durch ihr Leben.

Ich sah mir die Fotos an, die an der Wand hingen. Ellie und Jake als Kinder neben einem Halloween-Kürbis, der größer war als sie selbst; Ellie und Sarah auf der »Sweet Sixteen Party«, die sie gemeinsam veranstaltet hatten; Ellie, als sie etwa sieben gewesen war, zusammen mit ihrem Vater.

Ich zog das Foto vorsichtig von der Wand ab und betrachtete es genauer. So ausgelassen und fröhlich hatte ich sie noch nie erlebt. Auf die Rückseite stand: *Ich und meine kleine Lee-Lee.*

Ich kannte ihren Vater nicht, aber ich wusste, dass Ellie manchmal – selten – für ein verlängertes Wochenende zu ihm und seiner neuen Familie nach Florida flog.

»Hey, Black Hawk. Was ist da drinnen los? Over«, ertönte plötzlich aus dem Funkgerät die Stimme von Lola, die darauf bestand, mich mit diesem blöden Codenamen anzusprechen.

»Nichts.« Ich klebte das Foto wieder an seinen Platz und ging zum Schrank.

»Hast du schon was gefunden?«

»Noch nicht.«

»Beeil dich. Over.«

»Okay«, murmelte ich und betrachtete die Sachen, die im Schrank lagen, fühlte die weichen Stoffe, verlor mich im Geruch ihres blauen Lieblingspullis. Ich fand einen Schal, den ich zwar ein paarmal an ihr gesehen hatte, aber nicht oft genug, als dass sie ihn vermissen würde, und steckte ihn in meinen Rucksack.

Als ich einen Schritt zurücktrat, stieß ich im Dunkeln gegen etwas. Im Schein der Taschenlampe sah ich einen Haufen schwarzer Notizbücher mit Spiralbindung, die vor dem Bett verstreut lagen. Ich kniete mich hin und blätterte neugierig darin.

Sie enthielten Skizzen in Kohle, Tusche und Bleistift. In einem der Bücher, auf dessen Deckblatt »2009« stand, erkannte ich ein Bild des unheimlichen Hauses an der Ecke mit dem verwilderten Garten. Und eins von dem merkwürdigen Jungen mit dem riesigen Kopf und den viel zu kleinen Augen, der vier Häuser weiter wohnte. Ein älteres Buch enthielt gleich eine ganze Serie mit Zeichnungen von Mr Lumpnicks Border Collie in sämtlichen Entwicklungsstadien vom Welpen bis zur ausgewachsenen Hündin.

Als ich nach dem nächsten Notizbuch greifen wollte, rutschte es mir aus den Fingern und schlitterte über den glatten Holzboden unter das Bett. Ich hob den Bettüberwurf hoch und leuchtete mit der Taschenlampe in die Finsternis. Es lag an einem Schuhkarton, der fast bis zur Wand geschoben war. Auf dem Bauch liegend, streckte ich den Arm aus und angelte danach, wobei ich den Karton mit herauszog, weil sich die Spiralbindung darin verfangen hatte. Ich hob den Deckel ab, um einen Blick hineinzuwerfen.

»Achtung, Black Hawk!«, quäkte es aus dem Funkgerät. »Autoscheinwerfer am Ende der Straße. Over.«

Papierstreifen. Ein ganzer Haufen aus verschiedenen Heften und Blöcken gerissene Papierstreifen, auf denen rätselhafte Sätze standen.

»Hallo? Hast du mich gehört? Over.«

Mit zitternden Fingern fischte ich einen Streifen nach dem anderen aus der Schachtel. Enthielt dieser Karton alles, was ich über Ellie wissen wollte … zu meiner freien Verfügung?

»Der Wagen ist gerade in die Einfahrt gebogen. Scheiße, bist du taub, oder was? Over.«

Am liebsten hätte ich den Karton mitgenommen und mich nachher, wenn alle im Haus schliefen, damit in unseren Hobbykeller geschlichen, um jeden Zettel einzeln zu lesen und zu versuchen, seine Bedeutung zu ergründen.

»Sie steigen aus. Verdammt, was machst du?!«

Aber würde Ellie es mir jemals verzeihen, wenn ich ihr ihre allerprivatesten Gedanken stehlen würde?

»Jessie? Willst du mich verarschen? Die … die kommen jetzt rein.« Lola stotterte vor Aufregung. »Sie sind schon an der Tür!«

Ich schob den Karton blitzschnell unters Bett zurück und stapelte die Skizzenbücher – bis auf eins – ordentlich aufeinander. Das Buch, das laut der Jahreszahl das neueste war, warf ich in meinen Rucksack und redete mir ein, dass ich eine Möglichkeit finden würde, es morgen heimlich wieder zurückzulegen, bevor Ellie etwas merkte. Ich sagte mir, dass das nicht so schlimm war. Schließlich waren es bloß Zeichnungen. Aber ich wusste, dass ich mich selbst belog.

Als ich gerade das Fenster hochschob, hörte ich, wie sich der Schlüssel in der Haustür drehte.

»Wir nehmen morgen den ersten Flug«, sagte Ellies Mutter mit undeutlicher Stimme. »Es ist weiß Gott kein Drama, dass wir den Flug verpasst haben, Gary. Ja, ja, es war ein Fehler, uns noch mal an die Bar zu setzen, aber können wir das Thema damit jetzt bitte endlich abschließen?«

»Okay, okay«, brummte Mr Sargeant. »Ich wollte ja nur …«

»Ich weiß, was du wolltest. Das hab ich schon beim ersten, beim zweiten, beim dritten, vierten und fünften Mal verstanden.«

»Ist ja gut. Ich sage schon nichts mehr.«

Danach herrschte Stille. Ich hob so geräuschlos wie möglich das Fliegengitter aus den verrosteten Angeln, während ich gleichzeitig angestrengt lauschte. Gepäckstücke wurden ins Haus getragen und Lampen angeknipst.

»Sag mal, hörst du irgendwas?«, durchbrach Mr Sargeants Stimme die Stille.

Ich erstarrte, das Herz klopfte mir bis zum Hals.

»Nein, was sollte ich denn hören?«

»Genau das meine ich. Wo steckt Ellie? Ich dachte, sie hätte heute Hausarrest.«

»Sie schläft bei Sarah. Das habe ich dir doch erzählt. Ich bin mir ganz sicher, dass ich dir das erzählt habe.« Die Stimme kam näher und dann blieb Mrs Sargeant direkt vor der Zimmertür stehen.

»Wenn du ihr Strafen nur androhst, sie aber nicht durchsetzt, wird sie es nie lernen«, sagte Mr Sargeant.

»Ich habe dir doch gesagt, dass ich mich lange mit ihr

unterhalten habe und dass wir die Sache geklärt haben. Warum müssen wir das Thema immer und immer wieder durchkauen?«

»Weil ich ihr nicht glaube. Und weil ich es satthabe, dass du ihr mehr glaubst als mir. Wenn du wirklich davon überzeugt bist, dass sie sich an deine Regeln hält, können wir ihr Zimmer ja unbesorgt durchsuchen und werden nichts finden. Also schlage ich vor, dass wir diese Diskussion beenden, indem wir nachsehen …«

Licht flutete blitzartig den Raum, als die Tür aufgerissen und sofort wieder zugeschlagen wurde.

»Das werden wir ganz bestimmt nicht tun, Gary. Ich spioniere meiner Tochter nicht hinterher.«

»*Spionieren*? Wenn du nicht endlich anfängst, dich ernsthaft …«

»Ich bin todmüde. Müssen wir das jetzt besprechen?« Ihre Stimme entfernte sich wieder. Ich hörte eine Tür, die geschlossen wurde, und dann nur noch gedämpfte Geräusche.

»Psst, Jess.«

Ich fuhr herum.

Lola stand draußen und hielt das Fliegengitter in der Hand, das sie leise abgenommen hatte.

Dreißig Minuten später baute sie sich in ihrer grauen Schlafanzughose vor mir auf und stellte mich zur Rede. »Ich verstehe das nicht«, sagte sie.

»Da war nichts. Wirklich nicht. Oder hättest du gewollt, dass ich eine Kohlezeichnung klaue, die sie von Mr Lumpnicks Hund gemacht hat? Hättest du die dann kopiert und in der Schule aufgehängt? Ich glaube nicht, dass das Ellie viel ausgemacht hätte.«

Aus dem Wohnzimmer, wo meine beiden jüngeren Schwestern mit Mom und Dad auf dem Sofa saßen und *Die unendliche Geschichte* schauten, drang Gelächter zu uns nach oben. Noch letzten Sommer hatte ich meine Wochenenden meistens mit ihnen verbracht, aber jetzt war ich auf der Highschool, und seitdem war einiges komplizierter geworden.

»Hast du wirklich überall nachgeschaut? Auch unter ihrem Bett? Im Schrank?«

»Tut mir leid«, sagte ich müde.

»Es tut dir leid?« Lola starrte mich wütend an.

»Jetzt reg dich mal ab, ja? Die Idee war doch sowieso total bescheuert.«

»Ich hab gleich gewusst, dass ich es selbst hätte machen sollen«, fauchte sie.

»Ach ja? Es war stockdunkel in dem Haus. Du hast doch totale Panik allein im Dunkeln.« Ich hielt ihrem Blick für ein paar Sekunden stand, bis sie wegschaute.

»Was ist mit dir?«, fragte sie misstrauisch. »Irgendwas ist doch los.«

Ich zuckte mit den Schultern, weil ich wusste, dass wir

nicht mehr über den Einbruch sprachen, sondern darüber, dass ich mich in letzter Zeit immer öfter gegen sie auflehnte.

»Du *versteckst* doch irgendwas … Lüg mich nicht an.« Sie näherte sich meinem Rucksack, aber ich sprang vom Bett auf und stellte mich ihr in den Weg. Lola funkelte mich an, als würde sie mir gleich den Kopf abreißen, aber ich ließ mich nicht von ihr einschüchtern. Ich wollte nicht, dass sie meine Sachen durchwühlte und auf den Boden warf, wie sie es immer mit Mr Big Butt machte. Ich wollte mich so nicht mehr behandeln lassen.

»Ich lüge nicht.«

»Dann lass mich nachsehen.« Sie kam einen Schritt auf mich zu und versuchte, sich an mir vorbeizuschieben, aber zu ihrer – und meiner eigenen – Überraschung stieß ich sie weg.

»Wag es bloß nicht!« Ich zitterte und spürte, wie Adrenalin durch meine Adern rauschte. »Ich warne dich!«

»Lass mich!« Sie packte mich an den Schultern.

Ich stemmte mich dagegen und konnte sie eine Weile abwehren, bis sie ihr volles Körpergewicht einsetzte und mich zur Seite schubste. In der nächsten Sekunde war sie schon bei meinem Rucksack und kippte den Inhalt auf den Boden. Heraus fielen die Taschenlampe, Ellies Ersatzschlüssel und der Schal, aber nicht das Skizzenbuch. Weil ich befürchtet hatte, dass so etwas passieren könnte, hatte ich es unauffällig in das Gebüsch neben der Haustür geworfen, bevor wir reingegangen waren.

»Ach, und was ist *das*? Du hast ihr einen Schal geklaut«, zischte sie.

Ich richtete mich auf. »Na und? Er hat mir gefallen.«

Wir starrten uns an.

»Na gut. Weißt du was? Du bist echt scheiße. Ich geh jetzt nach Hause.« Sie packte ihre Sachen zusammen und steckte auch noch ein paar von meinen ein. Die Schneekugel, die sie mir aus Kanada mitgebracht hatte, und ein mit Pailletten besticktes Haarband, mein letztes Weihnachtsgeschenk von ihr. An dem gerahmten Foto, das uns beide an meinem dreizehnten Geburtstag zeigte, blieb sie kurz stehen, dann nahm sie es und warf es in den Papierkorb neben der Wäschekommode. Zuletzt knipste sie das Licht aus, ging raus und knallte die Tür zu.

Ich machte das Licht wieder an, setzte mich aufs Bett und wartete darauf, dass sich mein Herzschlag wieder beruhigte. Er normalisierte sich zwar nicht – dazu fühlte ich mich viel zu lebendig –, aber irgendwann hörte ich wenigstens auf zu zittern.

Ich wusste, dass Lola die Sache in ein paar Tagen vergessen haben würde. So war das immer bei ihr. Kleine Wutausbrüche, die schnell verpufften. Aber die Sache mit Ellie war etwas anderes. Wie würde sie reagieren, wenn sie herausfand, dass das Skizzenbuch fehlte oder ihr Schal? Allein bei dem Gedanken krampfte sich alles in mir zusammen.

Ich fühlte mich, als würde ich am Rand einer Klippe stehen: Obwohl ich nicht wusste, ob das Wasser überhaupt tief genug war, wollte ich springen.

Ich hatte es satt, immer auf Nummer sicher zu gehen. Ich sehnte mich nach dem Gefühl des freien Falls. Und das machte mir Angst.

16

Du bist bloß ein Jahr älter als ich, aber du hast immer schon viel besser gewusst, wie die Welt funktioniert. Du wusstest, dass man alles, was im Laufe der Zeit an einem hängen bleibt – der Schmutz an meinem Oberschenkel genauso wie die Löwenzahnblüte an meinem Handgelenk – abgestreift werden kann.

Sarah

Danach. Februar

Es ist wieder mal Sonntag und Mom und meine Schwestern sind in der Kirche. Ich stelle mir vor, wie sie dicht nebeneinander in der engen Bank sitzen, die Gesangsbücher im Schoß, und singen, sich an den Händen halten oder das Vaterunser beten.

Ich dagegen warte allein zu Hause mit einer Schüssel aufgeweichter Cornflakes im Schoß darauf, dass sie zurückkommen. Und als sie dann wieder da sind, beobachte ich sie und versuche, die Bedeutung ihrer Rituale zu entschlüsseln. Ich habe viel über Sonntage gelernt. Aber vor allem habe ich gelernt, dass Mom fast alles sieht und weiß, auch wenn sie es sich nicht anmerken lässt.

Sie räuspert sich, als Meg sich beschwert, dass Dad nicht zu Hause ist, obwohl er es versprochen hat. Seufzt, als Jess ihren Teller wegschiebt, nachdem sie so getan hat, als hätte sie etwas gegessen. Lächelt geduldig, während Mattie ihr aus *Dora, die Entdeckerin* vorliest.

Als Meg, die immer noch ihr Sonntagskleid anhat, plötzlich zum Wohnzimmerfenster läuft, macht Mom sie nachsichtig darauf aufmerksam, dass ihr die Spange mal wieder fast aus den Haaren herausrutscht, weil sie so unglaublich glatt sind. Meg beachtet sie nicht und zieht den karierten Vorhang so schnell zur Seite, dass ein silberner Bilderrahmen zu Boden fällt.

»Er hat mich gesehen!«, kreischt sie. Ihre Wangen färben sich rosa, aber sie presst sich mutig ans Fensterbrett. »Oh Gott.« Sie atmet langsam aus und starrt auf den namenlosen Jungen, der ihr neuester Schwarm ist. »Oh Gott.«

Fahrradreifen quietschen. Meg bricht kichernd zusammen. Mattie springt von Moms Schoß, läuft zum Fenster und späht hinaus. Jess schiebt ihren Teller noch weiter weg und stellt sich auch zu den anderen, um schweigend die Welt da draußen zu betrachten. Durch die Scheibe kann ich sehen, dass es ein herrlicher Tag ist. Später wird es vielleicht noch kalt und regnerisch, aber im Moment strahlt die Sonne vom Himmel, und in dem Licht, das sich um die Rinde der Baumstämme legt, liegt ein Frühlingsversprechen. Zum ersten Mal seit Monaten möchte ich nach draußen gehen und den Sonnenschein auf meinem Gesicht spüren.

Ich stehe auf, trete näher, aber nicht zu nah, und bücke mich, um den Rahmen aufzuheben. Die glückliche Familie auf dem Bild, das darin steckt, ist eine Hochglanzversion der Familie, die ich kenne. Als ich es auf das Tischchen zurückstelle, fängt Mom meinen Blick auf und nickt in Richtung meiner Schwestern.

»Ach, noch mal jung sein«, sagt sie mit wehmütigem Lacheln, als hätte ich wie sie das schmerzhafte Erwachsenwerden bereits hinter mir.

Jetzt herrscht absolute Stille im Raum. Meine Schwestern drücken sich an die Scheibe und ich sehe Mom an.

Die Sekunden vergehen und allmählich werden wieder Geräusche hörbar: Meg, die Jessie etwas ins Ohr flüstert, und Mattie, die kichert.

»Mom …?«, sage ich schließlich. Sie dreht mir leicht den Kopf zu, wie sie es immer tut, um mir zu signalisieren, dass sie sofort bei mir sein wird, falls ich eine Panikattacke haben sollte, ist ansonsten aber in ihre eigenen Gedanken versunken. Trotzdem beginnen sich ganz langsam Wörter zu bilden – erst in meinem Inneren und dann auch nach außen hin hörbar: »Hättest du Lust, mit mir nach drauß…?«

Doch sie werden von Megs lauter Stimme übertönt. »Oh mein Gott! Oh mein Gott! Ich liebe ihn! Ich liebe ihn so sehr!« Sie dreht eine Pirouette, ihre verrutschte Haarspange fällt zu Boden. Sie tut so, als würde sie auf der Couch in Ohnmacht fallen, beide Beine in die Luft gereckt. Mattie läuft begeistert auf sie zu und krabbelt auf sie drauf. Jess schaut immer noch aus dem Fenster. Mom wendet sich mir zu, ihr Blick ist abwesend, als wäre sie mit etwas anderem beschäftigt.

»Wolltest du irgendetwas, Sarah?«, fragt sie.

Und es ist dieses eine Wort »wollen« – etwas von ihr nehmen, statt ihr etwas zu geben oder mit ihr zu teilen –, das mich den Rest des Satzes zusammenfalten und in einer dunklen Ecke in meinem Inneren verstauen lässt. Ich schüttle den Kopf.

»Nein.«

Sie lächelt freundlich, die mütterliche Maske sitzt fest an ihrem Platz.

Auf der Couch kitzelt Meg Mattie, bis sie hysterisch kreischt.

Der Moment ist vorüber.

An diesem Abend liege ich zusammengerollt im Bett und starre an die Decke, als Tommy ins Zimmer kommt. Seit der Sache von vor drei Wochen haben wir uns nicht mehr gesehen. Seit einundzwanzig Tagen kein einziges Wort miteinander gewechselt. Und plötzlich ist er wie durch Zauberei auf einmal wieder da. Auch wenn er anscheinend nur gekommen ist, um meine Sachen zu inspizieren.

Er bleibt vor der Kommode stehen und lässt seine Fingerspitzen über die Dinge wandern, mit denen Mom das Zimmer für mich ein bisschen heimeliger gemacht hat: das Hochzeitsfoto meiner Großeltern, das kleine Schmuckdöschen aus Marmor, das sie mir zu meinem siebten Geburtstag geschenkt hat, den handgeschnitzten Jade-Elefanten, den mein Vater mir von einer Asienreise mitgebracht hat. Seine Hand schwebt über einem ungeöffneten Paket, das ebenfalls dort liegt. Er streicht über die Kanten, liest stumm den Namen des Absenders auf dem Aufkleber. *Jake.* Dann sieht er mich an.

Er ist zu weit weg, als dass ich ihn anfassen könnte – seine Adidas berühren noch nicht einmal den runden Teppich in der Mitte des Zimmers –, aber ich sehe, dass die Haut um seine Fingernägel genauso rot entzündet ist wie vor drei Wochen.

»Hast du in letzter Zeit mal was von ihm gehört?«, frage ich.

Er nimmt das Päckchen, schüttelt es leicht. Wiegt es in der Hand, als wollte er das Gewicht schätzen. »Ja«, sagt er dann. »Aber er war ziemlich durch den Wind. Ich glaube, die Sache mit Ellie hat ihn total aus der Bahn geworfen.« Er legt das Päckchen wieder zurück. »Wann ist das gekommen?«, fragt er eine Spur zu beiläufig.

»Keine Ahnung. Irgendwann letzte Woche, glaube ich.« Ich erwähne nicht, dass es seitdem unangetastet auf der Kommode liegt. Dass der Gedanke an das, was darin sein könnte, mich mit Angst erfüllt.

»Warum hast du es nicht aufgemacht?« Er schlägt mit der flachen Hand leicht auf das Päckchen. »Bist du nicht neugierig?«

So neugierig, dass es wehtut. Aber ich habe alles gründlich analysiert – Ellies Tod, Jakes Abwesenheit, auch schon in der Zeit, bevor ich in der Klinik war, die Tatsache, dass zwischen uns noch nie irgendetwas gut war oder jemals gut sein wird – und bin zu dem Schluss gekommen, dass das, was sich in dem Paket befindet, nur ein weiteres großes Stück von der Hölle sein kann.

»Willst du nicht wissen, was drin ist?«, hakt Tommy nach.

Ich verdrehe die Augen und zucke mit den Schultern, aber irgendetwas an Tommys Blick sagt mir, dass er mir meine Gleichgültigkeit nicht abnimmt, und ich kann nichts dagegen tun, dass es aus mir herausbricht: »Hat er dir gesagt, dass er mich nie angerufen hat? Nicht ein einziges Mal, seit er in New York ist? Er hat mich auch nicht in der Klinik besucht. Er…« Ich rede und rede, obwohl ich weiß, dass ich mich anhöre wie eine enttäuschte Fünfjährige, die dem entfernten Bimmeln des Eiswagens hinterherrennt. Als ich fertig bin, warte ich auf das Unvermeidliche. Darauf, dass Tommy mich fragt, ob ich meine Tage habe, oder einen anderen blöden Witz reißt. Aber das tut er nicht. Er setzt sich neben mich aufs Bett und legt tröstend eine Hand auf mein Bein.

Tommy ist um einiges vielschichtiger, als man ihm auf den ersten Blick zutraut. Wenn er spürt, dass er zu weit gegangen ist, lässt er die Blödelei und nimmt einen einfach in den Arm.

Er rutscht näher an mich heran. »Oh Mann. Dich so zu sehen, ist … Das macht mich echt fertig.«

Er betrachtet mich besorgt. Ich muss plötzlich an den Biologie-Unterricht in der elften Klasse denken, als Ellie jedem von uns einen Meeresbewohner zugeordnet hat.

»Jake ist ein Delfin, ganz klar. Weil er wie Flipper immer zur Rettung kommt, wenn man in Not ist. Und du bist ein Seestern, Sarah.«

»Warum ein Seestern?« Aus irgendeinem Grund hätte ich eher damit gerechnet, dass sie mich mit einer Wasserschildkröte, einem Frosch oder irgendwas anderem in der Art vergleichen würde. Einem Tier, das etwas gewöhnlicher ist und nicht so schön.

»Weil du über erstaunliche Regenerationsfähigkeiten verfügst«, sagte sie und bewies damit, dass sie gut aufgepasst hatte, obwohl sie sonst im Unterricht eher vor sich hin träumte. Mr Fox hatte uns nämlich gerade ausführlich erklärt, dass alle Tiere der Gattung Echinodermata, also Stachelhäuter, ein sogenanntes »mutables« Bindegewebe haben, das ihnen unter anderem erlaubt, abgebissene Körperteile neu zu bilden. »Und außerdem …«, sie betrachtete mich mit zusammengekniffenen Augen, »… bist du auch manchmal ganz schön stachelig.«

Das fand ich weniger schmeichelhaft. »Und du?«

»Ich bin ein Seepferdchen.«

Darüber musste ich lachen. »Warum? Weil du vorhast, monogam zu leben und deinem Partner ein Leben lang treu zu bleiben?« Ellie hatte während unserer Flaschendreh-Phase zwar mindestens zwei Dutzend Jungs geküsst, im Gegensatz zu mir aber noch nie davon gesprochen, dass sie mit irgendeinem davon fest zusammen sein wollte.

»Nein«, sagte sie, und über ihr Gesicht huschte ein Ausdruck, den ich nicht deuten konnte. »Weil ich leicht an Erschöpfung sterben könnte.«

Ich hätte sie damals fragen sollen, was sie damit meinte, aber ich sagte nur: »Und Tommy?«

»Tommy? Ganz eindeutig eine Qualle.«

Ich dachte darüber nach und erkannte, dass sie absolut recht hatte. Wie eine Qualle ließ er sich blind durch das dunkle Meer treiben und war relativ harmlos, solange man nicht mit ihm zusammenstieß. Aber *wenn* man mit ihm zusammenstieß …

Mit diesem Gedanken im Hinterkopf stelle ich ihm jetzt flüsternd die Frage, vor deren Antwort ich mich am meisten fürchte, aber ich muss es einfach wissen: »Glaubst du, dass Jake … Glaubst du, dass er mich jetzt hasst?«

»Verdammt, Sarah…« Er wendet den Blick ab, was in gewisser Weise auch schon eine Antwort ist. »Was spielt das denn für eine Rolle? Du hast gerade gesagt, dass er dich kein einziges Mal in der Klinik besucht hat. Ich bin fast jede Woche bei dir gewesen. Wo war er?«

Tommy steht ruckartig auf und nimmt all seine Wärme mit sich. Er geht zur Kommode, greift nach dem Paket und bringt es mir. »Mach es auf.«

Ich sehe zum Fenster. Die Sonne ist mittlerweile untergegangen und die kahlen Bäume schwanken im Wind. Trotzdem sehen sie lebendiger aus als ich.

»Später«, sage ich und spüre einen kleinen Stich. »Ich will im Moment nicht, dass es mir irgendwas ausmacht.«

»Gut.« Er klingt erleichtert. »Es geht mir nämlich ziemlich auf die Nerven, dass es dir was ausmacht. Okay?« Er atmet ein paarmal tief durch, dann setzt er sich und streichelt wieder mein Bein. »Ich bin dafür, dass wir einen Film schauen. Irgendwas Lustiges. Was meinst du?«

Ich nicke, weil ich weiß, dass er recht hat. Ich muss den Tatsachen ins Gesicht sehen. Ich bin Jake egal. Und er sollte mir egal sein. Aber an diesen Punkt zu kommen ist nicht so einfach, wie Tommy sich das vorstellt.

Ich rutsche ein Stück, um ihm auf dem Bett Platz zu machen, und lasse zu, dass er mich in den Arm nimmt. Wir schalten den Fernseher ein und sind für die nächsten zwei Stunden einfach Sarah und Tommy. Freunde. Beinahe ein Paar. Zwei von ursprünglich vieren, die übrig geblieben sind.

Tommy ist schon weg, als meine Schwestern, denen Popcorn zwischen den Zähnen klebt, aus dem Kino zurückkommen. Mom macht den Fernseher aus und wundert sich laut über den merkwürdigen Geruch in meinem Zimmer, den der rotäugige Tommy so oft zurücklässt. Sie erinnert mich an meinen nächsten Termin mit der besorgten Therapeutin am Mittwoch und erkundigt sich, ob ich nicht mal aufstehen und duschen wolle. Dann lässt sie mich allein – mich und das Paket von Jake, das nach mir ruft.

Wird es immer so sein? Werde ich immer das langweilige Mädchen bleiben, das in den Jungen verliebt war, der ihre Liebe nicht erwiderte? Die nicht mit dem glücklich werden kann, was sie hat, weil sie nicht das haben kann, was sie will? Was ich immer hatte, ist Tommy. Was ich immer wollte, ist Jake.

Ich greife nach dem Paket und wiege es in der Hand wie Tommy vorher. Dann lege ich es mir in den Schoß, sitze da und sehe es an. Ich denke an die Quallen, die blind in der Dunkelheit schwimmen und ihre Nesselarme hinter sich herziehen. Und an Ellies Seepferdchen, das sich erschöpft durch die endlosen Wellen des Ozeans kämpft.

Und der Ballon in meiner Brust weitet sich – wartet, droht mich zu ersticken –, aber ich unterdrücke meine Panik, indem ich mich an das erinnere, was Ellie gesagt hat. Dass ich ein Seestern bin. Dass ich über erstaunliche Regenerationskräfte verfüge. Dass ich überleben kann.

Mit zitternden Fingern beginne ich das Klebeband von dem Päckchen abzuziehen. Bald ist der Boden mit Packpapierfetzen übersät und in meinem Schoß liegt eine braune Schachtel. Ich öffne sie und schaue hinein. Im ersten Moment kann ich nichts erkennen außer ineinanderfließenden Farben, dann wird mir klar, dass ich verschwommen sehe, weil mir Tränen in die Augen gestiegen sind. Ich atme ein paarmal tief durch, um mich zu beruhigen, aber es ist zwecklos. Ich komme nicht dagegen an.

Irgendwann fange ich an, ein Foto nach dem anderen aus der Schachtel zu nehmen und zu betrachten. Es sind Polaroids, aber auch normale Abzüge von mir und Ellie aus den letzten fünf Jahren. Wir beide auf Partys, in der Schule, mit verschiedenen Frisuren und Klamotten, genervt, lachend, auf Sofas, Teppichen, Wiesen und Campingplätzen liegend, auf Schulbällen tanzend.

Die Schachtel rutscht zu Boden. Fotos fliegen herum. Ich lasse mich aufs Bett fallen, vergrabe mein Gesicht im Kissen, konzentriere mich auf die Kugel in mir und lasse sie in der Luft schweben.

Ich wiederhole das Wort »stoisch«. Stundenlang.

Schließlich beruhige ich mich so weit, dass ich die Fotos wieder zusammensuchen und in die Schachtel zurücklegen kann. Ich gehe damit zum Wandschrank, stelle sie auf das oberste Brett und schiebe sie so weit in die Dunkelheit, dass jemand einen Tunnel nach China graben müsste, um sie zu finden. Und dann knipse ich das Licht aus und versuche zu schlafen.

17

Wir alle zusammen in rasender Geschwindigkeit auf diese letzte Erinnerung zusteuernd: am 4. Juli zusammengedrängt auf einer Patchwork-Decke den Nationalfeiertag feiernd. Der Himmel, der über deinem offen stehenden Mund explodiert. Dads Arm um Moms Schulter. Deine Füße an meine gepresst.

Jake

Danach. Februar

Weniger als eine Woche nachdem Amber bei mir gewesen ist, bekomme ich die Aufforderung, mich beim Dekan der Uni zu melden. Das Büro von Mr Schwartz ist düster, ein Tempel zur Schau gestellter Männlichkeit und von einem vertrauten Geruch erfüllt, den ich aber nicht sofort einordnen kann. Erst als Mr Schwartz es sich hinter seinem wuchtigen Mahagonischreibtisch bequem gemacht hat, verbindet sich der Geruch mit der Erinnerung an ein anderes Büro, das diesem hier sehr ähnlich war.

In meiner Erinnerung bin ich zwölf und sitze neben meiner Schwester, die teilnahmslos an die Wand starrt. Meine Mutter sitzt uns gegenüber neben dem Therapeuten. Ich glaube, er hieß Bob und hatte graue Haare und freundliche Augen.

Wir hatten wochenlang Sitzungen bei ihm. Bob stellte

hauptsächlich Fragen. Mom wischte sich über die Augen und gab sich größte Mühe, nicht zu weinen. Ellie blieb stumm, und ich versuchte, irgendwie dafür zu sorgen, dass die beiden sich ein bisschen besser fühlten – indem ich Mom anlächelte oder eine Grimasse für Ellie zog –, was aber nicht funktionierte.

Die Erinnerung ist zu verstörend. Ich schließe die Augen, reibe mir übers Gesicht und versuche sie abzuschütteln, aber sie bleibt so klar und präsent wie der Schmerz, den ich manchmal spüre.

»Mr Meyers.« Der Dekan räuspert sich. »Mir ist zugetragen worden, dass die Leistungen, die Sie in Ihren Kursen erbringen, leider ungenügend sind und dass Sie an den Vorlesungen kaum teilnehmen.« Er hält inne und senkt die Stimme, weil es jetzt gleich um ein sehr heikles Thema geht. »Ich habe von dem schweren Verlust gehört, den Sie letztes Semester erlitten haben, aber hier steht …«, er blickt in die Akte, die vor ihm liegt, »… Sie hätten mehrmals geäußert, dass Sie keine Beratung durch den psychologischen Dienst der Universität in Anspruch nehmen wollen. Würde es Ihnen etwas ausmachen, mir zu erklären, warum Sie dieses Angebot abgelehnt haben?«

Weil es die naheliegendste und logischste Antwort ist, sage ich: »Ich brauche keine psychologische Beratung.«

Mr Schwartz blinzelt und nickt höflich, als würde er das verstehen, wäre aber persönlich anderer Meinung.

»Nun, dann … Vielleicht wäre es das Beste für Sie, wenn Sie eine Auszeit nehmen würden, um den Kopf frei zu bekommen und den Wunden Zeit zu geben, zu heilen.« Er blättert in seinen Unterlagen und betrachtet mich dann über den Rand seiner Brille hinweg. Durch seinen überernsten Gesichtsausdruck und die vereinzelt auf seinem fast kahlen Kopf sprießenden grauen Haare sieht er aus wie eine unglückliche Eule. »Was sagen Sie dazu?«

Er schnalzt mit der Zunge, und ich frage mich, ob ihn mein Schweigen wütend macht. Ob er jetzt lieber in einem Hörsaal stehen und eine Vorlesung halten würde, als sich mit Probezeiten, Lebenskrisen und toten Schwestern von Studenten befassen zu müssen. Studenten, deren Schwestern möglicherweise oder vielleicht sogar höchstwahrscheinlich Selbstmord begangen haben.

Als er sich vorbeugt, bemerke ich, dass er Manschettenknöpfe in Form von winzigen Golfbällen trägt. Ich versuche ihn mir auf einem perfekt gemähten grünen Golfrasen vorzustellen, die nackten Arme leicht verbrannt, obwohl er vorsorglich Sunblocker aufgetragen hat. Er wirkt wie jemand, der sich Zeit lässt, bevor er seinen Schlag macht. Wie jemand, dessen Kopf für diese Konzentrationsleistung frei genug ist. Ich weiß nicht, warum, aber das allein verrät mir viel über sein Leben.

Er greift nach dem Tacker, der auf dem Tisch steht, und drückt ihn gedankenverloren ein paarmal. Ich kämpfe gegen das Bedürfnis an, ihn ihm aus der Hand zu nehmen. Wegen so etwas kann man von der Uni verwiesen werden.

»Das ist eine schwere Zeit für Sie, nicht wahr?«, sagt er.

Weil das eine dämliche Frage ist, bekommt er darauf eine mindestens genauso dämliche Antwort. »Das Leben an sich ist schwer, nicht wahr?«

Mr Schwartz nickt heftig, als hätte ich etwas sehr Weises gesagt. Dann klappt er meine Akte zu und verschränkt die Finger ineinander.

»Ja, das Leben *ist* schwer. Aber wir überleben. Wir kommen über die Dinge hinweg, die passieren. Ich bin mir sicher, dass es Ihnen Ende des Jahres schon viel besser gehen wird. Es gibt nichts Heilsameres als ein bisschen Sonne und Ruhe, um wieder auf die Beine zu kommen. Sie werden überrascht sein, dass die Zeit tatsächlich die meisten Wunden heilen kann. Dieser Satz ist nur deswegen zu einer Redewendung geworden, weil er so wahr ist, wissen Sie?« Er erhebt sich, also stehe ich auch auf.

An der Tür gibt er mir unbeholfen einen Klaps auf die Schulter und nickt mir zu, wie man das unter Männern so macht. Im nächsten Moment wandert sein Blick ein Stück nach rechts, und er scheint schon wieder irgendwo anders zu sein und an angenehmere Dinge zu denken, vielleicht an Golfwägelchen und daran, wie er den Ball übers Grün schlägt. Es kann auch sein, dass er in Gedanken bereits bei dem ist, was er erledigen muss, sobald ich gegangen bin. Mit Gewissheit weiß ich nur, dass er nicht mehr bei mir ist.

Drei Jahre davor

»Du musst mit ihr reden, Mom«, habe ich sie gedrängt. »Du musst sie darauf ansprechen.«

Mom saß mir gegenüber am Küchentisch. Sie trug ihre OP-Kleidung und roch nach Desinfektionsmittel. Einzelne graue Strähnen hatten sich aus ihrem Pferdeschwanz gelöst. »Und was soll ich deiner Meinung nach zu ihr sagen, Jake?« Ihr Blick wanderte zu ihren Händen. Sie rieb mit dem Daumen am Stiel ihres Weinglases, tauchte den Zeigefinger in die Flüssigkeit und drückte einen nassen Fingerabdruck auf das dunkle Holz. »Du kennst deine Schwester doch. Sie ist anders.« Sie schwieg, und einen Moment lang dachte ich, sie würde noch etwas sagen, irgendeine Information hinzufügen, die mir bisher gefehlt hatte und die mir helfen könnte, Ellie zu verstehen. Aber die bekam ich nicht.

»Es geht ihr darum, Aufmerksamkeit zu bekommen. Sie will uns schockieren. Wenn ich jetzt mit ihr spreche, ist das für sie nur die Bestätigung, dass ihre Taktik aufgegangen ist, und dann denkt sie sich als Nächstes irgendetwas noch Drastischeres aus. Das wollen wir doch beide nicht, Jake. Diese Ritzerei ist nur ihre neueste Phase. Auch die wird vorübergehen.«

»Und wenn nicht?« Ich sah sie an, registrierte die dunklen Ringe unter ihren Augen, die trockenen, rissigen Handflächen.

Sie seufzte und trank noch einen Schluck Wein. »Wir haben das doch alles schon durchgemacht. Die Tätowierung, die sie sich selbst gestochen hat. Das Nasenpiercing. Dass sie sich nachts heimlich aus dem Haus schleicht. Letzten Dezember war sie ständig verschwunden, erinnerst du dich? Das hat auch aufgehört. So ist sie eben. Sie ist…« Wieder tauchte sie den Finger in den Wein und drückte ihn auf die Tischplatte, wo jetzt zwei rote Fingerabdrücke nebeneinander zu sehen waren. »Sie ist immer noch wütend und wahrscheinlich unglaublich verwirrt. Aber sie will keine Therapie machen. Der Therapeut, mit dem ich gesprochen habe, hat gesagt, dass der Wunsch von ihr kommen muss, wenn sie so weit ist. Ich habe schon mal versucht, sie dazu zu zwingen, weißt du nicht mehr? Danach wurde es nur noch schlimmer. Sie hat sich geweigert, darüber zu reden.«

»Das ist aber schon eine Weile her, Mom. Sie hatte Angst. Jetzt ist sie vierzehn. Sie ist jetzt so weit.«

»Meinst du, ja?« Sie stand auf, ging zur Küchentheke und griff nach der Zigarettenschachtel, die dort lag. »Vielleicht ist sie es ja auch nicht. Vielleicht müssen wir das Thema einfach noch eine Weile ruhen lassen. Und vielleicht musst du«, sie drehte sich um und sah mich mit hartem Blick an, »dich aus der Sache raushalten. Ich weiß, dass du glaubst, du verstehst, was los ist, aber das tust du nicht. Also vertrau mir, ja? Ich bin hier die Mutter. Wenn deine Schwester wirklich Hilfe braucht, wird sie darum bitten.« Sie griff nach der Weinflasche und dem Glas und ging nach draußen, um sich an den Pool zu setzen. Ich beobachtete sie eine Weile, obwohl ich wusste, dass sie nur ihre Beine ins Wasser hängen lassen, Kette rauchen und Wein trinken würde, bis die Flasche leer war. Das war ihr Feierabendritual.

Irgendwann stand ich auf und ging zu Ellie. Ich wusste selbst nicht, warum. Vielleicht bildete ich mir ein, sie zur Vernunft bringen zu können. Ich rechnete eigentlich damit, dass die Tür ihres Zimmers abgeschlossen war und sie mir nicht aufmachen würde, egal wie lange ich klopfte. Aber sie war gar nicht da, und als ich ins Wohnzimmer ging, saß sie dort im Dunkeln.

»Ich hab alles mitgehört«, sagte sie. »Du musst dir keine Sorgen machen. Mit mir ist alles okay. Sie hat recht. Das Ganze ist in der Vergangenheit passiert und da soll es auch bleiben. Warum kannst du es nicht einfach dort lassen, Jake?« Sie sah mich an, und in ihren Augenwinkeln sammelten sich Tränen, aber ich wusste, dass sie nicht weinen würde. Ellie würde es wie immer schaffen, sie im letzten Moment zurückzuhalten und nichts rauszulassen.

Ich setzte mich neben sie, schob den Ärmel ihres gestreiften Sweatshirts hoch und betrachtete ihren Unterarm, der übersät war mit geschwollenen, schmerzhaft aussehenden roten Schnitten in den verschiedensten Stadien der Heilung. Ich sah Ellie an und wusste, dass in meinen Augen auch Tränen standen. Das Atmen fiel mir schwer. Ich sagte: »Das hier ist nicht okay.«

Sie sah zur Küche. »Du hast gehört, was sie gesagt hat, Jake. Sie will alles vergessen, was passiert ist. Sie will mich verschwinden lassen.«

Ich griff nach ihrer Hand und musste daran denken, wie sie immer meine halten wollte, als wir klein waren, ich sie aber jedes Mal wegzog. »Ich glaube, du missverstehst da was. Sie hat das Gefühl, dass sie bei dir schon alles versucht hat.«

Ellie lachte. »Wusstest du, dass sie mir einen extralangen Bademantel gekauft hat, den ich anziehen soll, wenn Sargeant im Haus ist? Sie findet auch immer, dass meine Tops zu tief ausgeschnitten sind, was totaler Quatsch ist.«

»Das stimmt so nicht«, sagte ich. Ellie hatte die Angewohnheit, Dinge, die Mom sagte oder tat, falsch zu interpretieren. »Sie will dich bloß schützen. Das sind Vorsichtsmaßnahmen …«

»Und warum ist Sargeant dann überhaupt hier eingezogen? Warum hat sie noch mal geheiratet, wenn sie glaubt, dass Vorsichtsmaßnahmen nötig sind?«

»Sie muss doch ihr Leben weiterleben, Ellie. Sie muss …« Mir fehlten die Worte. Ich war nicht in der Lage zu erklären, warum unsere Mutter unbedingt verheiratet sein musste.

»Warum verteidigst du sie immer, Jake? Wieso fragst du dich nicht selbst mal, warum wir beide ihr anscheinend nicht genügen?« Ellie zog ihre Hand in ihren Schoß und rollte den Ärmel wieder herunter. »Soll ich dir mal was sagen? Es ist mir egal, was sie behauptet. Sie gibt mir die Schuld für das, was passiert ist. Das weiß ich genau.« Sie stand auf. Es war offensichtlich, dass sie keine Lust mehr hatte, darüber zu sprechen. Ich hätte sie zwingen können, aber ich ließ es. Diese Gespräche waren einfach zu anstrengend.

»Ich höre damit auf, okay?« Ellie deutete auf ihren Arm. »Ich mach das nicht mehr.« Sie ging hinaus, blieb im Flur aber noch einmal stehen und sagte, ohne sich umzudrehen: »Tut mir leid, Jake.« Kurz darauf dröhnte Musik aus ihrem Zimmer.

Ich ging in die Küche zurück, stellte mich an die Terrassentür und beobachtete, wie meine Mutter eine Zigarette nach der anderen wegrauchte. Als würden sie Erinnerungen enthalten, von denen sie hoffte, sie könnte sie so zum Verschwinden bringen.

18

Und von einem Augenblick zum nächsten bin ich wieder dort. Neben dir. »Ach, Ellie. Ich bringe dich so gern zum Lachen«, hast du gesagt, und ich stelle mir vor, wie sich das für meine Mutter in der Küche angehört haben muss, die Hände ins seifige Wasser getaucht, den Blick in die Ferne gerichtet. Aber wir waren im Wohnzimmer. Ich befand mich irgendwo außerhalb meines Körpers, betete, dass es diesmal anders sein würde, hörte mein nervöses Lachen, bis deine Hand da war, wo sie hinwollte. Dann wurde es still im Zimmer. Das einzige Geräusch waren deine schweren Atemzüge. Und ich lag da, erdrückt vom Gewicht meiner Angst, die Augen auf den verzerrten Schatten meiner Mutter gerichtet, der an die Wand im Flur geworfen wurde.

Jessie

Davor. August

Eine halbe Stunde nachdem Lola davongestürmt war, ging ich nach unten, vorbei an meinen Eltern und meinen Schwestern, die immer noch auf der Couch lagen und den Film schauten, in die Küche und zur Hintertür hinaus. Ich blieb einen Moment stehen und ließ mich von der warmen Nachtluft einhüllen. Eine laue Brise wehte und der Vollmond hing tief am dunklen Himmel.

Ich lief ums Haus herum, kroch in das Gebüsch neben der Treppe und tastete den Boden ab. Kurz darauf tauchte ich mit zerkratzten Armen und Ellies Skizzenbuch in den Händen wieder auf. Als ich vor der Treppe stehen blieb, um den Schmutz von meiner Hose abzuklopfen, hörte ich Sarahs Stimme hinter mir.

»Hey, was machst du denn da?«

Ich fuhr herum und versteckte das Buch hinter meinem

Rücken. Sarah und Ellie standen ein paar Meter von mir entfernt auf der Straße und sahen mich an.

»Spionierst du etwa irgendjemandem hinterher, Jess?«, fragte Ellie grinsend. Es war das erste Mal seit unserem Kuss, dass sie mich direkt ansprach.

»Was versteckst du da?«, fragte Sarah.

»Nichts.« Ich trat einen Schritt zurück und spürte die erste Treppenstufe an der Wade.

Sarah kam stirnrunzelnd auf mich zu. »Doch, du versteckst was und warum bist du überhaupt so komisch angezogen?«

Ich schaute an mir herab. Ich hatte immer noch Lolas schwarze Gymnastikhose und das T-Shirt an.

»Hast du eine Bank ausgeraubt?«, fragte Ellie, und wir sahen uns wieder in die Augen.

»Ich hab bloß was geholt, was Lola mir da hingelegt hat … für ein Schulprojekt.« Ich ging rückwärts die Treppe hoch, bis ich die Tür im Rücken spürte, und tastete verzweifelt nach dem Knauf.

»Jess, jetzt hör auf mit dem Scheiß«, sagte Sarah. »Was versteckst du da?«

»Komm schon, Spinnerin.« Ellie ging um Sarah herum und sprang die Treppe hinauf. Sie blieb dicht vor mir stehen, legte beide Hände um meine Taille und flüsterte: »Lass mich sehen, was du da hast, Jess.«

Sarah lachte. »Du machst ihr Angst, Ellie. Schau dir

ihr Gesicht an. Ist egal. Soll sie ihr Geheimnis für sich behalten.«

»Lass. Mich. Los«, zischte ich.

»Willst du wirklich, dass ich dich loslasse?« Ellies Stimme war gefährlich leise. »In Wirklichkeit gefällt dir das doch, oder?« Sie verstärkte ihren Griff. »Oder?«

Ich nickte, weil es stimmte. Ich wollte nicht, dass sie mich losließ. Nie mehr.

»Ellie, jetzt hör schon auf.« Sarah sah vom Rasen aus zu und prustete vor Lachen. »Lass sie gehen. Ich mach mir gleich in die Hose!«

»Sofort«, sagte Ellie über die Schulter. »Sobald sie mich sehen lässt, was sie da in der Hand hat.« Sie drehte sich wieder zu mir um und sagte ernst: »Zeig es mir.«

Endlich fand ich den Knauf. Die Tür schwang in dem Moment auf, in dem Ellie das Buch zu fassen bekam. Ich hätte zurückweichen können, aber ich tat es nicht. Als sie sich von mir löste, hielt sie das Skizzenbuch in den Händen.

Ihre Augen weiteten sich ungläubig. »Wo hast du das her?«

»Ich ... ich weiß nicht«, flüsterte ich.

»Wie, du *weißt* es nicht?«

»Was ist es denn?« Sarah kam die Treppe herauf und versuchte, über Ellies Schulter zu spähen. »Was ist das?«

»Nichts«, sagte Ellie benommen. Sie gab mir das Buch

zurück und versetzte mir einen leichten Stoß. »Gott, echt. Na los, geh schon. Ich sag ja, Spinnerin.« Ihre Stimme hatte plötzlich wieder den typischen gelangweilten Unterton.

Ich drehte mich um und stürmte ins Haus.

»Warte«, rief Sarah. »Warte doch mal. Ich wollte es auch sehen!«

»So spannend war es nicht …«, hörte ich Ellie sagen, und dann murmelte sie etwas, über das Sarah laut lachte.

An diesem Abend ging ich vor allen anderen ins Bett und versteckte Ellies Buch sicherheitshalber unter meinem Kopfkissen. Ich lauschte den Geräuschen meiner Familie. Sarah und Ellie machten sich in der Küche etwas zu essen, alberten herum und kicherten.

Auf der Straße war es ruhig. Die alte Mrs Sawyer hatte das Licht über ihrer Veranda ausgeschaltet. Mr Lumpnick war gerade mit Molly die Straße hinunterspaziert und hatte beim Feuerhydranten heimlich eine Zigarette geraucht, während die Hündin die Gerüche ihrer Freunde und Feinde erschnüffelte.

Irgendwann wurde der Fernseher ausgemacht, und Mom scheuchte Mattie und Meg ins Bett. Dad ging in die Küche, um Sarah und Ellie zu sagen, dass sie nach oben gehen sollten.

Ein paar Minuten später stand Ellie im Zimmer. Ich

hatte mir das nächstbeste Buch gegriffen und tat so, als würde ich lesen. Aus dem Badezimmer drangen das Rauschen von Wasser und Sarahs Singen.

»Du liest?«, fragte Ellie so ungerührt, als hätte der Vorfall von eben gar nicht stattgefunden.

»Äh, ja.« Ich hatte vor, den Blick nicht vom Buch zu nehmen, bis Sarah aus dem Bad kam, war mir aber nicht sicher, ob ich der unausweichlichen Konfrontation auf diese Weise wirklich entgehen konnte.

»Interessant?«, fragte sie.

»Ja.« Das nächstbeste Buch war mein Chemiebuch gewesen, weshalb ich sagte: »Ist für die Schule.«

Ich hörte, wie Ellie ihre Reisetasche öffnete.

»Scheint aber eher nicht so interessant zu sein«, sagte sie. »Du musst übrigens nicht an die Wand starren, Jess. Ich bin ein Mädchen. Du schaust mir schon nichts weg.«

»Ich … ich lese«, sagte ich, senkte das Buch aber ein paar Zentimeter, um ihr zu demonstrieren, dass ich sehr wohl in der Lage war, sie anzusehen.

Ellie setzte sich nur in Unterhose auf Sarahs Bett. Ihr ordentlich zusammengefaltetes Nachthemd lag neben ihr.

Ich hob das Buch schnell wieder an, damit es den Blick auf sie verdeckte, aber das Bild ihres nackten Körpers hatte sich in meinen Kopf eingebrannt.

Ein paar Sekunden später setzte sie sich plötzlich

neben mich und ich spürte die Wärme ihrer Nähe durch die Decke. Sie hatte das Nachthemd an, das so kurz war, dass es kaum ihre Schenkel bedeckte. Ellie schob mein Buch zur Seite und sah mich durchdringend an.

»Ist das, was du da liest und was du eben gesehen hast, interessanter als mein Skizzenbuch?« Ihre Stimme war kalt, statt Gleichgültigkeit hörte ich jetzt unterdrückte Wut darin.

»Ich …« Ich senkte den Blick und starrte auf einen winzigen ausgebleichten Fleck auf meiner Bettdecke. »Es tut mir leid«, sagte ich schließlich mit unerträglich heiserer Stimme.

Sie nahm mir das Buch weg und legte es zur Seite. »Schau mich an, Jess. Heißt das, dass du dich in mein Zimmer geschlichen hast, als ich nicht da war?«

Ich hob langsam und voller Angst den Blick. Ihre Lippen waren zu einer schmalen Linie zusammengepresst, aber um ihre Mundwinkel zuckte es leicht.

Ich nickte. »Erzählst du es Sarah?«, fragte ich. Eigentlich war es mir ziemlich egal, ob sie es ihr sagte oder nicht. Ich wollte sie nur ablenken und ihr keine Gelegenheit geben, mich zu fragen, warum ich das getan hatte.

»Nur du?«, fragte sie, statt meine Frage zu beantworten. »Oder war Lola dabei?«

Ich wollte sie nicht anlügen, wusste aber genau, dass sie sich an Lola rächen würde, wenn ich ihr sagte, dass es ihre

Idee gewesen war. Das würde alles nur noch schlimmer machen. Deswegen sagte ich: »Nur ich.«

Sie nickte und sah weg. Ich betrachtete ihr Gesicht, ihr spitzes Kinn, die dunklen Schatten unter den Augen mit dem schwarzen Eyeliner, den sie nicht einmal zum Schlafen abschminkte. Das Schweigen dehnte sich in die Länge, man hörte nur unsere Atemzüge, das gegen den Duschvorhang prasselnde Wasser und Sarahs Singen.

Unsere Hände lagen dicht nebeneinander auf der Decke, und aus irgendeinem Grund schob ich meine langsam näher, bis die Fingerspitzen ihre berührten.

Das brachte sie zu mir zurück. Sie schaute erst auf unsere Hände hinunter, dann sah sie mich an. Ihr Blick wurde weich, aber nur für einen kurzen Moment. Als sie etwas sagte, klang ihre Stimme hart.

»Was soll das denn?«

»Ich weiß nicht«, flüsterte ich.

Ich wollte sie küssen – mehr als alles andere – und das versuchte ich ihr wortlos zu vermitteln. Vielleicht verstand sie es, denn plötzlich beugte sie sich mit leicht geöffneten Lippen zu mir.

Das Rauschen des Wassers verstummte und die Ringe des Duschvorhangs wurden klirrend zur Seite geschoben.

Ellie sah zur Wand, presste die Lippen aufeinander und stand auf. Von einem Moment zum anderen wurde sie wieder unnahbar.

»Müsstest du nicht längst schlafen?«, sagte sie grob.

Die Frage tat weh, obwohl ich eigentlich nicht glaubte, dass sie es böse gemeint hatte. Sie ging wieder zu Sarahs Bett und schlüpfte unter die Decke. Kurz darauf kam Sarah ins Zimmer, nach Irish Spring duftend. Sie warf einen Blick auf Ellie, die auf der Seite lag und einen Arm über die Augen gelegt hatte.

»Ist es okay, wenn ich gleich das Licht ausmache, Jess?«

Ich nickte. Es wurde dunkel, und ich hörte, wie Sarah sich zu Ellie ins Bett legte. Bald darauf drangen ihre gleichmäßigen Atemzüge zu mir.

Ich konnte die Konturen von Ellies mir zugewandtem Rücken erkennen. Es war fast unheimlich, wie absolut regungslos sie dalag. So als würden die Erdbeben in ihrem Inneren im Dunkeln endlich zur Ruhe kommen.

Stunden später schlich ich mich ins Wohnzimmer runter. Ich setzte mich aufs Sofa und dachte über Ellie und die Gefühle nach, die sie in mir auslöste. Als sie mich geküsst hatte, hatte ich etwas gespürt, das ich bis zu diesem Moment noch nie für einen anderen Menschen empfunden hatte.

Du willst doch in Wirklichkeit gar nicht, dass ich dich loslasse, hatte sie vorhin gesagt, und es stimmte. Ich fand es schön, ihr ganz nah zu sein, aber was sagte das über mich aus? Oder über sie? *Das ist eklig. Das machen nur Lesben*, hörte ich Lolas Stimme im Kopf.

Mir war das alles zu viel, ich wusste nicht, was ich damit anfangen sollte, noch nicht … also schob ich mir ein Kissen unter den Kopf und versuchte, nicht weiter darüber nachzudenken. Aber statt des Schlafs kamen nur immer wieder neue Fragen und die Ahnung, dass von jetzt an nichts mehr so sein würde wie bisher.

19

Ich kann nicht glauben, dass wir vorhin wirklich fast nackt durch den Regen gerannt sind. Oder besser gesagt, dass **du** *gerannt bist. Ich werde immer rennen, aber du bist zu ängstlich, um zu erkennen, was alles möglich ist. Heute hatte ich zum ersten Mal das Gefühl, dass du es erkennst, und habe mich nicht mehr so allein gefühlt. Sondern so, als würde es jemanden geben, der die Welt so sieht wie ich.*

Sarah

Danach. Februar

Irgendwann in der Nacht kommt Jess in mein Zimmer, setzt sich auf die Bettkante und streicht mit ihrer kühlen Hand über meine Wange. Als ich nicht reagiere – nicht weil ich schlafe, sondern weil ich es nicht kann –, rüttelt sie mich an der Schulter. Widerwillig öffne ich die Augen.

Ich sehe sofort, dass sie geweint hat. Ihre Augen sind gerötet und blonde Haarsträhnen kleben an ihren feuchten Wangen. An dem schnellen Heben und Senken ihrer Schultern erkenne ich, dass sie versucht, sich zusammenzureißen, aber es scheint ihr nicht leichtzufallen.

»Was ist denn los?«, frage ich.

Sie schüttelt den Kopf, als wüsste sie es nicht, aber ich sehe, dass das gelogen ist. Ich hebe meine Decke an und sie kriecht darunter. Wir schmiegen uns aneinander und umarmen uns wie früher als Kinder, wenn wir Angst vor den Geräuschen hatten, die alte Häuser machen. Ich schlinge die Arme um sie. Bald verwandelt sich ihr Zittern in Weinen. Sie drückt ihr Gesicht in mein Kissen, um ihr Schluchzen zu ersticken.

Ich muss daran denken, wie sie mit sieben war – mit wippenden Zöpfen, neugierigem Blick und immer der Frage *Spielen wir was?* auf den Lippen. Aber das war früher, als ich für sie noch ihre beste Freundin gewesen war. Jetzt ist die Entfernung zwischen uns so groß, dass sie unerreichbar ist.

»Jess?« Ich beuge mich über sie, schüttle sie erst sanft und dann energischer. »Bitte, Jess. Schau mich an. Sprich mit mir!«

Als sie die Augen öffnet, sagt sie: »Es gibt Sachen, die du nicht über mich weißt, Sarah.«

»Was für Sachen, Jess?« Ich versuche, mir vorzustellen, was für ein Geheimnis es sein könnte, das sie so zerreißt, aber ihre Welt ist so überschaubar, dass mir nichts einfällt. »Sag es mir.«

Sie schüttelt den Kopf, und ihr Blick wird leer, als sie sich wieder in sich zurückzieht. Nach einiger Zeit sagt sie mit fast ausdrucksloser Stimme: »An manchen Tagen will ich einfach nur, dass alles vorbei ist.«

»Nein, Jess.« Es bricht mir das Herz, sie so reden zu hören.

»Bitte sag das nicht. So etwas darfst du nie sagen.«

»Ich würde dich nie verlassen«, sagt sie. »Aber so fühle ich mich. Das ist alles. So fühle ich mich.«

Ich will ihr sagen, dass ich mich genauso fühle. Dass ich mich, wenn ich könnte, in das erste Boot setzen würde, das mich hier aus diesem Überschwemmungsgebiet herausbringt. Dass es nur die Angst ist, die mich zurückhält. Aber ich sage nichts. Das Sprechen fällt mir zu schwer. Ich kann sie nur festhalten, bis sie ruhig ist und das Gewicht ihres Kummers sie in den Schlaf hinabzieht.

Die besorgte Therapeutin läuft im Raum herum, ordnet ihre Unterlagen, zündet Kerzen an und erzählt irgendwas von Atemübungen und wie wichtig es sei, die eigene Mitte zu finden. Daran glaubt sie ganz fest. Ich wette, sie sitzt jeden Morgen, bevor sie ihren ökologisch angebauten grünen Tee trinkt, ihre Blumen gießt oder mit ihrem Mann schläft, im Lotussitz auf einer Yogamatte und sucht nach dem Kern ihres Seins.

»Es ist sehr wichtig«, sie setzt sich in ihren Sessel und stellt ihr Handy auf Vibrationsalarm, »dass man seine Mitte findet.« Dann lächelt sie ihr Therapeutinnenlächeln, das ausdrücken soll: *Ich sehe dich. Du bist wichtig,* räuspert sich und fragt: »Wie fühlst du dich?«

Ich werfe einen Blick zur Uhr an der Wand und beobachte, wie der kleine Zeiger vorrückt, bevor ich antworte: »Gut.«

Sie nickt und schluckt trocken. »Und deinen Schwestern, wie geht es denen?« Der Stift schwebt über ihrem Klemmbrett – bereit, alles zu notieren, was auch nur im Entferntesten von Bedeutung sein könnte.

»Auch gut«, sage ich, denke aber an Jess und wie viel Angst ich um sie hatte. Ich frage mich, was wäre, wenn ich mit der besorgten Therapeutin andeutungsweise darüber reden würde. Der Gedanke kommt und geht, weil ich genau weiß, dass sie die Geschichte dann wie einen Strickpullover aufribbeln und die verknoteten Fäden entwirren würde, bis sie zu mir zurückführen. Deswegen schiebe ich ihn weg und zähle bis hundertzwanzig, um Zeit zu schinden. Erst dann sage ich mit viel Mühe: »Ja, denen geht es gut.«

Das Zählen ist Teil meiner Verzögerungstaktik. Während der letzten sechs Sitzungen habe ich es durch lange Schweigephasen und idiotische Diskussionen geschafft, die Fragen der besorgten Therapeutin nicht zu beantworten: *Stellen Sie sich vor, Jess hat sich einfach eins von meinen Tops genommen, ohne mich zu fragen. Ich war echt stinksauer. Mattie ist süß, aber sie steht immer im Mittelpunkt, das nervt manchmal schon. Meg ist zurzeit total verrückt nach Jungs. Mein Vater kommt damit überhaupt nicht klar. Ich finde es schlimm, dass er sich solche Sorgen macht.*

Die besorgte Therapeutin blättert in ihren Aufzeichnungen und fragt dann mit geradezu übermenschlicher

Intuition ausgerechnet nach Jess. »Nimmt sich deine Schwester Jessica immer noch Kleidungsstücke von dir, ohne zu fragen?«

Ich denke an Jess, die immer dünner wird und sich für nichts mehr interessiert. Ob sie sich überhaupt jemals wieder Klamotten von mir klauen wird? *Wir haben alle Geheimnisse,* hat Tommy gesagt. Und es stimmt. Wir hatten alle welche. Ich, Tommy, Jake, Ellie … wir hatten alle Geheimnisse … große, schreckliche Geheimnisse. Aber ich hatte gehofft, dass das für Jess nicht gilt.

Weil ich spüre, wie mich das alles mitnimmt, denke ich: *Stoisch. Stoisch. Stoisch. Stoisch. Stoisch. Stoisch. Stoisch. Stoisch.* Und dann geht es mir wieder okay. Ich bin wieder bereit für die Therapie. »Jess will die ganze Zeit immer nur über Jungs reden und über das Leben und solche Sachen. Mich strengt das an«, sage ich zur besorgten Therapeutin.

»Und was stört dich daran, dass deine Schwester mit dir redet? Sich dir öffnet?«

Ich zähle bis hundertzwanzig, bevor ich sage: »Es stört mich nicht.« Und dann warte ich ab. Es ist nicht klar, ob das die richtige Antwort war oder die falsche. Hätte ich gesagt, dass es mich stört, hätte sich daraus vielleicht ein halbstündiges Gespräch über Geschwisterrivalität entwickelt. Wobei das wahrscheinlich besser gewesen wäre, weil die besorgte Therapeutin dann keine Gelegenheit gehabt hätte, ein anderes Thema anzusprechen, mit dem sie womöglich bei mir einen wunden Punkt trifft. Um das Ruder noch herumzureißen, schiebe ich schnell hinterher: »Na ja, aber es nervt mich schon ein bisschen.«

Die besorgte Therapeutin hört auf zu schreiben, klopft mit dem Ende ihres Stifts auf ihren Schenkel in der Leinenhose und sieht mich an. Das ist es, was sie so gefährlich macht. Selbst wenn man versucht, eine falsche Fährte zu legen, stolpert sie oft irgendwie doch über die richtige Spur.

»Lass uns da noch mal einhaken. Warum stört es dich, dass Jess sich dafür interessiert, was du denkst? Dass sie deine Meinung hören möchte?«

»Es stört mich nicht«, murmle ich. Und das stimmt irgendwie auch. Einerseits würde ich mir wünschen, dass Jess mir erzählt, was sie so traurig macht, andererseits war ich auch froh, als sie beim Frühstück heute so getan hat, als hätte es letzte Nacht nie gegeben. Ich brauche all meine Kraft, um nicht selbst unterzugehen.

»Sarah?« Die besorgte Therapeutin beugt sich näher zu mir. Ihr Parfüm riecht, als hätte sie es aus irgendeiner Drogerie. Das ist zwar nur ein winziges Detail, aber es macht sie für mich menschlicher. »Sag mir, was du gerade empfindest.«

Eins, zwei, drei … »Gar nichts«, sage ich schließlich.

»Bist du dir sicher? Wirklich gar nichts?« In diesem

Moment ertönt ein leiser Glockenton, der anzeigt, dass jemand das Wartezimmer betreten hat. Es ist entweder meine Mutter oder der nächste Patient. Die besorgte Therapeutin sieht auf ihre Armbanduhr und merkt, dass ihr die Zeit mal wieder entglitten ist. Sie wünscht sich, wir könnten mehrere dieser dreiviertelstündigen Sitzungen miteinander verknüpfen wie die Perlen einer Kette. Bestimmt denkt sie, dass wir dann eine Art Durchbruch erreichen würden.

Als hätte sie mit ihrer übermenschlichen Intuition meine Gedanken gelesen, sagt sie: »Ich werde mal mit deiner Mutter darüber sprechen, ob wir uns nicht zweimal in der Woche sehen können, um miteinander zu arbeiten. Ich glaube, das würde viel bringen.« Aber das sagt sie fast jede Woche. Und jedes Mal nicke ich, als wäre ich einverstanden, was ich nicht bin.

Ich werde die besorgte Therapeutin bestimmt nicht zwei Stunden in der Woche sehen – jedenfalls nicht freiwillig. Wenn Mom mich darauf anspricht, werde ich ihr sagen, dass es mir gut geht. Schon viel besser als vorher. *Wirklich, Mom. Ich schwöre.* Und sie wird mir glauben. Nicht weil das, was ich sage, so überzeugend klingt, sondern weil es manchmal einfacher für uns alle ist, wenn wir so tun, als würden wir einander glauben.

20

Du hast gesagt, dass wir ihn nicht vor Gericht bringen können. Das würdest du selbst nicht wollen, hast du zu mir gesagt. Du müsstest eine Zeugenaussage machen. Du würdest ihm gegenübertreten müssen. Das Beste wäre, ihn dazu zu bringen, die Stadt zu verlassen. Und ihm zu sagen, dass er nie mehr zurückkommen darf. Das würde reichen.

Und ich habe dir geglaubt, weil ich es nicht besser wusste. Damals hatte ich zu viel Angst.

Jake

Danach. Februar

Ich komme mit zwei Reisetaschen und einem schweren Gefühl in der Brust in Miami an. Die Taschen sind leicht, sie enthalten nur das Notwendigste: Zahnbürste. Klamotten. Laufschuhe. Das Gewicht in meiner Brust wiegt schwer: Ellies Leben, Ellies Tod, meine Sehnsucht nach Sarah, mein Versagen an der Uni, meine kaputte Beziehung zu Mom.

Auf dem Weg zur Gepäckausgabe rufe ich sie an, um ihr zu sagen, dass ich sicher gelandet bin. Sie sagt das, was sie auch schon vorher gesagt hat: »Ich verstehe nicht, was du bei deinem Vater willst. Warum bist du nicht nach Hause gefahren? Du hättest auch zu mir nach Arizona kommen können. Ich liebe dich, Jake. Dein Vater liebt dich auch, aber er macht sich nicht so viele Gedanken um dich wie ich.«

Und wie auch schon vorher sage ich ihr nicht, dass genau das der Grund ist, weshalb ich zu ihm wollte und nicht zu ihr. »Mom, ich wollte dir nur schnell sagen, dass es mir gut geht. Ich rufe dich bald wieder an, okay?«

Nachdem ich mein Gepäck geholt habe, gehe ich in die Ankunftshalle, wo mein Vater mich umarmt und mir auf die Schulter klopft und seine Frau Carla »Meine Güte, bist du es wirklich?« ruft und mich auf die Wange küsst.

Danach folgt der lange Kampf durch den zähen Verkehr auf der 826 West. Mein Vater und Carla machen vorne Small Talk, während meine kleine Schwester Liza, den Daumen warm in die Mundhöhle geschmiegt, neben mir in ihrem Kindersitz schlummert. Schließlich erreichen wir das von Palmen gesäumte Haus, das aussieht wie die meisten Wohnhäuser in Südflorida. Mangofarben mit dunkelbraunem Ziegeldach und einer asphaltierten Einfahrt, die sich wie ein Fragezeichen durch die Rasenfläche windet.

Mein letzter Besuch ist eine Weile her, weshalb ich noch einmal in den Genuss der Besichtigungstour komme: Wohnzimmer, Esszimmer, Fernsehzimmer mit Flachbildfernseher, hinter dem Haus der Pool. »Das ist anders als in Ohio«, wird mir erklärt. »Hier in Miami hat fast jeder einen eigenen Pool.« Als ich mich hinhocke und die Hand ins warme Wasser tauche, sagen sie: »Du wirst in der nächsten Zeit oft Gelegenheit haben zu schwimmen.«

Sie führen mich ins Gästezimmer und stellen meine Taschen aufs Bett. »Willkommen in deinem zweiten Zuhause«, sagt Carla. »Es ist schön, dass du mal wieder zu Besuch bist.« Sie klopft mir auf die Schulter und ich denke: *Man kommt nicht zu Besuch nach Hause, man kehrt zurück.* Aber das sage ich nicht laut. Ich lächle die beiden nur etwas schief an.

»So, dann kümmern wir uns mal ums Abendessen«, sagt Dad. »Normalerweise essen wir hier in Miami erst gegen acht, aber bis dahin bist du bestimmt halb verhungert.«

Bald füllt sich das Haus mit den Geräuschen aus der Küche. Ich lege mich aufs Bett und starre an die Decke, wo ein Ventilator träge seine Kreise dreht. Das gleichmäßige Rauschen der Rotorflügel hat eine hypnotisierende und tröstliche Wirkung auf mich.

21

Ein Traum: du und ich lesend auf dem Bett.
Keiner sagt etwas.
Aber ich fühle mich geborgen.

Jessie

Davor. September

An dem Abend, bevor ich zu Ellie rüberging, um mit ihr über das Skizzenbuch zu sprechen, wartete ich, bis Sarah aus dem Zimmer gegangen war, um zu üben. Den Trick hatte Mom mir beigebracht, als ich fünf gewesen war und Todesängste ausstand, weil ich im Kindergarten dran war, der Gruppe einen Gegenstand zu präsentieren. *Stell dich einfach vor den Spiegel und sag alles, was dir zu der Muschel einfällt, Jess. Glaub mir, das hilft.*

Es half mir damals tatsächlich, meine Ängste vor öffentlichen Auftritten zu überwinden, machte es allerdings auch nicht einfacher, in der geöffneten Tür zu Ellies Zimmer zu stehen.

Sie schien nicht sonderlich überrascht, mich zu sehen, denn sie blätterte ungerührt weiter in ihrer Zeitschrift. »Ach, du bist es. Komm rein«, seufzte sie.

Ich trat zögernd ins Zimmer und blieb abwartend neben ihrem Schreibtisch stehen.

»Wie bist du reingekommen?«

»Deine Mutter …« Ich hob den Arm, als könnte sie der unsichtbaren Linie folgen, die sich von meinem Zeigefinger zur Haustür erstreckte.

»Schon klar.« Sie blätterte um. »Aber was willst du?«

Ich legte das Buch neben sie aufs Bett und wich ein paar Schritte zurück, weil ich nicht wusste, wie sie reagieren würde. Aber sie reagierte gar nicht, sondern las nur weiter in ihrer Zeitschrift.

»Ich hab es mir angeschaut«, sagte ich schließlich. »Da sind Zeichnungen von mir drin.«

Das war eine ziemliche Untertreibung. Ellie hatte nicht nur ein paar Zeichnungen von mir gemacht, das Buch war voll davon. Dutzende Male ich in den unterschiedlichsten Posen und Techniken – Kohle, Pastellkreide, Tusche. Manche der Zeichnungen waren vor über einem Jahr entstanden.

Ellie rollte sich auf den Rücken und hielt die Zeitschrift mit ausgestreckten Armen über sich. »Ja? Und …?«

Meine Kehle war wie zugeschnürt, und ich hatte Angst, kein Wort herauszubringen, aber schließlich sagte ich: »Ich dachte nur, wir sollten viel…vielleicht darüber sprechen?«

Sie klappte die Zeitschrift zu, legte sie neben sich und

wickelte sich eine lange blonde Haarsträhne um den Zeigefinger. Dann drehte sie mir den Kopf zu, die Augen wie üblich dick mit schwarzem Eyeliner und dunkelblauem Lidschatten geschminkt.

Ich versuchte, mich von ihrem Blick nicht einschüchtern zu lassen, indem ich mich auf das konzentrierte, was ich am Abend vorher vor dem Spiegel geübt hatte. Diesmal stotterte ich nicht. »Meinst du nicht, wir sollten darüber sprechen, ich meine, über … uns?«

»Über uns?«, wiederholte Ellie trocken. Ihre Stimme klang immer noch distanziert. Sie stemmte ihren zierlichen Körper in die Höhe, rutschte vom Bett, ging zum Fenster und sah hinaus. Ich beobachtete sie stumm. Sie schien sich mehr für unsere Nachbarschaft zu interessieren als für mich.

Du könntest jetzt auch einfach gehen, flüsterte eine Stimme in mir. *Du könntest einfach gehen und nie wieder mit ihr sprechen.* Aber dann zog Ellie das Rollo herunter und sagte: »Mach die Tür zu, ja?«

Ich holte tief Luft. Sie war bereit, mit mir zu sprechen. Genau das hatte ich gehofft, aber es machte mir gleichzeitig wahnsinnige Angst. »Und deine Mutter?«

»Jess«, seufzte sie. »Selbst wenn du ein Junge wärst, würde es meine Mutter und das Arschloch nicht interessieren, was ich hier treibe. Glaub mir.« Zum Beweis zog sie eine Schachtel Zigaretten und das Feuerzeug, auf dem – da war ich mir sicher – einer von Matties *Hello-Kitty*-Aufklebern klebte, aus der Kommodenschublade. Sie zündete sich eine an. »Und jetzt?«

»Und was ist mit Sarah?«, fragte ich zögernd.

»Bitte.« Ihr Ton war scharf. »Die ist bestimmt gerade mit Tommy irgendwo zugange und kriegt nichts von dem mit, was um sie rum los ist.« Sie schwieg, die Hand mit der Zigarette vor den Lippen, ohne daran zu ziehen.

Sie sah verletzt aus, und ich hätte sie gern berührt oder vielleicht sogar umarmt, wusste aber nicht, wie ich die Kluft zwischen uns überbrücken sollte. Stattdessen sagte ich: »Tut mir leid.«

»Was tut dir leid?« Ihr Blick wurde wütend und sie schleuderte ihre Haare über die Schulter nach hinten. Dann ging sie an mir vorbei und strich im Vorübergehen beinahe unmerklich über meine Hand. Sie machte die Tür zu. Als sie wieder an mir vorbeiging, schloss sich ihre Hand um meine. Sie führte mich zum Bett, wo wir uns so dicht nebeneinandersetzten, dass unsere Jeans sich berührten – ihre ausgewaschen, meine ordentlich dunkelblau. Ellie ertränkte ihre Zigarette in einem Kaffeebecher, der neben dem Bett stand. »Mach die Augen zu.«

Du kannst immer noch gehen, flüsterte die kleine Stimme in mir. *Geh einfach.* Aber ein anderer Teil von mir, der sich zitternd fragte, was als Nächstes passieren würde, gehorchte Ellie. Ich schloss die Augen und wartete.

Als sie mir übers Gesicht strich, zuckte ich zusammen. Sie lachte. »Ich finde es gut, wenn du machst, was ich von dir will, Jess«, sagte sie, und ich spürte ihren Atem schwer und heiß auf meiner Haut. Plötzlich war ihre Stimme ganz dicht an meinem Ohr. »Also los, rede über uns. Ich höre dir zu.«

Ich öffnete die Augen und sah sie an. Ich brachte es nicht über mich, ihr meine Gefühle zu gestehen und gleichzeitig zu wissen, dass sie niemals über ihre sprechen würde.

Ellie legte eine Hand auf mein Knie und ließ sie langsam immer weiter nach oben wandern, bis ihre Finger zuletzt über mein Schlüsselbein strichen. Sie zog kurz spielerisch an einer Haarsträhne. »Gib es zu«, sagte sie. »Du magst mich doch. Stimmt's? Du magst mich wirklich.«

Dass ich sie mochte, war in meinen Augen so offensichtlich, dass ich nicht verstand, warum sie meine Bestätigung brauchte. »Ich … ich …«, stammelte ich und verschluckte mich. Ich wandte mich ab und hustete.

Sie rutschte abrupt von mir weg. Ich spürte einen Stich, als würde sich im Innersten meines Herzens etwas zusammenziehen, und ich begann zu glauben, dass das alles – von unserem Kuss bis zu diesem Moment – ein grausamer Scherz war, ein Spiel, mit dem sie sich die Zeit vertrieb.

»Also was ist?«, fragte sie mit gleichgültiger Stimme. Ich spürte deutlich, dass ich für sie wieder Sarahs nervige kleine Schwester sein würde, wenn ich jetzt nichts sagte, und dass es dann Monate dauern würde, bis sie mich wieder wahrnehmen würde.

»Ich …« Tränen sammelten sich in meinen Augenwinkeln und rollten über meine Wange. »Ja, Ellie. Ja, ich mag dich.« Die Worte standen sperrig zwischen uns, und ich begriff, dass damit das Ende des Spiels gekommen war. Sie hatte nur gewollt, dass ich es zugebe, damit sie mich so erniedrigen konnte, wie sie es mit Lola getan hatte.

Aber dann sah sie mich an und ihr Gesichtsausdruck war weicher als vorher. Ihre Stimme klang beinahe sanft, als sie sagte: »Hey, du weinst ja.«

Ich rieb mir mit beiden Händen übers Gesicht und schämte mich für meine Tränen. »Tut mir leid.«

»Nicht.« Ellie kniete sich vor mich hin und zog meine Arme herunter. »Nicht.« Sie zeichnete mit dem Zeigefinger die Spur der Tränen bis zu meinen Lippen nach. »Ich bin so ein gemeines Miststück und du nicht. Du bist einfach so wahnsinnig gut.«

»Ich will doch nur, dass du aufhörst, so cool zu tun. Ich will, dass du mich siehst«, flüsterte ich in Richtung des hellen Vierecks aus Licht, das hinter der heruntergezogenen Jalousie leuchtete. Ich wischte mir mit dem Ärmel über die Augen. »Ich will nur …«

Sie legte ihre Hand über meinen Mund und brachte

mich zum Schweigen. Dann drehte sie meinen Kopf so, dass ich sie ansehen musste.

»Ich sehe dich, Jess«, sagte sie. »Ich sehe dich.« Und dann küsste sie mich, ganz behutsam.

22

Wenn ich mit dir zusammen bin, weiß ich nicht, was ich tue.

Sarah

Danach. März

Mom fährt mich nach der Therapiesitzung nach Hause. Ich lege nach jedem Song eine neue CD ein, drücke zwanghaft auf den Knopf, der die Fensterscheibe rauf- und runtergleiten lässt, und stelle mir vor, wie meine Mutter und ich uns umeinander herumschlängeln, ohne uns jemals zu berühren. Wir schlängeln uns durch die wechselnden Songs, schlängeln uns durch die Ampelphasen und an den Facetten unseres Lebens vorbei, die zu verstörend sind, als dass wir sie verstehen wollten.

Mattie hockt hinten in ihrem Kindersitz, mehrfach mit Gurten gesichert, als wäre sie eine empfindliche Porzellanpuppe mit Glasaugen, die nach hinten rollen, wenn Mom zu schnell über eine Bodenwelle fährt. Ich glaube, Mattie beginnt allmählich zu begreifen. Sie spürt, dass ihre große Schwester nicht mehr dieselbe ist wie vorher und dass sogar in unserer Familie Schweigen eine besondere Bedeutung bekommen kann.

»Euer Vater kommt dieses Wochenende nach Hause«, verkündet Mom. Sie biegt nach links in den Cherry Hill Drive ein und hält ordnungsgemäß vor dem Stoppzeichen. Erst sieht sie sich um, dann schaut sie mich an, als wollte sie mich berühren, tut es dann aber doch nicht. Ich drücke weiter auf den Fensterheber, lasse die Scheibe hochgleiten und dann wieder herunter und möchte im Rauschen des Windes ertrinken, der durch das Innere des Ford-Kombis weht.

»Er hat gesagt, dass er in den Ferien gern etwas mit der ganzen Familie unternehmen würde. Vielleicht könnten wir wegfahren. Was meinst du, Mattie? Hättest du Lust zu verreisen?« Mom sieht sie im Rückspiegel an. Ich glaube, sie sehnt sich verzweifelt nach einem Zeichen des Wohlwollens von dem einzigen Menschen hier, der ihr freundlich gesinnt ist.

»Darf Annie mit?«, nuschelt Mattie durch die Lücken, deren Inhalt sie der Zahnfee im Tausch gegen Bargeld geopfert hat. Sie hält die seit dreizehn Jahren von Schwester zu Schwester vererbte Stoffpuppe in die Höhe. »Annie will auch verreisen.«

»Natürlich darf Annie mit, Schatz. Natürlich.« Mom holt tief Luft. »Sarah?«

»Ich finde die Idee …«, meine Stimme ist so gefühllos wie mein Herz, »… beschissen.«

»Tja, also ich …« Mom biegt scharf auf den Belvedere Boulevard ab und hält mit einem Ruck vor einer roten Ampel. Ich habe den Eindruck, dass sie nicht weiß, welchen Weg sie einschlagen soll. »Ich finde die Idee toll. Du doch auch, Mattie, oder?«

»Annie und ich wollen zu der Hütte«, sagt Mattie. »Können wir wieder zu der Hütte an dem See fahren?«

»Ich weiß nicht, Mattie«, sagt Mom unsicher.

»Aber warum denn nicht?«, fragt Mattie.

Mom schweigt. Wahrscheinlich denkt sie daran, dass bei unserem letzten Urlaub in der Hütte Ellie dabei gewesen ist, und fragt sich, ob mich eine Rückkehr dorthin endgültig über die Klippe springen lassen wird, obwohl ich doch in Wahrheit längst gesprungen bin. Im Moment klammere ich mich mit den Fingernägeln mit letzter Kraft am Rand des Abgrunds fest. »Ich weiß nicht, ob Dad so weit fahren will. Die Hütte steht in Georgia, das ist sehr weit weg«, sagt Mom schließlich.

»Zur Hütte würde ich aber auch gern fahren«, sage ich plötzlich. »Da ist es bestimmt auch wärmer als hier.« Kein Eis. Kein Schnee. Keine besorgte Therapeutin. Keine Kleinstadt, wo jeder jeden kennt. Kein Karton in den Tiefen meines Schranks kurz vor China.

»Wirklich?«, sagt Mom. »Na ja, schön wäre es dort schon, und ich fände es auch toll, wenn die ganze Familie mal wieder Zeit miteinander …«

»Kann Tommy mitkommen?«, unterbreche ich sie, weil Zeit mit der Familie das Gegenteil von dem ist, was ich will. Ich brauche Stille, Grillenzirpen, Tommy als Puffer zwischen mir und ihr.

»Da muss ich erst deinen Vater fragen, aber warum nicht? Das wird bestimmt schön! Ich verspreche es dir.« Sie zwinkert mir zu und versucht krampfhaft, fröhlich zu sein, aber ihr Gesicht erinnert sich anscheinend nicht mehr an die entsprechende Mimik, denn es bleibt starr, die Lippen zu einem schmalen Strich zusammengepresst.

Es kommt mir vor, als wäre es Monate her, seit ich sie das letzte Mal richtig angesehen habe. Ihre Haare sind im Nacken zu einem unordentlichen Pferdeschwanz zusammengebunden. Sie trägt eine Yogahose und ein altes T-Shirt von meinem Vater mit dem Logo des US Marine Corps. Als wir klein waren, hat sie sich immer hübsch gemacht, wenn sie rausging – hohe Absätze, Trenchcoat und glänzende Lackledertaschen. Aber in letzter Zeit zieht sie nur noch bequeme Hosen und Turnschuhe an. Ich frage mich, ob sie ihre Mutter auch so verletzen konnte, wie ich sie anscheinend immer verletze.

»Was ist?« Sie sieht mich fragend an.

»Nichts. Alles okay«, murmle ich, schaue aus dem Fenster und ignoriere den neugierigen Blick in ihrem Gesicht, das sich in der Scheibe spiegelt. Ihre großen Augen blinzeln hektisch, als stünde sie mitten in einem Sandsturm.

»Ich habe gesagt, dass alles okay ist«, sage ich noch einmal. Meine Stimme ist angespannt, und ich drücke wieder den Fensterheber, sehe zu, wie die Scheibe rauf- und runtergleitet. Jetzt ist es still im Wagen, bis auf Mattie, die angefangen hat zu singen.

»Alles wird wieder gut, Sarah«, sagt Mom nach einer kurzen Denkpause. »Ich will nur, dass du das weißt.« Sie legt ihre Hand auf meinen Unterarm, und ich habe das Gefühl, sie will, dass ich mich zu ihr umdrehe, aber ich kann nicht …

Ich kann nicht, weil ich Angst habe, dass mein Herz sonst aufplatzt. Und dass dann die Dinge, die ich sagen will, herausquellen und uns alle verletzen würden. Deswegen rühre ich mich nicht und warte. Genau wie Mom.

Die Ampel schaltet auf Grün und erst jetzt lässt sie mich los.

23

An dem Morgen, an dem du es herausgefunden hast, hast du mich an deine Brust gedrückt, und deine Tränen fielen auf meine Haare. Später standest du barfuß im Garten, vor dir eine Mülltonne, zu deinen Füßen ein Haufen Klamotten von ihm, die Flammen loderten zum Himmel, weiße Aschefetzen wirbelten um dich herum wie ein Hilferuf.

Jake

Danach. März/April

Wenn nachts die Spitzen der Palmwedel über das Dach schaben, lasse ich meine Gedanken wandern. Ich stelle mir vor, wie es wäre, wenn ich ganz hierbleiben, mich am Junior College einschreiben und Dad wieder meinen Vater sein lassen würde. Ich sehe uns gemeinsam bei der Gartenarbeit, glitzernder Schweiß auf unseren nackten Rücken, Bierflaschen in der Hand. Ich würde Liza beim Größerwerden zusehen und sie immer meine Hand halten lassen.

Irgendwie erleichtern es mir diese surrealen Zukunftspläne, den Schmerz zu ertragen; sie retten mich vor der Stumpfheit der Tage, die ich meistens in meinem Zimmer verbringe, wo ich Bücher aus der Bibliothek lese. *Krieg und Frieden, Die Herrin von Thornhill, Auf der Suche nach Indien, Unterwegs.*

Ich habe mich mit den blauhaarigen alten Damen angefreundet, die ihre Nachmittage gern in der Bibliothek verbringen. »Sie sehen viel zu gut aus, als dass Sie so viel lesen müssten, junger Mann«, sagen sie. »Nicht einmal wir haben all diese Klassiker geschafft, obwohl wir schon so alt sind.«

In der übrigen Zeit jogge ich an einer Shopping Mall nach der anderen vorbei. Manchmal laufe ich auch die künstlich angelegten Kanäle entlang, die Wohnanlagen mit so abgedroschenen Namen wie Panache, La Palma oder Summer's Cove miteinander verbinden, und denke darüber nach, was dieser Kosmos aus pfirsichrosa Einfamilienhäusern und immergrünen Rasenflächen vielleicht noch für mich bereithält.

Aber dann legt Carla zwei Monate nach meiner Ankunft beim Abendessen ihre Gabel neben ihren Teller mit Hühnerfrikassee und Reis und sieht mich an. »Jake«, sagt sie. »Dein Vater und ich haben uns unterhalten. Wir glauben, dass es allmählich Zeit wird, dass du wieder nach Hause fährst und dich mit deinen Problemen auseinandersetzt.« Carla nickt in Richtung meines Vaters, der mit den Kiefern mahlt und schweigt. Liza sitzt mir gegenüber in ihrem Kinderstühlchen und brabbelt fröhlich, aber das scheint Carla nicht zu bemerken, denn sie sagt: »Diese depressive Stimmung, die du verbreitest, tut Liza nicht gut. Sie kann das nicht einordnen.« Wieder sieht sie meinen Vater an, als erwarte sie Unterstützung von ihm, die sie aber nicht bekommt.

»Du musst dir überlegen, wie es mit dir und deinem Studium weitergehen soll. Wir haben den Eindruck, dass du diese Entscheidung nur aufschiebst, solange du hier bist. Mach dir Gedanken darüber, wie deine Zukunft aussehen könnte, und lass uns dann darüber reden. Wir würden uns freuen, wenn du uns wieder besuchst, aber jetzt solltest du dich wirklich erst einmal darauf konzentrieren, deine Probleme in den Griff zu bekommen.« Diesmal sagte sie nichts davon, dass das hier angeblich mein »zweites Zuhause« ist, und ich spreche sie auch nicht darauf an.

Ein paar Tage später fährt mein Vater mich zum Flughafen. Er redet nicht über die Gründe, warum ich plötzlich weggeschickt werde, aber er macht Andeutungen.

»Carla ist nicht besonders belastbar«, sagt er. »Und die Kleine hat einen festen Tagesablauf. Alles, was ihn durcheinanderbringt, verursacht Stress für alle Beteiligten« und »Es tut mir leid, dass ich nicht für dich da war, als du ein Kind warst, aber diesmal möchte ich alles richtig machen.«

Als er mich am Straßenrand aussteigen lässt, weicht er meinem Blick aus. Unsicher, was ich sagen soll, stehe ich mit den Händen in den Taschen da und warte auf etwas, von dem ich nicht weiß, ob es überhaupt kommen wird. Um uns herum wird gehupt, Polizisten regeln den Verkehr. Säuerlich riechende, schwere Auspuffgase hüllen uns ein. Die Palmen schwanken in Erwartung eines weiteren Nachmittagssturms.

Schließlich fixiert mein Vater den *American-Airlines*-Schriftzug über einem der Eingänge der Abflughalle. »Ellie hat mich einen Tag vor ihrem Tod angerufen. Sie hat gesagt, dass sie gern bei mir wohnen würde …« Jetzt sieht er mich an. Seine Augen sind gerötet.

Die Worte kommen aus dem Nichts wie ein Schlag in den Magen, der mir den Atem nimmt. Mein Körper kann lediglich reagieren.

»Und w…was hast du gesagt?«, stammle ich schließlich.

Er fährt sich durch die Haare, sieht zum Himmel. »Ich habe gesagt, dass ich mit Carla sprechen muss und dass ich sie zurückrufe.« In seinen Augenwinkeln sammeln sich Tränen, die es aber nur bis zu den Spitzen seiner Wimpern schaffen, wo sie einen Moment lang zitternd hängen bleiben, bevor er sie mit seinen großen Händen wegwischt.

»Und was hat Carla dazu gesagt?« Der Lärm um uns herum geht in dem lauten Hämmern in meinem Brustkorb unter.

»Sie hat nichts von der Idee gehalten.« Er blinzelt heftig, aber das reicht nicht, um die Sturzflut aufzuhalten. Vor dem Terminal C des Miami International Airport ist gerade ein Damm gebrochen. »Ich konnte doch nicht ahnen, dass ... Ich dachte ... wir hätten mehr Zeit ...«

Er greift mit denselben Händen nach mir, mit denen er mir beigebracht hat, wie man im Garten arbeitet, Fahrräder repariert und ein fürsorglicher älterer Bruder ist. Ich weiß nicht, was ich tun soll, also greife ich nach diesen Händen, stelle mich ein Stückchen dichter vor ihn und schirme ihn vor neugierigen Blicken ab.

Als ich im Flughafengebäude bin, rufe ich meine Mutter an. Sie erzählt mir, dass sie jetzt seit drei Monaten trocken ist und das vor ein paar Tagen gefeiert hat, fragt mich, wie mein Freisemester (so hat sie beschlossen, es zu nennen) gelaufen ist und ob mir die Sonne in Florida gutgetan hat. Dann sagt sie, dass ihr in ihrem Yoga-Kurs endlich der »Paradiesvogel« gelungen ist. »Du ahnst gar nicht, wie schwierig es ist, in dieser Stellung das Gleichgewicht zu halten. Wenn du mich besuchst, bringe ich sie dir bei, Jake.« Danach herrscht einen Moment lang Schweigen, und schließlich sagt sie mir wie bei jedem unserer Telefonate, wie leid ihr alles tut, wie sehr sie sich wünschen würde, sie könnte alle ihre Fehler wiedergutmachen, aber dass das leider nicht ginge. »Und damit muss ich leben.«

Ich sage dazu nichts, aber weil ich ein guter Sohn bin, lege ich nicht auf, als sie mir von ihrer neuesten »Erkenntnis« berichtet. Ich nehme alles in mich auf und biete ihr einen Ort, an dem sie ihr schlechtes Gewissen sicher verstauen kann.

Zurück in Smith, verschlafe ich die Wochen. Gary lässt mir meistens meine Ruhe, aber ich spüre, dass er da ist. In der Küche liegen Zettel, auf denen er mich auf die Mahlzeiten im Kühlschrank hinweist, die er beim Lieferservice bestellt hat. Auf dem Couchtisch liegt Geld, falls ich mal aus dem Haus möchte, vielleicht ins Kino. Am zweiten Tag finde ich eine brandneue winterfeste Softshell-Laufjacke auf meinem Bett, aber Gary erwähnt sie nicht, als ich ihn das nächste Mal sehe. Er sagt nur: »Wenn du mit jemandem reden möchtest, bin ich da, okay?«

Als Tommy irgendwann auch mitbekommt, dass ich wieder hier bin, schaut er vorbei. Obwohl erst früher Nachmittag ist, hat er ganz offensichtlich schon etwas geraucht.

»Warum hast du denn nicht angerufen und gesagt, dass du nach Hause kommst, Alter?«, fragt er. »Du hättest längst mal bei mir anklopfen können. Schön einen durchziehen, über alte Zeiten quatschen und so … Oder rauchst du nicht mehr?«

Tommy und ich haben seit meinem Umzug nach New York nicht viel miteinander gesprochen, und das lag nicht daran, dass ich keine Zeit gehabt hätte. Er ist zwar in gewisser Weise wie ein Bruder für mich, aber gleichzeitig auch der schlechteste Freund, den ich je gehabt habe.

Ich erzähle ihm knapp, wo ich gewesen bin, was ich gemacht habe und was ich nicht mehr mache. Er ist unruhig, tigert in der Küche auf und ab und sieht immer wieder zum Poolhaus am anderen Ende des Gartens rüber. Nach etwa zehn Minuten hören wir in der Ferne ein Klopfen. Ich folge seinem Blick und sehe ein Mädchen vor seiner Tür stehen, genauso schmal und blond wie Ellie und in einer dicken Daunenjacke.

»Hey, Alter, reg dich nicht gleich auf, ja?«, sagt Tommy hastig. »Guck mich nicht so an. Zwischen mir und Sarah ist es aus, okay? Schon seit einer ganzen Weile.« Er klopft an die Scheibe der Terrassentür, bis das Mädchen ihn bemerkt, und winkt ihr zu. »Die Geschichte ist Schnee von gestern. Interessiert keine Sau mehr. So out wie dein Haarschnitt, Alter.«

»Und was ist mit der da?«, sage ich.

»Was soll mit der sein?«, fragt er und grinst.

Nachdem Tommy gegangen ist, gehe ich ins Wohnzimmer, ziehe den Vorhang auf und schaue zu Sarah rüber. Das mache ich in letzter Zeit öfter.

Bevor Ellie gestorben ist, ging es drüben immer ziemlich lärmig zu, aber jetzt liegt das Haus stumm da. Die Vorhänge sind zugezogen. Mattie spielt allein und leise im Garten. Jessie kommt und geht und sieht erschöpft und abgemagert aus. Meg erscheint mir unverändert, lebt ihre Wildheit aber offenbar weit weg von zu Hause aus. Sarah habe ich noch gar nicht gesehen.

Ich denke darüber nach, dass Tommy gesagt hat, zwischen ihm und Sarah sei es aus und was das zu bedeuten hat. Als es dunkel wird, ziehe ich meine Laufklamotten an und gehe raus.

24

Es war, wie über sich selbst zu schweben, so als würde man aus seinem Körper herauszutreten, um möglichst nicht zu fühlen, was gerade mit einem gemacht wird. Nach ein paar Minuten war es vorbei, aber ich bin weiter draußen geblieben, die Gedanken von der Schwerkraft befreit und die Erde und Tommy ganz klein unter mir.

Jessie

November

Nachdem Mom auch ins Krankenhaus gefahren war, legte ich *Die tollkühne Hexe in ihrem fliegenden Bett* in den DVD-Player und setzte mich mit meinen Schwestern aufs Sofa. Weil das als Kind Moms Lieblingsfilm gewesen war, ließ sie ihn uns immer anschauen, wenn eine von uns krank war oder etwas Schlimmes passiert war. Als ihre Mutter vor ein paar Jahren starb, schauten wir ihn gefühlt ein paar Wochen lang in Dauerschleife.

Mattie schlief nach etwa zwanzig Minuten ein und auch Meg fielen immer wieder die Augen zu. Ich rutschte vom Sofa und ging raus. In der Straße war wieder Ruhe eingekehrt und die Ränder der Dunkelheit färbten sich bereits rosa.

Diesmal brauchte ich den Ersatzschlüssel nicht unter dem Frosch hervorzuholen, die Haustür war nicht abgeschlossen. Ich ging ins Wohnzimmer. Der Barschrank stand offen, auf dem Couchtisch, den jemand zur Seite geschoben hatte, lag eine leere Flasche Gin.

Der Anblick machte mir Angst. Es dauerte eine Ewigkeit, mich aus meiner Starre zu lösen und einen Fuß vor den anderen zu setzen, bis ich schließlich in der Tür zu ihrem Zimmer stand. Chaos. Überall waren Zigarettenkippen verstreut, die Polaroids lagen auf dem Boden, dazwischen der weiße Deckel eines Pillenröhrchens. Als ich auf Ellies Bett zuging, stieg mir plötzlich der beißende Geruch von Erbrochenem in die Nase und raubte mir fast den Atem.

Ich stürzte durch die Küche auf die Terrasse und rang nach Luft. Der Kloß in meiner Kehle wurde größer, aber ich konnte immer noch nicht weinen.

Ich durchsuchte die Küchenschränke, bis ich Spülhandschuhe, einen Schwamm und einen Eimer fand, den ich mit heißem Wasser füllte. Dazu schüttete ich einen Becher Essig, wie Mom es mir beigebracht hatte. Mit den Putzsachen kehrte ich in Ellies Zimmer zurück, kniete mich hin und begann, den Boden zu wischen.

»Ellie?«, rief plötzlich eine Stimme, die ich seit Monaten nicht mehr gehört hatte. »Ellie? Bist du da?« Stille.

Dann: »Hallo?«

Jake stand in der Tür. »Jess? Was machst du denn hier? Wo ist Ellie?«

Ich legte den Schwamm zur Seite und setzte mich auf.

»Es ist etwas passiert, Jake«, sagte ich leise. »Hat deine Mutter dich nicht angerufen?«

Sein Gesicht versteinerte, als würde er ahnen, dass das, was passiert war, etwas viel Schlimmeres war als ein Blechschaden am Auto oder ein Unfall in der Dusche.

»Mein Akku ist leer. Ich bin die ganze Nacht durchgefahren. Was ist los? Wo ist Ellie?«

Ich stieß die Worte in schnellem Stakkato aus. »Tommy hat den Krankenwagen gerufen. Sie sind im Smith Memorial. Mein Vater ist auch mitgefahren. Mehr weiß ich nicht…« Ich brachte es nicht über mich, ihm von Ellie zu erzählen. Davon, wie furchtbar es war.

Jake sah sich wie in Zeitlupe im Zimmer um, nahm alles in sich auf. Dann öffnete er den Mund, aber es kam kein Ton heraus. Er presste eine Hand auf seinen Magen und ballte sie zur Faust. Die Sehnen in seinem Hals traten hervor, und in der Mitte seiner Stirn pulsierte eine dicke Vene, die seinen Kopf in zwei Hälften zu teilen schien. Wieder öffnete er den Mund und schloss ihn, ohne etwas gesagt zu haben.

»Jake?« Ich stand auf und wischte mir die Hände an der Jeans ab. Ich wollte weinen, aber aus irgendeinem Grund spürte ich nur eine von allem losgelöste Taubheit in mir und bekam Angst, dass ich mich selbst nie mehr würde fühlen können. Ich machte einen Schritt auf ihn zu. »Hey. Alles okay?«

Er nickte, aber seine geröteten Augen verrieten das Gegenteil.

»Jake«, sagte ich. »Es war nicht nur Ellie … Sarah ist auch im Krankenhaus …«

Es dauerte nur einen Sekundenbruchteil, bevor er sich wegdrehte, aber ich sah sie trotzdem. Die zweite Welle aus Schmerz, die über sein Gesicht hinwegspülte.

Kurz darauf knallte die Haustür und Jake war weg.

Nachdem ich alles aufgewischt hatte, goss ich das schmutzige Wasser in den Garten und stellte die Putzsachen zurück. Dann ging ich noch einmal in Ellies Zimmer, wo ich die Vanilleduftkerze, die sie so gemocht hatte, anzündete und auf die Kommode stellte. Ich steckte ihr *Hello-Kitty*-Feuerzeug ein und setzte mich auf das Bett, unter dem tief nach hinten geschoben, der Schuhkarton stand.

Ich betrachtete den Stapel mit den Skizzenbüchern auf dem Boden. Vor ein paar Wochen hatte Ellie gesagt, dass ich sie mir gern anschauen könnte. »Das ist meine Geschichte in Bildern«, hatte sie gesagt. »Wenn du irgendwann mal die ganze Wahrheit wissen willst – bitte.«

»So was wie dein persönlicher Comicroman?«, sagte ich und lachte.

Sie lächelte. Dann holte sie tief Luft, bückte sich nach dem Stapel und stellte ihn zwischen uns aufs Bett. Insgesamt waren es zehn Bücher. »Ich will nur, dass es jemand erfährt«, sagte sie.

Ich tastete vorsichtig nach ihrer Hand. Als sie sie nicht wegzog, fragte ich: »Warum, Ellie?«

»Aus keinem besonderen Grund.« Sie lehnte sich gegen das Kopfteil des Bettes und schloss die Augen. Durch den schwarzen Eyeliner und den Lidschatten sah es aus, als hätte ihr jemand die Augen ausgestochen und man würde nur noch die leeren Höhlen sehen.

»Ich finde es immer total schrecklich, wenn du das machst«, sagte ich.

»Du könntest zum Beispiel jetzt gleich damit anfangen.«

»Womit?« Aber ich wusste, was sie meinte.

»Na los.« Sie stupste mich mit dem Fuß an. Ihre Knie stachen spitz aus der zerlöcherten Netzstrumpfhose, die sie anhatte. Es war ein verlockendes Angebot. Ich sehnte mich so sehr danach, mehr über sie zu erfahren, zu begreifen, warum sie so war, wie sie war, aber gleichzeitig wollte ich, dass sie mir vertraute und es mir von sich aus erzählte. Ich nahm den Stapel mit den Büchern und stellte ihn wieder auf den Boden. »Ich will es aber nicht so erfahren. Ich will, dass du es mir erzählst. Warum redest du nicht mit mir?«

Sie schüttelte nur den Kopf und sagte dann: »Soll ich mir die Haare schwarz färben? Das würde zu meinen blauen Augen bestimmt cool aussehen.«

»Ich mag deine Haare so, wie sie sind. Sie haben genau die gleiche Farbe wie meine.«

Ellie schlug die Augen auf, und da war etwas in ihrem Blick, das mich zusammenzucken ließ. Diese wahnsinnige Intensität, die mich immer wieder umhaute.

»Willst du anders aussehen als ich?« Ich rutschte näher zu ihr und legte den Kopf auf ihre Schulter. »Wir sind gleich. Wir sind die einzigen beiden Menschen, die ich kenne, die gleich sind.« Ich nahm eine Strähne von ihren Haaren und hielt sie an meine. »Siehst du? Fast kein Unterschied. Also müssen wir gleich sein.«

Sie lachte. Sie lachte immer über mich, aber nicht so wie alle anderen. Ihr Lachen gab mir das Gefühl, etwas Besonderes zu sein, als würde sie mich in meinem Innersten begreifen.

»Okay, ich glaub, allmählich solltest du gehen.« Sie zupfte an der Strumpfhose herum, bis sie auch am Oberschenkel aufriss. »Sarah und Tommy kommen gleich.«

»Na und?« Ich hasste es, wenn sie mich wegschickte.

»Na und? Na und?« Ellie stand auf und ging zum Schreibtisch, entfernte sich von mir. »Sie dürfen es nicht mitkriegen. Das weißt du doch.« Sie griff nach einem Taschenspiegel und ihrem schwarzen Eyeliner und begann, ihren Lidstrich nachzuziehen. Als sie sich wieder zu mir umdrehte, hatte sich ihr Gesichtsausdruck verändert. »Jetzt geh schon.«

Es war sinnlos, mit ihr zu diskutieren, wenn sie so war. Also bückte ich mich nach meinem Rucksack, der auf dem Boden stand, hängte ihn mir um und trat dann hinter sie und schlang die Arme um ihre Taille. »Warum erzählst du es mir nicht, Ellie?«

»Da gibt es nichts zu erzählen.« Sie machte sich von mir los. »Jetzt geh endlich.«

So war es immer mit ihr. Sie ließ mich ganz nah an sich heran, nur um mich im nächsten Moment wegzustoßen. Aber ich spürte, wie mit jedem Mal ein Stückchen von ihrem Schutzwall abbröckelte, und tröstete mich damit, dass es nur eine Frage der Zeit war, bis sie mich einweihte. Eines Tages würde sie mir zeigen, was sie in dem geheimen Schuhkarton unter dem Bett versteckt hatte.

Aber so weit war es nie gekommen. Also kniete ich mich jetzt in ihrem von Vanilleduft erfüllten Zimmer vors Bett und zog ihn hervor.

Als Mom an diesem Abend in mein Zimmer kam, fand sie mich ins Leere starrend im Bett liegend. Sie hatte nachmittags kurz zu Hause angerufen, um mir zu sagen, dass es Sarah den Umständen entsprechend gut ginge, dass sie nichts Neues von Ellie gehört hätte und ob ich Meg und Mattie bitte rechtzeitig ins Bett bringen könnte.

Jetzt setzte sie sich neben mich und umarmte mich fest. Sie roch nach Krankenhaus und so, als hätte sie viel Kaffee getrunken. »Okay, die gute Nachricht ist, dass Sarahs Zustand stabil ist. Die Ärzte sagen, dass sie sich wieder ganz erholen wird, auch wenn es noch einige Zeit dauern wird. Dad bleibt heute Nacht bei ihr.«

Ich schaute auf meine Hände, die auf der Bettdecke lagen. Den ganzen Tag hatte ich versucht, nicht an Ellie zu denken, aber natürlich machte ich mir Sorgen. Wenn das, was ich befürchtete, stimmte, dann hatten sie ihr bestimmt den Magen ausgepumpt. Vielleicht lag sie sogar auf der Intensivstation, wo sie Infusionen bekam und an Maschinen angeschlossen war. Ich hoffte, dass sie keine Schmerzen hatte. Jedes Mal wenn ich mich dabei ertappte, wie ich im Geiste auf sie einredete und sie drängte, in Zukunft besser auf sich aufzupassen und sich mit dem auseinanderzusetzen, was tief in der Schuhschachtel begraben lag, hatte ich mich gezwungen, mich stattdessen auf Mattie und Meg zu konzentrieren.

Das bedeutete nicht, dass es mir egal war – es war mir so wenig egal, dass ich den ganzen Tag keinen Bissen heruntergebracht hatte und Mattie und Meg ständig bitten musste, noch einmal zu wiederholen, was sie gerade gesagt hatten. Aber solange ich den Gedanken an das, was wahrscheinlich passiert war, verdrängte, war es auch weniger real. Ich hatte nicht die Kraft, mich der Wirklichkeit zu stellen …

Und obwohl der Kloß in meinem Hals dabei immer

größer geworden war und mich zu ersticken drohte, war es mir irgendwie gelungen, den Tag zu überleben.

»Und die schlechte Nachricht?«, fragte ich schließlich. Meine Hände zitterten, als ich Mom anschaute und die Antwort in ihren Augen las.

Ich holte scharf Luft.

»Wie?« Obwohl ich es längst ahnte, musste ich es laut ausgesprochen hören.

»Eine Überdosis Tabletten ... Es war wohl ein Unfall.« Sie strich mir die Haare aus dem Gesicht. »Es tut mir so leid, Jessie. Ich weiß, dass du nicht so eng mit ihr befreundet warst wie Sarah, aber ...«

Ich blieb stumm, weil ich das Vertrauen in die Welt verloren hatte und nicht einmal mehr wusste, ob meine Stimme noch funktionierte. Meine schlimmsten Befürchtungen waren wahr geworden – das hatte ich begriffen –, aber gleichzeitig fühlte ich mich auch seltsam entfernt von allem. So als wäre ich schwerelos und würde langsam von Mom und dem, was sie gerade gesagt hatte, wegdriften. Als wäre da nichts, was mich hielt.

»Ich ...« Meine Stimme war dünn. »Können wir morgen darüber reden?«

»Aber natürlich.« Sie küsste mich auf die Wange und drückte mich noch einmal fest an sich.

Als sie weg war, sah ich aus dem Fenster und versuchte, mich im Hier und Jetzt zu verankern. Lange spürte ich nichts außer einer vollkommenen Leere in mir, die körperlich wehtat. Dann füllte sich dieses Vakuum ganz langsam mit allen Gedanken dieses Tages und jedem Augenblick, den ich mit Ellie erlebt hatte. Und zuletzt kamen die Tränen. Ich konnte sie nicht aufhalten. Und versuchte es auch nicht.

25

Ich könnte den ganzen Tag so daliegen, deinen Kopf auf meinem Bauch, und spüren, wie dein Atem langsam in mich sinkt.

Sarah

Danach. März

Tage später in der Hütte. Der Klang von zurückhaltend klirrendem Essbesteck. Mom umrundet den Tisch, stellt frisch mit Eistee und Wasser gefüllte Krüge darauf, legt kurz eine Hand auf die Schulter meines Vaters, wie um sich zu vergewissern, dass sie inmitten dieses Chaos nicht allein ist. Dad erzählt uns Geschichten, zerschneidet mit männlichen Schnitten sein Steak und lächelt wohlwollend auf uns herab.

Jess, die mir gegenübersitzt, zermatscht ihr Essen auf dem Teller und macht ein Bild von Monet daraus. Meg tritt rechts von mir unter dem Tisch kichernd gegen Matties Fuß. Links neben Jess umklammert Mattie unbeholfen ihre Gabel und ertränkt das Steak und die Kartoffeln in einem Meer aus Ketchup. Tommy neben mir lässt unsichtbar für alle seine Hand unter meinem Rock hinaufkriechen, bis seine Finger den Saum meines Slips ertasten.

Meine Eltern, immer noch fröhlich durcheinanderredend, um uns alle bemüht und vollkommen ahnungslos.

Und da bin ich und schiebe Tommys Hand weg, während der Ballon in meiner Brust anschwillt, aber nicht platzt. Und wartet.

Nachdem meine Eltern eingeschlafen sind, schleicht Tommy sich in das Zimmer, das ich mir mit Jess teile, und drückt mir eine Flasche ohne Etikett in die Hand. Wir klettern leise aus dem Fenster und gehen schweigend zum See, während wir uns den Wodka hin und her reichen.

Der Weg ist lang. Das Wasser ist eisig. Trotzdem ziehen wir uns nackt aus und lassen uns hineingleiten. Tommy streckt die Arme nach mir aus, küsst mich, aber ich bin nicht in Stimmung, also schwimme ich so weit weg von ihm, wie ich kann. Ich lasse mich auf dem Rücken treiben und starre in den mit Sternen übersäten Himmel.

Tommy findet mich. Mit entschlossener Miene zieht er mich zu sich heran, hebt meine Beine hoch und versucht sie sich um die Hüften zu schlingen.

»Hey!« Ich stoße mich von ihm ab. »Ich will bloß ganz normal schwimmen.«

Er tritt neben mir Wasser, und ich höre den Frust in

seiner Stimme, als er fragt: »Was hast du für ein Problem? Du wolltest, dass ich mitkomme. Und du bist …« Er deutet auf meine Nacktheit und sein Gesichtsausdruck spiegelt seine Gedanken wider.

In gewisser Weise hat er recht. Ich wollte, dass er mitkommt. Ich habe mich ausgezogen. Aber das bedeutet nicht automatisch, dass ich *das* will.

Ich bespritze ihn mit Wasser, ein pubertärer Versuch, die Situation zu entkrampfen. Als er darüber nicht lacht, tauche ich unter und versuche meinen Körper dazu zu zwingen, in diesem eiskalten Wasser zum Leben zu erwachen. Aber ich komme nicht weit. Tommy packt mich um die Taille und zieht mich mit sich ans schlammige Ufer.

»Hey, nicht! Warum können wir nicht einfach bloß schwimmen, Tommy?«

Er wirft mir meine Klamotten zu und greift nach seinen. Ich sehe ihm an, dass er sauer ist, deswegen ziehe ich mich in sichere Entfernung zurück. Sobald ich wieder Jeans und T-Shirt anhabe, sage ich: »Ich wollte doch nur Spaß haben. Ich verstehe nicht, warum das so schlimm ist.«

»Das ist deine Vorstellung von Spaß?« Er sieht mich wütend an. »Meine nicht.«

»Tommy.« Ich gehe ein paar zaghafte Schritte auf ihn zu und lege die Hand auf seinen Arm, aber er stößt mich von sich. »Ich weiß nicht, was du von mir willst.« Immer dieselben Worte. An diesem Punkt waren wir schon so oft.

»Verdammt, Sarah. Jetzt tu doch nicht so, als wäre es so kompliziert. Ich will einfach nur mit dir zusammen sein. Richtig mit dir zusammen sein.«

Aber für mich ist es kompliziert. »Ich weiß noch nicht mal, was das bedeutet«, ist alles, was ich sagen kann.

»Es bedeutet«, seine Stimme ist schneidend, »dass du dich ganz auf mich einlässt. Dass wir beide – du und ich – eine echte Beziehung haben. Nicht diese Scheiße, wo ich die Hälfte der Zeit nicht weiß, ob ich dich gerade anfassen darf oder nicht.«

Er wartet darauf, dass ich sage, dass ich das auch will.

Aber ich schweige.

»Du willst das nicht«, stellt er fest. Sein Blick ist hart, mit nur einer winzigen Andeutung von Traurigkeit. »Und du wirst es auch nie wollen, stimmt's?«

Vielleicht liegt es daran, dass ich so erschöpft bin und dass es mir in diesem Moment schlimmer erscheint, mit ihm zusammen zu sein, als allein zu sein, jedenfalls sage ich ihm endlich die Wahrheit. »Nein. Nein, ich will es nicht.«

Er schüttelt den Kopf und stößt einen Laut aus, der fast wie ein tiefes Knurren klingt. »Das mit dir und mir, das funktioniert nicht mehr. Ich packe das nicht mehr. Du hast mich nie gewollt. Du wolltest immer nur Jake.

Und weißt du, was das Verrückte ist?« Seine Stimme wird lauter, während er seine Jeans zuknöpft und sich dann nach der Wodkaflasche bückt. »Jake hat dich nie gewollt. Deswegen hat er dich noch nicht einmal angerufen, als du in der Klinik warst.«

»Das stimmt nicht!«, sage ich, obwohl ich sofort weiß, dass genau das die Wahrheit ist.

»Und er hat dich nur benutzt. Er hat dich genauso benutzt, wie du mich immer benutzt hast …«

»Das stimmt nicht, Tommy!« Aber ich glaube mir selbst nicht.

»Oh doch, es stimmt!« Er fährt herum und funkelt mich wütend an. »Das machen wir doch letzten Endes alle. Wir benutzen uns alle gegenseitig.«

Jedes seiner Worte ist wie ein Messer, das er in meine Richtung schleudert und das mich in Stücke schneidet. Ich kann nur hilflos zusehen, wie ich blute. Aber dann – wie aus einer Art Instinkt heraus – wende ich die Klinge gegen ihn und lasse ihn den Schmerz am eigenen Leib spüren.

»Ach ja? Ist es das, was du mit Ellie getan hast?«, sage ich leise. »Hast du sie benutzt?«

Die Frage ist ehrlich gemeint, so wie auch seine Vorwürfe einen wahren Kern haben, aber ich weiß auch, dass ich sie stelle, um mich zu rächen und um ihn zum Schweigen zu bringen.

An seinem Blick kann ich erkennen, dass die Klinge bis auf den Knochen in ihn eingedrungen ist.

Seine Stimme zittert, als er sagt: »Fick dich, Sarah. Okay? *Fick dich.* Ich weiß ganz genau, was du damit andeuten willst, du feige Schlampe. Aber *du* warst in der Nacht bei ihr. Du. Nicht ich. Also wag es bloß nicht, mir die Schuld in die Schuhe zu schieben.«

Er stürzt mit erhobenem Arm auf mich zu und ich schließe die Augen und bereite mich auf den unausweichlichen Schlag vor. Aber er kommt nicht. Als ich sie wieder öffne, ist Tommy verschwunden und die Scherben der zerschmetterten Wodkaflasche liegen neben mir.

Ich sinke in mich zusammen, krümme mich auf der feuchten Erde. Die Überzeugung, die in Tommys Worten lag, brennt schlimmer als alle Schnitte davor.

26

Ich wollte dir nie wehtun. Wolltest du mir wehtun?

Jake

Danach. April

Theoretisch ist zwar schon Frühling, aber die Kälte und das Regenwetter halten an. Heute Nacht kommt es mir sogar noch kälter und nasser vor als gestern. Ich ziehe mir den Schal übers Kinn und warte einen Moment. Dann bücke ich mich noch einmal nach einem Kieselstein und werfe ihn an Sarahs Fenster.

Das Licht geht an, und jemand schiebt das Fenster hoch, aber das Gesicht, das sich ans Fliegengitter presst, ist das von Jess. Sie sieht verwirrt zu mir herunter. Weil ich nicht weiß, ob sie mich erkennt, trete ich in den Lichtkegel der Lampe über der Garage, lege den Kopf in den Nacken und nehme die Baseballkappe ab.

Jess schiebt das Fenster wieder runter. Das Licht geht aus und ein paar Sekunden später wird es im Erdgeschoss hell. Ein anderes Fenster wird geöffnet. Jess beugt sich hinaus, ihre blauen Augen wie riesige Seen in ihrem schmalen Gesicht. »Komm«, sagt sie. »Ich zieh dich rein.«

Das erscheint mir absurd. »Warum lässt du mich nicht durch die Tür rein?«, frage ich.

»Meine Mutter hat abgeschlossen und den Schlüssel versteckt. Sie schläft schon.« Sie hält mir die Hand hin. »Los, komm.«

»Jess, so passe ich da niemals durch. Du musst erst weggehen.«

Ich nehme Anlauf, springe zum Fensterbrett hoch und ziehe mich über den nassen Sims ins Zimmer. Im Haus ist es warm. Nachdem ich meine nasse Jacke ausgezogen habe, sehe ich mich um. Ich stehe im Arbeitszimmer ihres Vaters.

Jess verschwindet kurz und kommt mit einem Küchenhandtuch zurück. Sie bückt sich und wischt die Pfütze auf, die sich unter meinen Füßen gebildet hat. Während sie mit kreisenden Bewegungen über den Boden reibt, fällt mir auf, wie spitz ihre Schulterblätter unter dem dünnen Sweatshirt hervorstehen.

»Sarah ist unten im Keller«, sagt sie, ohne aufzublicken. »Da ist sie schon, seit Mom ins Bett gegangen ist.«

Ich trete zur Seite, um ihr Platz zu machen. »Im Keller? Warum das denn?«

»Ich weiß es nicht. Als ich vorhin nach ihr geschaut hab, hat sie gesagt, ich soll weggehen.« Sie wischt noch einmal über den Boden und steht dann auf. Ihr Blick ist besorgt.

»Ist alles okay mit ihr?«

Sie schüttelt den Kopf. »Hast du es nicht gehört? Gestern Nacht hat Mr Lumpnick sie gefunden, als er noch mal mit dem Hund draußen war. Sie saß im Schlafanzug mitten auf der Straße auf dem Boden, ihr Arm hat geblutet … Sie hat zwar behauptet, dass sie ihn sich an einem Zweig aufgerissen hat, aber … Deswegen hat Mom die Türschlösser austauschen lassen.« Jess weicht meinem Blick aus. »Geh ruhig runter. Aber sei leise, damit Mom nicht aufwacht.«

Die Kellertür ist nur angelehnt. Ich gehe die Treppe hinunter und öffne die Tür zum Hobbykeller, der hell erleuchtet ist. Alles ist noch genau so, wie ich es in Erinnerung habe – an der Wand steht das Sofa, davor die zwei Sessel und in der Mitte der Kicker. Sarah ist nirgends zu sehen. Ich rufe leise ihren Namen, bekomme aber keine Antwort. Gedanken rasen durch meinen Kopf. *Warum habe ich mich nie bei ihr gemeldet? Warum habe ich meine Hand immer weggezogen, wenn Ellie sie halten wollte, als wir Kinder waren? Warum habe ich Sarah nie gesagt, dass ich sie liebe?*

Ich drehe mich langsam im Kreis. Die Tür zur Waschküche steht einen Spaltbreit offen. Ich stoße sie auf und da hockt sie am Boden. Sie trägt nur ein dünnes Unterhemd und einen Slip, ihre Haare hängen ihr strähnig ins Gesicht. Als das Licht von draußen in den Raum fällt, hebt sie schützend den bandagierten Arm vor die Augen. Sie ist bleich und ihre Lippen sind wund.

Obwohl ich es kaum ertrage, sie so zu sehen, schaffe ich es, zu lächeln. Ich kauere mich vor sie hin. »Hey …«

Sie sieht mich lange an, ihr Blick ist unsicher. »Jake?«

»Hey, Sarah …« Sie wehrt sich, aber es gelingt mir, sie in die Arme zu nehmen. Sie glüht. Ihre Haut fühlt sich an, als stünde sie in Flammen.

»Was machst du hier?«, fragt sie.

»Ich … ich musste dich sehen.«

»Aber warum …?« Sie versucht sich mir zu entwinden, aber sie ist zu schwach, und es fühlt sich weniger an wie ein Aufbäumen als eher wie ein Zittern. Ich drücke sie fester an mich, bis sie schließlich nachgibt. »Ich dachte, du … und du hast nie angerufen … und ich habe die ganze Zeit darauf gewartet, dass du …«

»Ich weiß, Sarah.«

»Sag mir nur … sag mir nur, warum …?«, flüstert sie.

So war sie immer schon. Immer hat sie nach Gründen gesucht, um mein Verhalten zu rechtfertigen. Aber ich kann ihr keinen Grund nennen. Ich bin vor ihr weggelaufen, weil ich zu viel Angst hatte, ihr in die Augen zu sehen. Zu viel Angst, mir selbst in die Augen zu sehen. Ich dachte, es wäre einfacher, alles hinter mir zu lassen und mir ein neues Zuhause zu suchen. Aber jetzt, wo ich bei ihr bin, begreife ich, dass Zuhause der Ort ist, an den man zurückkehrt, wenn einen die Kraft verlässt.

27

Du schreibst Listen, um Gemeinsamkeiten zu finden. Du denkst, ich bin okay. Aber das bin ich nicht.

Jessie

Danach. April

»Seit wann schläft sie hier im Gästezimmer?«

Zwanzig Minuten nachdem Jake in den Keller runtergegangen ist, führt er Sarah zum Bett und deckt sie zu. Er sieht sich mit geröteten Augen im Zimmer um, und wenn ich nicht wüsste, dass das nicht sein kann – so gut glaube ich ihn zu kennen –, würde ich denken, dass er da unten geweint hat.

»Mom dachte, dass es besser für sie wäre, ihre Ruhe zu haben und sich zurückziehen zu können«, erkläre ich.

»Das ist das Letzte, was sie braucht. Sie war praktisch nackt, als ich zu ihr runterkam. Sie sagt, dass ihr kalt ist, aber sie fühlt sich total warm an.« Er sieht mich an, als wäre alles meine Schuld. Aber das ist es nicht. Es ist wie eine Kugel, die immer weiterrollt, weil niemand weiß, wie man sie aufhalten soll. »Sieht deine Mutter denn nicht, was los ist?« Seine Schultern sind angespannt, die Hände seitlich am Körper zu Fäusten geballt.

»Jake, sie kann nichts dafür«, flüstert Sarah.

Unter den Decken, die er über sie gebreitet hat, sieht sie ganz zart und schmal aus. Sie zittert, aber gleichzeitig stehen ihr Schweißperlen auf der Stirn. »Mein Vater ist nicht da, und Mom wollte erst mal abwarten, bis er zurück ist, bevor sie etwas entscheidet. Aber jetzt macht sie sich solche Sorgen, dass sie für morgen früh einen Termin mit ihrer Therapeutin ausgemacht hat, um zu besprechen, wie es weitergehen soll«, wiederhole ich beinahe wortwörtlich, was Mom mir heute gesagt hat. »Wie geht es dir?«, frage ich Sarah und fühle ihre Stirn. »Du hast Fieber. Vielleicht sollte ich Mom wecken.«

»Ja«, sagt Jake grimmig. »Das wäre wahrscheinlich das Beste.«

Sarah setzt sich mit einem Ruck auf und schiebt sich eine feuchte Haarsträhne aus dem Gesicht. »Nein, tu das nicht. Ich muss bloß schlafen. So schlecht geht es mir nicht. Wirklich nicht.«

Jake sieht nicht überzeugt aus. »Ich weiß nicht, Sarah.«

»Doch«, sagt sie. »Ich muss wirklich nur schlafen ... bitte ... Danach fühle ich mich bestimmt besser.«

»Ich glaube, sie hat seit Tagen nicht geschlafen«, sage ich zu Jake. Das weiß ich, weil ich in letzter Zeit auch nicht schlafen kann und nachts immer höre, wie sie rastlos unten herumschleicht.

»Bist du sicher, dass Jess nicht doch lieber deine Mutter wecken soll?«, fragt Jake zweifelnd.

Sarah nickt, lässt sich auf das Kissen zurückfallen und zieht sich die Decke bis zum Kinn. »Kannst du mir Wasser bringen?«, bittet sie mich.

Ich nicke. Jake geht mit mir in die Küche, wo ich ein Glas mit Wasser fülle und ihm reiche.

»Am liebsten würde ich bei ihr bleiben«, sagt er. »Einfach nur, um auf sie aufzupassen. Wäre das okay?«

Ich erinnere mich an seinen Gesichtsausdruck, als er mich damals bei Ellie im Zimmer fand, wo ich den Boden gewischt habe. »Ja.«

»Weil ich …« Er beendet den Satz nicht, als ihm klar wird, dass ich einverstanden bin. Die steile Falte zwischen seinen Augenbrauen verschwindet. Einen Moment lang sieht er so sehr wie Ellie aus, dass es mich fast zerreißt. »Danke, Jess.«

»Meine Mutter steht um sechs auf, bis dahin solltest du wieder weg sein, okay?«

»Alles klar«, sagt er und geht mit dem Wasser zum Zimmer zurück. Ich bleibe in der Tür stehen und sehe zu, wie er das Glas auf den Nachttisch stellt und Sarah hilft, sich aufzusetzen. Als er es ihr an die Lippen hält und geduldig wartet, bis sie trinkt, schließe ich leise die Tür, weil ich den Anblick nicht ertrage. Es tut zu weh, zu sehen, was ich verloren habe.

Davor. November

Als ich ins Zimmer kam, lag sie im Bademantel auf dem Bett, den iPod an die Brust gedrückt, und sang tonlos zu einem Song mit. Sie hatte die Augen geschlossen und die nassen Haare mit einem Handtuchturban umwickelt. Es war das allererste Mal, dass ich sie ungeschminkt sah, und sie wirkte jung und irgendwie verletzlich. Ihr Gesicht war mit feinen hellbraunen Sommersprossen übersät, ihre Lippen glänzten rosig.

Als ich mich aufs Bett setzte, öffneten sich ihre Lider flatternd und ihr Mund verzog sich zu einem halben Lächeln. Sie zog die Stöpsel aus den Ohren.

»Hey«, sagte sie mit weicher Stimme. »Wie bist du reingekommen?«

»Ich hab deinen Stiefvater abgefangen, als er gerade zur Tür raus ist. Ist deine Mutter noch nicht wieder zurück?«

»Nein«, sagte sie und strahlte. »Sie ist noch bis Samstag weg. Und es kommt sogar noch besser: Donnerstag fährt er zu ihr.«

»Hast du ein Glück. Was hörst du?«

Sie hielt mir einen Ohrstöpsel hin. »Rate.«

In den letzten Wochen waren wir uns immer näher gekommen, obwohl ich mir selbst nicht erklären konnte, wie das passiert war. Es war, als hätte Ellie beschlossen, die weiße Flagge zu hissen und sich zu ergeben. Wir sahen uns jetzt regelmäßig – auch wenn weiterhin niemand wissen durfte, was zwischen uns war – und schrieben uns SMS. Sie spielte mir nach und nach die Alben ihrer Lieblingsbands vor.

»Und?«, fragte Ellie.

Es dauerte einen Moment, bis ich den Song erkannte. »Mumford and Sons?«

»Hey, sehr gut.« Auf ihrem Gesicht breitete sich ein schläfriges Lächeln aus. Ihr Blick wirkte, als wäre sie noch halb in einem Traum.

»Hab ich dich geweckt?«

Sie schüttelte den Kopf, griff nach meiner Hand und legte sie sich auf den Bauch. Ich war überrascht. Meistens brauchte sie erst Zeit, um wieder mit mir warm zu werden. Aber die Nähe, die sich in den vergangenen Wochen zwischen uns entwickelt hatte, machte mich mutig genug, meine Hand zwischen die Falten ihres Bademantels gleiten zu lassen.

Sie lachte. »Du bist heute aber verwegen!«

Ich zuckte nur mit den Achseln, weil ich wusste, dass ihr das gefallen würde, und beobachtete ihre Augen, während ich begann, ihr sanft über den Bauch zu streicheln.

»Wo warst du gestern Abend? Du hast nicht auf meine SMS geantwortet.«

Diesmal war sie diejenige, die mit den Achseln zuckte. »Irgendwas werde ich schon gemacht haben.« Sie gähnte.

»Warum bist du so müde?«

»Wenn ich dir das sage, wirst du sauer.«

»Nein, werde ich nicht.«

»Doch, bestimmt.« Sie nahm meine Hand und legte sie sich auf die Brust. In mir breitete sich ein Kribbeln aus.

»Versuchst du etwa, von irgendwas abzulenken?«

Sie nickte und hob mir das Gesicht entgegen, damit ich sie küssen konnte.

»Warum bist du so komisch?« Ich ließ mich neben sie fallen und schmiegte meinen Kopf an ihre Schulter. Dann schob ich ein Bein unter sie und legte das andere über sie wie ein Affe an einer Liane. »Ich werde nicht sauer.« Ich küsste sie auf den Hals und dann zwischen ihre Brüste.

»Na gut«, seufzte sie. »Ich weiß zwar, dass du lügst, aber bitte.«

Ich wartete, wie ich es inzwischen gewohnt war. Etwas aus Ellie herauszubekommen war immer eine Prüfung in Geduld und Durchhaltevermögen. Wenn ich in unserer gemeinsamen Zeit etwas gelernt hatte, dann dass ich eine Menge Geduld haben konnte, aber es war nie leicht.

Sie angelte nach einem kleinen gemusterten Kissen, das neben ihr lag, zog den Reißverschluss auf, griff hinein und holte ein Tablettenröhrchen heraus, das sie mir in die Hand drückte.

»Was ist das?«

»Tabletten, die meine Mutter vor ein paar Wochen weggeworfen hat.«

Ich las die Aufschrift auf dem Etikett. »Oxycontin. Die sind schon abgelaufen.«

»Ich weiß«, sagte sie. »Aber noch fast voll.«

»Was sind das für welche?«

»Letztes Jahr hat sie sich den Rücken gezerrt. Ich glaub, die hat sie gegen die Schmerzen genommen.« Sie lachte. »Ist doch nicht zu fassen, dass sie die wegwerfen wollte, oder? Ich meine, was für eine Vergeudung.«

Ich hatte in der Schule Gerüchte gehört, dass Ellie Tabletten nahm, es aber nie direkt mitbekommen. »Und wie viele hast du genommen?«, fragte ich in bemüht beiläufigem Ton, weil ich wusste, dass sie es mir sonst nicht sagen würde. Aber sie hörte die Anspannung in meiner Stimme natürlich doch.

»Gott, Jess.« Als sie sich ins Bett zurückfallen ließ, löste sich das Handtuch. Ihre Haare, die sie sich oben am Kopf festgesteckt hatte, waren so schwarz, dass sie fast violett glänzten.

Ich starrte sie an. »Was hast du mit deinen Haaren gemacht? Ich dachte, wir hätten ausgemacht, dass du sie nicht färbst?«

»Meine Güte, Jessie.« Sie rutschte vom Bett, setzte sich an ihren Schreibtisch, riss die Spange heraus und begann sich brutal durch die Haare zu bürsten.

Ein paar Sekunden später knallte sie die Bürste hin, wirbelte in ihrem Stuhl herum und sagte: »Nur zu deiner Information. Du benimmst dich mal wieder wie eine superverklemmte Spießerin.«

Die Worte taten weh, und ich konnte förmlich sehen, wie Ellie die weiße Flagge einholte. Als Nächstes würde sie den Stoff zu einem ordentlichen kleinen Viereck zusammenfalten und dann irgendwo im hintersten Winkel verstecken. »Warum bist du so? Hast du dich mit jemandem gestritten?«

»Na klar.« Ellie lachte. »Weil ich mich ja immer mit allen streite. Das willst du damit doch sagen, oder?«

»Mit wem?«, fragte ich, ohne mich auf eine Diskussion mit ihr einzulassen, mit der sie wie immer nur vom eigentlichen Thema ablenken wollte.

»Ist doch egal.«

»Mit wem, Ellie?«

»Mit meinem Stiefvater, okay? Gott, echt!«

»Wann?«

Sie verdrehte die Augen. »Keine Ahnung. Gestern. Heute. Schon die ganze Woche. Ist doch scheißegal. Du kannst sowieso nichts dran ändern, Jess. Du kannst *mich* nicht ändern. Also hör endlich auf, es zu versuchen.«

»Hast du mir deswegen gestern nicht zurückgeschrieben?«

Ihr Gesicht wurde hart und verschlossen. Sie drehte sich wortlos um und begann wieder ihre Haare zu bürsten.

»Wie viele von den Tabletten hast du genommen?« Mir war egal, ob sie mir sagte, warum sie auf die SMS nicht reagiert hatte, aber das war etwas, was ich wissen musste.

Ellie zuckte die Schultern. »Bist du taub? Was interessiert dich die Scheiße überhaupt?«

»Es interessiert mich eben.«

»Es war sowieso nur ein Test …«

»Was soll das denn heißen?«

Sie zögerte einen Moment. »Keine Ahnung, okay?«

»Wie viele?«

Ellie schleuderte die Bürste auf den Tisch. »Zwei, okay? Warum willst du das unbedingt wissen? Lass mich doch in Ruhe mit deinen Fragen. Du nervst, echt.«

Ich setzte mich neben sie und griff nach ihren Händen. »Bitte hör auf, so mit mir zu reden.«

»Gott, Jess, du bist doch total daneben.« Sie zog ihre Hände weg.

»Nein, ich bin nicht daneben. Bin ich nicht.« Ich beugte mich vor und versuchte sie zu küssen, aber sie stieß mich weg.

»Spinnst du jetzt total, oder was?«

»Ich spinne nicht«, sagte ich und spürte, wie mir die Tränen in die Augen stiegen.

»Fängst du jetzt etwa auch noch an zu heulen? Ach komm, das kann nicht dein Ernst sein. Du bist so eine Spießerin, echt. Ist doch klar, dass jemand wie du mich niemals verstehen kann.«

Es war dieser letzte Satz, der mich dazu brachte, zu tun, was ich dann tat. Ich war mit einem Satz beim Bett, griff nach dem Tablettenröhrchen, drückte den Deckel ab und schüttelte mir zwei Tabletten in die Hand.

»Hey! Was machst du da?«, rief Ellie. »Hör auf. Lass den Scheiß!«

Ich warf mir die Pillen in den Mund und schluckte sie schnell herunter. Im nächsten Moment war Ellie bei mir und quetschte meine Wangen so fest zusammen, dass sich meine Lippen schmerzhaft öffneten. »Spuck sie aus!«, forderte sie. »Los, spuck sie wieder aus!«

Ich riss mich los. »Zu spät. Ich mache alles, was du machst. Sorry, aber so ist das nun mal.«

Als sie die Hand hob, dachte ich, sie wollte mich schlagen, aber sie packte mich am Arm und zerrte mich ins Badezimmer. Ich wehrte mich und versuchte, mich loszureißen, aber sie war stärker als ich, obwohl sie viel kleiner war. Vor der Toilette stieß sie mich zu Boden und kniete sich neben mich.

»Mach den Mund auf«, verlangte sie, aber ich presste

die Lippen aufeinander. »Mach sofort den Mund auf, Jess!« Sie hörte sich an wie eine Mutter. So als würde sie gleich bis drei zählen und dann würde Gott weiß was passieren. »Jess«, drohte sie. »Du weißt nicht, was du da machst. Das wird dir noch leidtun. Ist es das, was du willst? Ja?« Sie wartete darauf, dass ich etwas sagte, aber diesmal schwieg ich eisern.

»Na gut.« Sie stand auf. Kurz darauf knallte ihre Zimmertür. Eigentlich hätte ich ihr hinterhergehen sollen, aber ich konnte mich nicht dazu durchringen. Eine Weile war es still, dann hörte ich ein klagendes Wimmern, von dem ich nicht gedacht hätte, dass ein Mensch überhaupt dazu fähig wäre.

Ich stand am ganzen Körper zitternd auf und ging in ihr Zimmer.

Sie saß nackt auf dem Bett, drehte mir den Rücken zu und beugte sich vor. Als ich näher kam, sah ich etwas Silbernes in ihrer Hand aufblitzen.

»Was machst du da?« Ich sah, wie sie die Hand blitzschnell über dem Oberschenkel hin- und herbewegte, und dann das Blut, hellrot und dickflüssig. »Ellie, was machst du?«, brüllte ich.

Jetzt schluchzte sie. Ich riss ihr die Klinge aus der Hand und rannte ins Bad zurück, um einen Waschlappen und Desinfektionsmittel zu holen. Als ich zurückkam, lag sie zusammengerollt wie ein Baby im Bett und das Blut sickerte ins Laken. Ich säuberte die Wunde, so gut ich konnte, drückte den Waschlappen darauf, um die Blutung zu stoppen, und sagte ihr dabei die ganze Zeit, dass alles gut werden würde.

»Nein, wird es nicht«, schluchzte sie immer wieder. »Wird es nicht.«

»Doch. Doch wird es.« Allmählich begann ich die Wirkung des Oxycontin zu spüren. Es war ein bisschen so, als würde sich mein Verstand von meinen Gefühlen loslösen. Die Angst und die Verzweiflung waren zwar noch da, aber ich konnte sie nicht mehr spüren. War es bei Ellie auch so gewesen? Hatte sie die Tabletten deswegen genommen?

Als es aufhörte zu bluten, wischte ich die letzten Spuren von ihrem Schenkel, und der Waschlappen glitt über die feinen Narben vergangener Schnitte. Es waren so viele. Ich begann leise zu weinen. Als ich aufstand, wimmerte Ellie. »Lass mich nicht allein.«

»Ich bin hier bei dir«, sagte ich. Ich zog mich schnell aus, bis wir beide nur noch unsere ganz eigene Geschichte am Leib trugen – ihre verstümmelt und meine noch unversehrt. Ich schlüpfte zu ihr unter die Decke, schmiegte meinen Körper an ihren und flüsterte: »Lass uns jetzt schlafen, Ellie. Wenn wir aufwachen, ist alles besser.«

28

Du hast alles, was ich mir immer gewünscht habe.

Sarah

Danach. April

Am nächsten Morgen ist Jake verschwunden, und es dauert eine Weile, bis ich mir selbst glaube, dass er wirklich da gewesen ist. Dass ich ihn mir nicht bloß eingebildet habe. Dass ich nicht so geistesgestört bin, wie ich es durchaus für möglich halte.

Aber nein, ich erinnere mich daran, dass ich mitten in der Nacht aufgewacht bin und er neben mir lag und dass seine Hand an meinem Schenkel hinaufglitt und dann in der Kuhle zwischen Hüfte und Taille liegen blieb.

»Hey«, flüsterte er. »Wie geht's dir?«

Ich drehte mich zu ihm um, noch zu schläfrig, um Worte zu finden, aber der Lärm in meinem Kopf war zu einem leisen Brummen verklungen. »Besser, glaube ich.«

»Schlaf noch ein bisschen. Du bist erschöpft.« Er zog mich an sich, bis mein Kopf auf seiner Brust lag, und streichelte mir mit zaghaften Bewegungen über den Rücken. Ich versuchte, mich der Berührung hinzugeben und zu entspannen, die Millionen von Fragen wegzuschieben, die meinen Kopf fluteten. Ich bekam immer noch keine Antworten von ihm, wusste immer noch keine Gründe. Das einzig Greifbare war seine Anwesenheit hier in meinem Bett. Aber vielleicht war das ja auch das Einzige, worauf es ankam. Vielleicht brauchten wir beide diesen Moment, in dem wir alles vergessen konnten. Ich hob ihm meine Lippen entgegen, aber er zögerte.

»Jake, es ist okay. Ich will es.« Ich küsste ihn und schob dann beide Hände unter sein T-Shirt und legte sie flach auf seinen warmen, straffen Bauch, ließ sie höher wandern und glitt über seinen Körper, als wäre er mir vertraut, obwohl ich ihm vorher nie so nah gewesen war.

»Sarah. Warte«, sagte er, aber ich hörte nicht auf, ihn zu streicheln. »Sarah, ich würde dich am liebsten einfach nur in den Armen halten.« Er griff in meine Haare, sein Atem ging stoßweise. »Ich kann das nicht.«

Es war nicht das Schlimmste, was er je zu mir gesagt hatte, aber es tat trotzdem weh. So war es immer zwischen uns gewesen. Immer. Er wollte mich nicht. Er wusste nicht, was er wollte. Oder er glaubte, mir nicht geben zu können, was ich brauchte.

»Warum bist du hergekommen?«, fragte ich.

»Ich musste dich einfach sehen.«

»Okay«, sagte ich, und die Verletztheit schlug in Wut um. »Jetzt hast du mich gesehen, dann kannst du ja wieder gehen.« Ich wollte von ihm wegrücken, aber er hielt mich fest. Er verbarg sein Gesicht an meinem Hals und flüsterte:

»Bitte, Sarah. Tu das nicht, okay? Ich brauche Zeit, um …« Seine Stimme brach. Er verstummte und zog mich noch fester an sich.

Ich rieb ihm über den Rücken. Obwohl ich verstand, dass es ihm wahrscheinlich schon schwergefallen war, auch nur so viel zu sagen, wie er gesagt hatte, reichte mir das nicht. »Versprich mir, dass du nicht wieder abhaust, ja?«

Er seufzte tief und nickte. »Versprochen.«

Am nächsten Morgen ist er – wie immer – verschwunden.

Ich setze mich auf, atme tief durch und suche nach meiner Mitte, wie die besorgte Therapeutin es mir beigebracht hat. Aber das Einzige, was ich finde, ist das, was ich verloren habe: meine Freundschaft mit Jessie, Matties grenzenloses Vertrauen zu mir, Megs Bewunderung, Moms und Dads Glauben an mich.

Und dann lege ich mich wieder ins Bett, das immer noch nach Jake riecht, und fühle mich noch einsamer als vorher.

Ich vermisse Ellie so sehr, dass ich nicht weiß, wie ich

es ertragen soll. Ich vermisse unser »Davor«. Und nur aus diesem Grund grabe ich mich fast bis nach China durch, öffne die Schachtel und nehme die Fotos heraus. Eines nach dem anderen. Ellie in ihrem *Mork-vom-Ork*-T-Shirt und ich neben ihr, unsicher lächelnd, das Gänseblümchen hinterm Ohr; Ellie und ich an meinem sechzehnten Geburtstag, wie wir zusammen die Kerzen auf meiner Torte ausblasen; Ellie eine Woche vor ihrem Tod mit schwarzen Haaren wie Schneewittchen …

Der Ballon in meiner Brust ist jetzt zum Bersten gefüllt. Der Schmerz ist so durchdringend, dass ich davor wegrennen muss. Ich flüchte mich nach nebenan ins Badezimmer meiner Eltern, werfe mich auf den Boden und presse die Stirn auf die kalten Fliesen, aber der Schmerz ist mir gefolgt, und plötzlich sind da all diese Stimmen in meinem Kopf.

Es gibt Sachen, die du nicht über mich weißt. Jake hat nie etwas von dir gewollt. An manchen Tagen möchte ich einfach nur, dass alles vorbei ist. Versprochen. Lass mich bei dir bleiben. Jake hat dich benutzt, so wie du mich benutzt hast. Wir benutzen uns alle gegenseitig.

Ich streiche über das Pflaster auf meinem Unterarm. Die zerfetzte Wunde, die darunter verborgen ist, stammt von einem Schlüssel. Und plötzlich weiß ich, dass es nur diese eine Möglichkeit gibt, den Schmerz zu betäuben.

Es ist genug Zeit.

Ich greife nach dem Beutel mit dem Rasierzeug von meinem Vater, der im Schrank unter dem Waschbecken liegt, suche nach dem Rasierer, sammle alles Dunkle, das in mir ist, und bringe es mit einem einzigen scharfen Schmerz zum Schweigen.

Ein dünner Blutstrom fließt in meine Hand, tropft von den Fingerspitzen und rinnt in den Fugen zwischen den Fliesen entlang. Ich schließe die Augen und sehe Ellie. Es regnet violette Pillen auf uns herab. Der Ballon in meiner Brust weitet sich, schafft sich noch mehr Raum.

Den Hinterkopf an die Schranktür gedrückt, ramme ich mir die Klinge noch einmal tief ins Fleisch. Das Blut schießt jetzt aus mir heraus und bildet eine Lache am Boden. Ich sinke auf die Fliesen. Die im Staubmeer unter der Standbadewanne meiner Eltern versunkenen Dinge verschwimmen vor meinen Augen, und ich sehe Ellie, Ellie, die sich im Kreis dreht und singt. *Ich habe so viele Geheimnisse, aber ich werde sie dir nicht verraten.* Der Raum dreht sich mit ihr.

Sarah. Trau dich doch. Sarah. Sarah. Sarah.

Mir wird kalt. Und Ellie ruft mich immer noch.

29

Weißt du noch, wie ich früher immer von hinten die Arme um deine Taille geschlungen habe und unter dein T-Shirt gekrochen bin? Du hast Kuchenteig gerührt und ich habe deinem Rücken leise die Geheimnisse meines Tages anvertraut … die mit roter Fingerfarbe verschmierten Hände und das Mädchen mit den schlaffen Haaren und den trüben Augen, das ich in der Pause über den Schulhof gejagt habe.
Du warst damals sechsunddreißig und hast ihn geliebt.

Jake

Danach. April

Überall an mir klebt Sarahs Blut. Deswegen sitze ich hier draußen vor dem Krankenhaus im Raucherbereich einem Polizisten gegenüber. Meine Hände zittern so sehr, dass ich die Zigarette kaum halten kann. »Ich würde einfach gern wissen, wie es ihr geht, verstehen Sie?«, sage ich.

Der Polizist nickt nur und kritzelt etwas auf seinen Block. Er ist ein kräftiger Mann mit tief liegenden Augen und angegrauten Haaren. »Ich muss nun mal einen Bericht schreiben, okay?«, sagt er und schiebt mir über den grob gezimmerten Holztisch den Aschenbecher zu.

Ein Krankenwagen biegt mit quietschenden Reifen in die Auffahrt und hält vor der Notaufnahme. Der Polizist sieht zu, wie die Trage aufgeklappt und von den Sanitätern ins Gebäude gerollt wird. Als sie hinter den Schwingtüren verschwunden sind, sagt er: »Niemand wirft Ihnen irgendetwas vor, Jake.«

Ich drücke meine Zigarette aus. »Darum geht es nicht. Ich will einfach nur wissen, ob sie in Ordnung ist.« Ich pule an einem getrockneten Blutfleck auf meiner Jogginghose herum und überlege mir, ob ich zur Infotheke gehen und die Schwestern noch einmal auffordern soll, mir einen einzigen nachvollziehbaren Grund zu nennen, warum ich Sarah nicht sehen kann oder wieso sie mir nichts über ihren Zustand sagen können. »Irgendjemand muss mir doch sagen, was los ist!« Meine Stimme ist lauter als beabsichtigt und der Polizist wirft mir einen strengen Blick zu.

»Jetzt regen Sie sich mal nicht so auf. Damit helfen Sie Ihrer Bekannten auch nicht …«

»Ich rege mich nicht auf«, sage ich ruhiger. »Außerdem ist sie mehr als bloß eine Bekannte, okay?«

»Ich verstehe ja, dass Sie frustriert sind, aber die Vorschriften müssen nun mal eingehalten werden. Das Krankenhaus darf nur den direkten Angehörigen Auskunft geben.«

»Aber ich habe den Krankenwagen gerufen und …«

»Zum Glück. Dadurch haben Sie Ihrer Freundin möglicherweise das Leben gerettet.«

Das »möglicherweise« lässt mich zusammenzucken.

»Sie werden bald etwas erfahren, das verspreche ich

Ihnen.« Seine Stimme wird sanfter. »Und jetzt lassen Sie mich bitte meinen Job machen.« Er klopft mit dem Stift auf seinen Notizblock.

Weil er sich nur für die Fakten interessiert, nenne ich ihm Fakten. Während ich beschreibe, was passiert ist, wird der Kopfschmerz schlimmer, und ich höre Sarahs Stimme in Dauerschleife: *Versprich mir, dass du nicht wieder abhaust…* Sobald ich die Augen schließe, sehe ich sie vor mir, wie sie im Bad ihrer Eltern auf dem Boden liegt, das Unterhemd mit Blut getränkt.

»Woher wussten Sie eigentlich, was los war?« Der Polizist beugt sich neugierig vor. »Ich meine, warum sind Sie gleich auf die Idee gekommen, dass sie sich was angetan haben könnte, als sie die Haustür nicht aufgemacht hat?«

»Sie hatte schon seit Längerem Probleme und hat das Haus praktisch nicht verlassen…«

»Und deswegen waren Sie sich gleich sicher, dass etwas passiert sein musste?«, fragt er, und obwohl er vorhin behauptet hat, dass das nur eine Routinebefragung ist, höre ich Argwohn in seiner Stimme.

Ich erzähle ihm, dass ich bei Sarah im Zimmer übernachtet habe und am frühen Morgen gegangen bin, weil ich nicht wollte, dass ihre Mutter mich bei ihr fand. Dass ich danach geduscht habe, dann Laufen war und beim Zurückkommen gesehen habe, dass der Wagen ihrer Mutter nicht mehr in der Einfahrt stand, weshalb ich beschlossen hatte, noch mal bei ihr vorbeizuschauen. Während ich die Fakten aufzähle, bricht meine Stimme – wie ein Zug, der gegen ein plötzliches Hindernis knallt –, und ein brüllender Schmerz durchzuckt mich von den Zehenspitzen bis zur Schädeldecke. Es ist derselbe Schmerz wie bei Ellie damals. Ich lehne mich gegen das Holz der Bank, drücke mir die Handballen auf die Augen und fahre mir durch die Haare, um mich zu beruhigen. Nachdem ich tief durchgeatmet habe, sage ich: »Ich hätte niemals gehen dürfen.«

Der Polizist klopft mir unbeholfen auf die Schulter. »Machen Sie sich mal keine Vorwürfe. Niemand ist Schuld an dem, was sie getan hat. Dieses Mädchen war offenbar sehr unglücklich. Jetzt atmen Sie tief durch und versuchen Sie sich etwas zu beruhigen.« Er steht auf. »Bleiben Sie sitzen.« Danach geht er mit langen Schritten auf die Notaufnahme zu und verschwindet hinter der Schwingtür.

Ich lege den Kopf auf den Tisch, öffne den Mund, atme ein und aus und beobachte meinen Atem, der in der Luft zu weißen Schwaden kondensiert. Die Tonspur in meinem Kopf wird lauter. *Kommst du zurück, wenn ich dich brauche? Versprich mir, dass du nicht wieder abhaust.*

Und im Hintergrund höre ich jemanden, der sehr unglücklich ist. Jemanden, der weint.

30

Ich glaube dir nicht, wenn du meine Hand hältst und mir sagst, dass du mich nie mehr loslassen möchtest.

Jessie

Davor. November

Als ich neben Ellie aufwachte, lag ihr Arm quer über meinem Brustkorb und sie sah mich an. Im Zimmer war es dunkel. Draußen vor dem Fenster lag auch der Rest der Welt im Dunkeln. Nur eine Straßenlaterne glühte in der Ferne.

»Wie viel Uhr ist es?«

»Neun, glaube ich«, sagte Ellie.

»Was?« Ich setzte mich erschrocken auf. »Meine Mutter bringt mich um …«

»Keine Panik«, beruhigte sie mich. »Deine Mutter denkt, dass du bei Lola bist und für die Schule lernst.«

Mein Kopf fühlte sich an wie mit Watte gefüllt. Es bereitete mir Mühe, Wörter aneinanderzureihen.

»Aber ich bin doch gar nicht bei Lola. Ich bin hier.«

»Jess, jetzt mach nicht so ein Drama.«

»Hast du mein Handy genommen?«

»Was regst du dich so auf? Klar hab ich dein Handy genommen. Ich konnte ihr ja schlecht eine SMS von meinem schicken, dann wüsste sie nämlich, dass du hier bist.« Sie zog mich wieder neben sich aufs Kissen. »Entspann dich. Es gibt keinen Grund zur Hektik.«

Ich rollte mich auf die Seite und stützte mich auf den Ellbogen. Obwohl sich in mir Fragen drängten, wusste ich, dass es klüger war, sie nicht zu stellen. »Geht es dir jetzt besser?«

»Nicht wirklich.« Sie holte tief Luft und seufzte.

Ich betrachtete sie in der Dunkelheit. Ihre schwarzen Haare, die aufgefächert auf dem Kissen lagen, sahen aus wie eine Art Anti-Heiligenschein. Ihre Augen waren vom Weinen verquollen.

»Soll ich dich am Rücken kitzeln?« Das machte meine Mutter immer bei uns, wenn wir wegen irgendetwas traurig waren.

Ellie nickte stumm und legte sich auf den Bauch. Ich ließ meine Finger ihr Rückgrat entlangtanzen und begann Wörter auf ihre Haut zu schreiben: »Krabbe«, »Glück«, »Frieden«. Als sich ihre Schultern senkten und ich merkte, dass sie sich etwas zu entspannen begann, buchstabierte ich: »Liebe«.

»Was hast du da eben geschrieben?« Sie drehte sich um und sah mich an.

Ich zuckte mit den Schultern, weil ich es nicht schaffte, es laut auszusprechen.

Sie seufzte tief, ihr Blick war unendlich traurig.

Ich strich sanft über ihre Wange. »Du hast mir vorhin echt Angst gemacht. Ich … ich wusste nicht. Bist du …« Ich schwieg und suchte nach einer passenden Formulierung. »Machst du das oft?« Ich wusste, dass sie es oft gemacht hatte. Die Narben sprachen für sich. Aber ich hoffte, dass es ihr so leichter fallen würde, darüber zu sprechen.

Aber ein Blick in ihr Gesicht sagte mir, dass das kein Thema war, über das sie reden wollte. Deshalb war ich nicht überrascht, als sie mich bat, ihr die Wasserflasche zu bringen, die auf dem Schreibtisch stand, statt meine Frage zu beantworten.

Ich rutschte vom Bett, bückte ich mich nach dem Bademantel, der am Boden lag, und zog ihn an.

»Nein«, sagte Ellie. »Bitte nicht.«

Ich drehte mich zu ihr um.

»Zieh ihn wieder aus«, bat sie.

»Ellie …«, sagte ich unsicher.

»Bitte, Jess.«

Ich nickte und ließ den Bademantel wieder zu Boden gleiten. Meine Hände zitterten, als ich sie unbehaglich vor der Brust kreuzte.

»Nicht«, sagte Ellie, stand auf und zog meine Arme

weg. Dann trat sie einen Schritt zurück und sah mich an. »Du bist schön, Jess«, sagte sie.

Es waren so viele unterschiedliche Gefühle, die mich in diesem Moment durchströmten, aber vor allem wollte ich, dass der Moment niemals endete.

Ellie reichte mir den Bademantel und ich zog ihn wieder an.

Wir setzten uns nebeneinander aufs Bett – das Wasser war vergessen –, und ich wartete ab, was als Nächstes kommen würde. Sie schwieg. Ich spürte, dass sie in Gedanken irgendwo weit weg war. Um sie zu mir zurückzuholen, sagte ich: »Ellie, bist du …«

Sie legte mir einen Zeigefinger auf die Lippen und ihr liefen wieder Tränen übers Gesicht. »Jess …«, sagte sie mit ausdrucksloser Stimme. »Ich habe mit Tommy geschlafen.«

Ich war mir sicher, dass ich mich verhört haben musste, weil ich einfach nicht glauben konnte, was sie gerade gesagt hatte. Aber dann schob sie hinterher: »Gestern Abend. Deswegen hab ich nicht auf deine SMS geantwortet.«

»Das glaube ich dir nicht. Du lügst«, sagte ich und redete mir ein, dass sie mich wieder mal nur testen wollte.

»Es ist aber wahr«, flüsterte sie.

Ich stand auf, ging zum Fenster und legte meine Stirn an das kalte Glas. In meinem Inneren erstarben gleichzeitig alle Empfindungen und statt Tränen war da nur Dunkelheit: eine durchdringende Leere, wie ich sie noch nie zuvor gefühlt hatte.

»Jess?«, sagte Ellie. »Vielleicht müssen wir ja gar keine so große Sache daraus machen.«

Ich knipste die Lampe auf ihrem Schreibtisch an und begann mich anzuziehen.

Ellie blinzelte in die Helligkeit. »Gehst du jetzt?«, fragte sie.

»Ja.« Ich brauchte Abstand. Brauchte Zeit, um zu entscheiden, was das zu bedeuten hatte. Wie sie mit mir zusammen sein und gleichzeitig mit Tommy schlafen konnte. Irgendwann drehte ich mich zu ihr um. »Kannst du mir wenigstens sagen, warum du es getan hast?«

Sie schüttelte den Kopf. »Ich weiß es nicht. Ich hatte mich mit Sargeant gestritten. Ich hab nicht … nicht nachgedacht.«

»Und deswegen ist es okay für dich? Ich meine, heißt das, dass das jetzt jedes Mal passiert, wenn du mal nicht nachdenkst?«

Sie sah mich mit leerem Blick an. »Ich weiß es nicht.«

Ich zog meine Socken an, schlüpfte in die Stiefel und griff nach meiner Jacke.

»War es das jetzt? Mit uns?«, fragte sie.

»Ist das nicht genau das, was du willst?«

Sie drehte den Kopf weg, starrte an die Wand und zog

sich in sich zurück, wie sie es immer tat, wenn es ihr zu schwierig wurde. Ich war es leid, immer die zu sein, die versuchen musste, sie aus der Reserve zu locken, und fragte mich, was passieren würde, wenn ich es nicht tat. »Ist es nicht so?«, sagte ich noch einmal.

Endlich sah sie mich wieder an. Ihre Stimme war unbewegt. »Jess, kapierst du es denn nicht? Ich mache dich kaputt. Ich mache alles nur kaputt.«

Bevor sie mir erzählt hatte, was passiert war, wäre ich vielleicht zu ihr hingegangen und hätte versucht, sie davon zu überzeugen, dass das nicht stimmte, aber jetzt war der Weg zwischen uns versperrt.

»Also ist es aus?«, fragte sie.

»Ich schätze schon«, sagte ich, obwohl ich gar nichts wusste, höchstens dass ich sie so verletzen wollte, wie sie mich verletzt hatte.

Sie nickte.

An der Tür zögerte ich noch einen kurzen Moment, weil ich erbärmlicherweise hoffte, sie würde etwas sagen, um mich zum Bleiben zu bewegen. Aber sie sagte kein Wort. Starrte nur an die Wand.

Für sie war ich schon weg.

31

Mom hat heute die Schnitte gesehen, als ich den Arm ausgestreckt habe, um mir einen Keks zu nehmen. Sie packte mich am Handgelenk und drehte den Arm, um ihn anzusehen. Dann schaute sie mich an, als hätte ich ihr persönlich etwas angetan, sagte aber kein Wort. Natürlich nicht.

Sarah

Danach. April

Die besorgte Therapeutin betritt mein Zimmer in der Abteilung für Jugendpsychiatrie. Ihre Schritte auf dem Linoleumboden klingen so widerstrebend, als würde sie gegen ihren Willen hierhergeschleift werden. Aber ihrer Miene ist nichts von Widerwillen anzusehen, auch wenn ich unter ihren Augen Schatten entdecke, die beim letzten Mal nicht da gewesen waren und die nicht einmal ihr Make-up kaschieren kann.

Sie geht zum Fenster, zieht den Vorhang auf und starrt ins Dunkel hinaus. Keine Ahnung, was sie da sieht. Ich sehe nur ihr ernstes Gesicht, das sich in der Scheibe spiegelt, und den milchigen Schein der Parkplatzbeleuchtung.

Ich wette, sie hat sich während ihrer Morgenmeditation vorgestellt, dass sie überreich gesegnet ist, ein Mensch, der die Macht hat, anderen zu helfen, den Kreislauf ihrer schmerzhaften Existenz zu durchbrechen, aber jetzt ist sie hier bei mir und sieht sich einer Tragödie gegenüber, einem Menschen in ihrer Obhut, für den sie nichts tun kann.

Immer noch mit dem Rücken zu mir stehend, sagt sie: »Ich will dir helfen, Sarah. Wirklich.« Jetzt dreht sie sich um und sieht mich an. »Glaubst du mir das?«

Das tue ich sogar. Ich weiß, dass sie mir helfen will. Ich glaube nur nicht, dass sie oder irgendjemand sonst mir helfen *kann*.

»Das spielt für dich wahrscheinlich keine Rolle, oder?« Sie schenkt mir ein erschöpftes Lächeln. »Nichts von dem, was ich sage oder tue, spielt für dich eine Rolle. Ist es nicht so, Sarah?«

Ich sehe auf meine Hände und tue das, was ich immer tue – ich sitze die Frage aus.

Sie wartet auch schweigend ab. »Na gut«, sagt sie schließlich. »Dann lass uns mal den Papierkram erledigen.« Der besorgte Unterton in ihrer Stimme weicht plötzlichem Desinteresse. Das verunsichert mich. Meine Eltern waren vor Sorge und Kummer außer sich, als sie mich besucht haben. Das hatte ich nicht anders erwartet. Jessie bebte in stummer Hysterie. Auch das hatte ich erwartet. Dass Jake wütend und verwirrt war, kaum etwas sagte und nur meine Hand hielt, hatte ich zwar nicht erwartet, aber ich war froh, dass er gekommen war. Die plötzliche Distanziertheit der besorgten Therapeutin überrascht mich. Ich hatte damit gerechnet, dass sie triumphierend feststellt, dass meine Selbstmordgefährdung jetzt bestätigt ist, und mir sagt, ich müsse mich meinen Schmerz endlich stellen.

»Die Sache ist die, Sarah…« Sie kommt auf mich zu, hebt meine rechte Hand an, dreht sie um und betrachtet den Verband um das Handgelenk, als wäre ich Teil eines wissenschaftlichen Forschungsprojekts. »Du hast das Recht, dir das Leben zu nehmen. Das ist deine freie Entscheidung. Ich kann dich nicht daran hindern. Das Einzige, was ich realistisch betrachtet tun kann, ist, dich dazu zu bringen, die Entscheidung noch hinauszuzögern. Und vielleicht – ganz vielleicht – auch dazu, sie so lange hinauszuzögern, dass du noch einmal darüber nachdenkst, ob es nicht doch eine Möglichkeit gibt, wie du dein Leben fortsetzen kannst. Aber aufhalten kann ich dich nicht.«

Sie lässt meinen Arm los, der schlaff auf die Bettdecke fällt. Dann geht sie wieder zum Fenster, zieht das Klemmbrett aus ihrer Schultertasche und macht sich Notizen. Zwischendurch hält sie kurz inne, dreht sich um, sieht mich an, seufzt und schreibt weiter. Vielleicht ist das alles ja ein psychologischer Trick, ein weiteres Ass in ihrem Ärmel, aber ihr Verhalten macht mir trotzdem Angst. Ich kann mir zwar nicht erklären, warum es mir etwas ausmacht, ob die besorgte Therapeutin sich für mich interessiert oder nicht, aber Tatsache ist, dass es mir etwas ausmacht.

Immer noch schreibend, tritt sie vom Fenster weg und plötzlich sehe ich die Reflexion eines Mädchens in der Scheibe. Es hat strähnige Haare, eingefallene Wangen und geisterhafte Augen. Die Lippen sind so ausgetrocknet, dass sie bluten.

»So.« Die desinteressierte Therapeutin schiebt ihr Klemmbrett zurück in die Tasche und geht entschlossen zur Tür. »Das ist dann alles für heute.«

»Warten Sie!« Die Wucht meiner eigenen Worte schleudert mich ihr mit ausgestreckten Händen entgegen. »Warten Sie!«

»Was gibt es noch, Sarah?« Ihre Stimme ist ausdruckslos. »Ich habe auch noch andere Patienten, um die ich mich kümmern muss. Patientin, die aktiv an ihrer Heilung mitarbeiten.«

»Warten Sie«, flehe ich mit dünner Stimme. »Warten Sie.« Ich hasse mich selbst dafür, dass ich so schwach klinge, aber ich halte die Worte trotzdem nicht zurück. »Warten Sie!«

Tränen laufen mir übers Gesicht. Ich sammle all meine Kraft, um mich ganz im Bett aufzurichten. »Warten Sie.«

Die Wahrheit ist: Ich weiß nicht, ob sie mir helfen kann, aber ich will zulassen, dass sie es versucht.

»Warten Sie. Warten Sie. Warten Sie«, sage ich und verstumme erst, als ich ihre Arme spüre, die mich fest umschließen. Sie zieht mich an sich und bricht damit eine eherne Regel, die für alle besorgten Therapeuten dieser Welt gilt. Ich klammere mich an sie. »Bitte«, sage ich. »Bitte warten Sie, bis ich so weit bin.« Ich sehe zu ihr auf. Ihr Gesicht wird weich, die Schatten unter den Augen sind auf einmal verschwunden.

»Das tue ich, Sarah«, sagt sie. »Das tue ich.«

Im Mount Holy Oak Recovery Home sagen sie uns, dass wir an eine höhere Macht glauben sollen, die eine wichtige Rolle in unserem Heilungsprozess spielen wird. Sie sagen, dass diese höhere Macht stärker ist als unser Kummer, unsere Ängste und unsere Sorgen. Dass sie einen Plan für uns hat, der so groß ist, dass wir ihn mit unserem beschränkten Horizont nicht erkennen können. Dass wir nur zu klein sind, um über unseren eigenen Schmerz hinausschauen zu können. »Aber Gott oder das Universum oder wie auch immer ihr diese höhere Macht nennen wollt, sieht euer Leben als Ganzes«, sagt uns der Therapeut. »Wir müssen auf den Weg vertrauen, den sie für uns vorgesehen hat.«

Ich bin zwei Wochen nach meiner Entlassung aus der Jugendpsychiatrie nach Mount Holy Oak gekommen und habe die ersten vier Nächte damit verbracht, zu

Gott zu beten. Ich habe ihn gebeten, sich mir zu zeigen, wenn es ihn gibt. Mir irgendein Zeichen zu geben, egal wie winzig – eine Sternschnuppe, eine weiße Taube, einen Regenbogen an einem nebligen Morgen –, aber das Zeichen kam nicht.

Eines ist klar: Falls es Gott gibt, dann kann er mich entweder nicht hören oder er hat sich entschieden, mich zu ignorieren.

Ich gehe durch den Park und mache mir Gedanken über Gott und darüber, wann und warum er eingreift, wenn es ihn denn gibt, als mir Jake entgegenkommt. Er lächelt mich an und ich lächle ihn an. Eigentlich nichts Besonderes – aber für uns schon. In den vergangenen fünf Monaten ist viel passiert. Oder um ganz genau zu sein: In den vergangenen fünf Jahren ist viel passiert. Trotzdem lächelt Jake mich an und ich spüre Erleichterung. Ich frage mich, ob das vielleicht Gott ist. Ob er in Jakes Lächeln zu finden ist.

»Tut mir leid, dass ich so spät komme.« Er berührt mich am Arm. Für ihn bedeutet diese kleine Geste viel. Bis heute hat er mich in der Öffentlichkeit nie angefasst. Es gab zwar im Laufe der Jahre immer wieder verstohlene gemeinsame Momente – bei den Meyers im Pool oder bei uns im Hobbykeller –, aber sie haben uns nie zu etwas Ganzem verbunden. »Geht's dir gut?« Seine Stimme ist leise, aber fest.

»Ja, ich hab nur auf dich gewartet.« Wir treten auf dem

Weg zur Seite, um ein paar Leute vorbeizulassen. Mir ist ein bisschen übel. Vor mir liegt eine schwierige Aufgabe. Ich muss Jake von dem erzählen, was Jess mir gezeigt hat. Von der Schachtel mit den Papierstreifen, die sie in Ellies Zimmer entdeckt hat. Dabei will ich nicht über die Geheimnisse reden. Am liebsten würde ich sie gar nicht kennen. Ich will nicht mit mir herumtragen müssen, was Ellies erster Stiefvater ihr angetan hat. Oder was sie selbst sich angetan hat.

»Sollen wir reingehen?« Jake zeigt auf den verglasten Pavillon, der in der Mitte des Parks steht. »Es ist ganz schön kalt. Vielleicht schneit es nachher sogar noch.« Er wirft einen Blick auf meine dünne Jacke. Ich frage mich, ob er an die Nacht denkt, in der er zu mir in den Keller gekommen ist. Er nimmt meine Hände zwischen seine, die in weichen grauen Handschuhen stecken, und reibt sie. »Was meinst du?«

Wir gehen schweigend auf das kleine Gebäude zu. Als wir durch die Tür treten, deutet Jake auf eine Bank. »Da?«

Wir setzen uns so dicht nebeneinander, dass unsere Schenkel sich berühren. Jake zieht einen gefalteten Zettel aus der Tasche und hält ihn mir hin.

»Was ist das?«

»Ein Brief von Tommy an dich. Er fühlt sich ziemlich mies wegen allem, was passiert ist.«

Ich zögere.

»Ich weiß, dass es für dich vielleicht zu früh ist«, sagt Jake. »Weißt du was? Ich hebe ihn einfach auf, und wenn du bereit bist, fragst du mich danach, okay?« Er steckt ihn wieder ein.

Seit unserer Rückkehr von unserem Urlaub in der Hütte habe ich nicht mehr mit Tommy gesprochen, aber Mom hat mir erzählt, dass er vorbeigekommen ist, während ich in der Klinik war, und gefragt hat, wie es mir geht. So ist Tommy. Wenn er spürt, dass er zu weit gegangen ist, kommt er einem plötzlich wieder entgegen.

Jake kratzt sich an der Nase und wendet mir dann das Gesicht zu. Mir fällt auf, dass seine Lider leicht geschwollen sind und dunkle Schatten unter seinen Augen liegen. Man sieht ihm an, dass er in den vergangenen Monaten einige Schläge hat einstecken müssen.

»Jake?« Ich zeige ihm meine Hände. »Ich kann nichts dagegen tun, dass sie zittern.«

Wieder nimmt er sie zwischen seine, um sie zu wärmen. »Sag mir, was los ist.«

»Ich weiß es nicht.«

Ich würde ihn gern bitten, mir eine Zeitkapsel zu besorgen, so eine Dose aus Stahl, die in der Erde vergraben werden kann, ohne zu verrosten. Einen sicheren Behälter, in den wir alles hineinpacken können, um uns davon zu befreien. »Jake, ich weiß das von Ellie. Das, was damals mit eurem Stiefvater passiert ist, meine ich.«

Er nickt und sein halbes Lächeln zurrt zu einer geraden dünnen Linie zusammen.

Die Tränen, die mir über das Gesicht laufen, fühlen sich groß und nass an. Sie sind das Gewicht, das ich in den letzten fünf Monaten mit mir herumgeschleppt habe. »Warum hat sie mir nie davon erzählt? Warum hast du es mir nicht erzählt? Die ganze Zeit über … Ich hab den Film von dieser Nacht im Kopf immer wieder zurückgespult und versucht zu begreifen, was passiert ist, und ich habe mich so schuldig gewühlt, so verdammt schuldig. Ich hab gedacht, dass ich … wenn ich ihr eine bessere Freundin gewesen wäre oder überhaupt ein besserer Mensch … dass ich es dann irgendwie hätte verhindert können. Aber … jetzt weiß ich …« Meine Stimme erstickt, und ich bringe kein Wort mehr heraus, aber das muss ich auch nicht. Jake hält mich fest und lässt mich erst los, als ich aufhöre zu schluchzen.

Nach einer Weile sagt er: »Ich habe es nie jemandem erzählt. Ellie und ich … wir haben danach selbst kaum über … darüber gesprochen, nachdem Mom dafür gesorgt hat, dass er verschwindet …«

Jake greift wieder nach meinen Händen, und ich spüre, dass er jetzt auch zittert. Ich bemerke einen kleinen Riss in seinem Handschuh und muss an das Loch in dem T-Shirt denken, das er auf der Party an meinem zwölften Geburtstag anhatte. Ich sehe seine arrogant verzogenen

Lippen vor mir und die Zigarette, die in seinem Mundwinkel hing. Ich erinnere mich an Ellies leeren Blick und an ihren Sarkasmus. Daran, wie Tommy Witze über andere gerissen hat, um billige Lacher zu ernten. Und ich erinnere mich an Jake und unseren ersten Kuss und seine Hand auf meinem Rücken.

»Ich will, dass du es mir erzählst«, sage ich. »Ich will, dass du mir alles erzählst und dass du mir vertraust.«

Er wendet den Blick ab, weil in diesem Moment zwei Leute in den Pavillon kommen. Sie sehen aus wie Vater und Tochter. Das Mädchen ist in meinem Alter und klammert sich am Arm des Mannes fest. Ich muss an Dad denken, von dem ich genau weiß, dass er Himmel und Hölle in Bewegung setzen würde, um mir zu helfen, wenn ich ihn brauche. Und dann denke ich an Jakes und Ellies Vater, der die beiden verlassen hat, als sie noch ganz klein waren. Wahrscheinlich spielt es letzten Endes keine Rolle, ob man einen guten Vater hat oder einen schlechten, weil wir alle im Leben Zeiten durchmachen, in denen wir die Orientierung verlieren – da nützen dann selbst die besten Eltern nichts.

»Jake?« Ich streiche ihm leicht mit dem Handrücken über die Wange. Als er mich wieder anschaut, sehe ich Tränen in seinen Augen. Ich beuge mich vor und gebe ihm einen Kuss. »Ich schaffe das nicht mehr allein.«

Er versteift sich. »Ich weiß nicht, was ich tun soll …«,

höre ich seine flüsternde Stimme an meinem Ohr. »Ich brauche jemanden, der mir sagt, was ich tun soll.« Er zittert jetzt noch stärker als vorher, und ich versuche ihm das zu geben, was er mir vorhin gegeben hat. Er vergräbt den Kopf an meiner Schulter und schlingt die Arme um meine Taille. Und als er zu schluchzen beginnt, drücke ich ihn so fest an mich, dass nicht das kleinste Sauerstoffmolekul mehr zwischen uns passt. In diesem Augenblick gibt es nichts als mich und Jake und meine warmen Hände auf seinem Rücken.

32

Du hast mir gesagt, dass dieses Haus aus leeren Weinflaschen und bröckelnden Korken gebaut ist. Du hast mir gesagt, dass wir eines Tages abhauen würden. Doch dann bist du weggegangen und hast mich vergessen. Aber das hat mich nicht überrascht. Ich hab sowieso immer gewusst, dass es so kommen würde. Dass du es eines Tages genau wie **er** machen und mich weit hinter dir lassen würdest.

Jake

Danach. Mai

Bei meinem dritten Besuch in Mount Holy Oak laufen Sarah und ich eine Stunde durch den Park, bis wir einen Platz finden, an dem wir ungestört sind. Wir breiten unsere Decke auf dem Rasen aus und legen uns hin. Sie schmiegt ihren Kopf in meine Armbeuge, aber dann rutscht sie immer näher und liegt bald ganz auf mir. Ich küsse sie sanft und frage: »Geht es dir gut?«

»Ist dir das nicht unangenehm? Dass ich so auf dir liege, meine ich?«

»Nein, ich finde es schön«, sage ich, weil ich möchte, dass sie weiß, dass ich sie nie als Last empfinden werde.

Ich hätte niemals gedacht, dass es möglich ist, mit Sarah so zusammen zu sein. Natürlich frage ich mich, wie lange das gut gehen kann, aber ich sage mir, dass es keinen Zweck hat, in die Zukunft schauen zu wollen. Dass ich versuchen muss, es so zu nehmen, wie ich auch alles andere in meinem Leben nehme: immer nur von einem Tag auf den anderen. Das ist so ein Spruch, den Sarah öfter sagt, wenn wir telefonieren, und den ich von Mom auch schon gehört habe. Ich glaube, ursprünglich stammt er von den Anonymen Alkoholikern. Klar ist er abgedroschen, aber das heißt nicht, dass da nicht auch etwas dran ist.

Es ist ein fast schon sommerlicher Tag. Eine Weile liegen Sarah und ich einfach nur da und lassen uns von der Sonne wärmen, bis wir beinahe einschlafen. Irgendwann fängt sie an, von ihrem Alltag in Mount Holy Oak zu reden. Ich streichle ihr über den Rücken, während sie mir Geschichten über die anderen Patienten und die verschiedenen Therapeuten erzählt, mit denen sie größtenteils gut klarkommt. Ich erzähle ihr von meinem neuen Job im Lauf-Shop, von meiner Mutter, die inzwischen wieder zu Hause ist, und von meinem Stiefvater, von dem ich mittlerweile weiß, dass er eigentlich echt okay ist.

Als wir Stimmen hören, setzt Sarah sich auf. »Lass uns gehen.«

»Schon?«

»Ja. Aber ich hab noch eine Überraschung für dich.« Sarah macht anderen gerne Überraschungen. Bei meinem letzten Besuch hat sie mir ein kleines Kissen geschenkt, das sie aus einem alten T-Shirt von sich genäht hat. »Falls du mich mal vermissen solltest«, hat sie gesagt und es mir an die Nase gehalten. Es duftete genau wie sie – süß und ein bisschen herb.

»Wir müssen hier lang.« Sarah führt mich durch den Park. Als das Hauptgebäude in Sicht kommt, stellt sie sich vor mich hin und schlingt mir beide Arme um die Hüfte. »Nächsten Monat komme ich hier raus und … ich hab mir überlegt, dass wir vielleicht zusammen zum Falling Creek fahren könnten, wenn du willst.« Sie sieht mich fragend an. »Wir könnten Blumen an dem Baum pflanzen, unter dem Ellies Asche verstreut ist. Vielleicht ist es Zeit, dass wir uns richtig von ihr verabschieden.« Sie presst ihre Handflächen auf meine Rippen. Ich sehe ihr an, wie viel Kraft es sie kostet, diesen Vorschlag zu machen. »Was hältst du davon?«

Ich fahre mir über den Schädel, der sich immer noch ungewohnt nackt anfühlt. Letzte Woche habe ich mir radikal die Haare abrasiert, weil ich so eine Art symbolischen Neuanfang wollte. Mom hat erst gelacht und gesagt, meine neue Frisur würde sie an den verunglückten Bürstenhaarschnitt erinnern, den ich als Zehnjähriger mal hatte. Danach wurden wir beide still, weil wir automatisch an Ellie dachten und daran, wie sie zu der Zeit gewesen war. Ich weiß nicht, wohin mit meinen Erinnerungen an sie. Im Moment gibt es so vieles, was mich beschäftigt, dass der Platz kaum für mich selbst zu reichen scheint.

Ich lege die Hände auf Sarahs Schultern. »Ist es okay, wenn ich das nicht jetzt gleich entscheide?«

»Natürlich.« Sie nickt und wir schlendern weiter. Die Eingangshalle der Klinik, wo es Sitzecken für die Besucher und Patienten gibt, ist voller Menschen. Manche erinnern mich an Sarah, im einen Moment sehen sie gelöst aus, im nächsten traurig. Andere wirken fröhlich und scherzen mit Freunden oder Angehörigen. Das sind die, denke ich, die bald entlassen werden. Aber es gibt auch welche, die teilnahmslos dasitzen und an die Wand oder aus dem Fenster starren. Ich hoffe, dass das Patienten sind, die gerade erst in die Klinik gekommen sind, habe aber den Verdacht, dass manche von ihnen nicht zum ersten Mal hier sind.

Sarah führt mich einen Gang entlang und bleibt vor einer Tür stehen. »Das ist der Kunstraum. Hier bin ich in letzter Zeit ziemlich oft.« Wir gehen hinein und sie zeigt auf einen Tisch. »Das hier ist meiner. Ich teile ihn mir mit anderen Leuten, aber irgendwie hab ich trotzdem das Gefühl, er gehört mir.« Sie zieht den Stuhl hervor, damit ich mich setzen kann. Dann nimmt sie aus einem Fach unter der Tischplatte ein Album heraus. »Daran habe ich vorhin gearbeitet, bevor ich in den Park bin und auf dich gewartet habe.«

Es ist ein Erinnerungsalbum mit Fotos von ihr und Ellie. Ich lächle, als ich die beiden als ungefähr Vierzehnjährige mit dünnen, langen Fohlenbeinen sehe, an denen die Jeans schlackern. Ein paar Jahre später dann Sarah mit roten Strähnchen in den Haaren. Ellie steht hinter ihr, hat eine Zigarette in der Hand und guckt cool.

»Sind das die aus dem Karton, den ich dir geschickt habe?«, frage ich.

Sarah nickt.

Ein paar Seiten weiter entdecke ich eines, das mich und Ellie an dem Abend zeigt, bevor ich nach New York abgereist bin. Ellie zieht eine Grimasse, weil ich betrunken bin und sie zu fest an mich drücke. Ich kann mich noch gut erinnern, dass ich den anderen gerade erzählt habe, wie ich sie, als sie sieben war, mal so erschreckt habe, dass sie sich in die Hose gemacht hat.

Auf dem Foto daneben sieht man Ellies Reaktion darauf. Sie lacht so hysterisch, dass ihr Tränen übers Gesicht laufen. Sie hat gerade die Hand gehoben, um sich über die Augen zu wischen, als der Schnappschuss gemacht wurde und sie für immer in diesem Zwischenstadium festhielt.

»Das Album ist noch nicht fertig«, sagt Sarah. »Aber es ist … ich weiß auch nicht. Es hilft irgendwie.«

Jemand ruft ihren Namen. Sarah dreht sich um und winkt einer jungen blonden Frau im Schwesternkittel zu, die im Gang steht. »Wartest du kurz? Ich möchte gern, dass ihr euch kennenlernt. Das ist nämlich meine Lieblingsschwester hier und ich habe ihr so viel von dir erzählt …«

Sie geht hinaus, und während sich die beiden unterhalten, blättere ich weiter in dem Album. Da ist eine Porträtaufnahme von Ellie. Ihre Augen sind genauso blau wie meine. Ich lege die Hand auf das Bild und spüre den vertrauten Stich im Herzen. »Ellie«, sage ich laut. Und weil ich mich an den Klang ihres Namens erinnern will, wenn er aus meinem Mund kommt, sage ich ihn noch einmal. »Ellie.«

Und in mir sage ich:

Ich vermisse dich, Ellie.

Ich denke jeden Tag an dich.

Es tut mir leid, dass ich nicht rechtzeitig nach Hause gekommen bin.

Ich hoffe, du kannst mir verzeihen.

Und ich frage sie, ob Sarah recht hat, ob es wirklich Zeit ist, sich zu verabschieden. Aber ich bekomme keine Antwort. Ich höre nur Sarahs Lachen hinter mir, das durch den Gang hallt. Und ich denke, dass es vielleicht noch nicht so weit ist. Nicht für mich. Aber ich kann spüren, dass dieser Zeitpunkt eines Tages kommen wird.

33

Du möchtest Wörter von mir. Aber ich habe Zigaretten. Ich habe Gin. Sagen dir meine Hände auf deiner Haut nicht, was ich fühle?

Jessie

Danach. April

Nach dem Wochenende, an dem wir Sarah nach Mount Holy Oak gebracht haben, besteht Mom darauf, dass ich wieder in die Schule gehe. Ich sitze ziemlich unglücklich in der ersten Stunde, weil mir nicht entgangen ist, dass alle hinter meinem Rücken über mich reden – sogar Lola, die sich ein neues Schließfach hat geben lassen. Weit weg von meinem.

Vielleicht spürt Mrs Medina meine gedrückte Stimmung und beschließt deshalb spontan, uns einen Aufsatz schreiben zu lassen. Thema: *Ein Moment, der mein Leben für immer verändert hat.*

Ich bin froh, dass wir still arbeiten können.

Nachdem ich Stift und Papier vor mich hingelegt habe, starre ich an die Tafel und denke an die Momente, die mich verändert haben: Ellies Kuss, das gestohlene Skizzenbuch, das erste Mal, als ich mich Lola widersetzt habe, die Nacht, in der ich Ellie für immer verlor, und wie ich später den Schuhkarton unter dem Bett hervorzog, und Sarah …

Aber obwohl das alles lebensverändernde Momente waren, beschließe ich, lieber über etwas zu schreiben, bei dem ich mich sicherer fühle: unser Umzug nach Smith.

»Ein noch lahmeres Thema ist ihr wohl nicht eingefallen«, flüstert Lola hinter mir laut. Ein paar Mädchen kichern. Ich schaue kurz über die Schulter und sehe, wie sie einen zusammengefalteten Zettel an Bianca weitergibt. Sie lacht, schreibt etwas dazu und wirft ihn Melissa hin, die ihn liest, eine Grimasse zieht, etwas dazukritzelt und ihn dann an Kelly weitergibt. Als Mrs Medina sich zu uns umdreht, richte ich meine Aufmerksamkeit wieder nach vorn.

»Ihr habt bis zum Gong Zeit, das sind genau fünfundvierzig Minuten. Der Umfang sollte etwa vier Seiten betragen.«

»Können wir immer eine Zeile frei lassen?«, ruft Bobby von hinten.

»Nein, Bobby.« Mrs Medina lächelt milde. »Und ich will auch nicht, dass ihr in besonders großen Druckbuchstaben schreibt. Trotzdem erwarte ich, dass der Text so leserlich wie möglich ist. Wenn ich euren Aufsatz nicht entziffern kann, benote ich ihn mit ungenügend.«

Die Klasse stöhnt. Ich bemerke, wie der Zettel langsam durch die Reihen in meine Richtung wandert. Als Lola kichert, drehe ich mich zu ihr um. Sie zuckt mit den Achseln, verdreht die Augen und beginnt dann zu schreiben.

Mittlerweile ist der Zettel bei Clara angekommen, die rechts von mir sitzt. Sie liest ihn, lacht aber nicht, sondern legt ihn unter ihr Heft und schreibt weiter.

»Hey, Clara«, flüstert Lola. »Weitergeben!«

Clara ignoriert sie.

»Pssst. Was soll das, Clara? Gib den Zettel gefälligst weiter.«

Claras Hand, die den Stift hält, erstarrt, aber sie sieht nicht von ihrem Heft auf.

»Gib endlich den verdammten Zettel weiter!«

Jetzt erst dreht Clara sich um. Sie wirft Lola einen bösen Blick zu und mir einen mitfühlenden. Ich beschließe, mich nicht darum zu kümmern und einfach weiterzuschreiben, kann mich aber nicht mehr konzentrieren. Ich will wissen, was auf dem Zettel steht und ob es um mich geht. Schließlich lege ich den Stift hin und flüstere: »Ist schon okay, Clara. Gib ihn mir.«

Clara schüttelt den Kopf und zerknüllt den Zettel. Sie öffnet den Mund, um etwas zu sagen, aber Lola zischt: »Gib ihn ihr schon, Clara. Sie will ihn lesen.«

Mehrere Leute hinter uns lachen. Mrs Medina legt die Arbeit, die sie gerade korrigiert, zur Seite und sieht uns streng an. »Wenn hier weiter so getuschelt und Quatsch gemacht wird, verkürze ich die Zeit auf dreißig Minuten.«

Wieder stöhnt die Klasse, aber bald ist nur noch das Umblättern der Seiten zu hören und das Geräusch der Stifte, die übers Papier gleiten.

Clara lächelt mich verkrampft an und flüstert: »Es ist nicht so wichtig, Jessie.«

»Wenn es nicht wichtig ist«, zischt Lola von hinten, »dann kannst du ihn ihr ja geben.«

Clara wird knallrot und sagt mit normal lauter Stimme: »Weißt du was, Lola? Du bist eine ganz fiese Schlampe.«

Von hinten brüllt Bobby. »Schlammcatchen!«

Mehrere Jungs pfeifen und johlen.

Mrs Medina klappt ihr Notenbüchlein zu und steht auf: »Ruhe …!«

»Wie hast du mich gerade genannt?«, fragt Lola. Ihre Stimme bricht.

»Schlampe«, ruft Bobby. »Sie hat dich fiese Schlampe genannt!« Und jetzt lachen fast alle.

Irgendjemand steht auf und schaltet mehrmals das Deckenlicht an und aus.

»Ruhe, habe ich gesagt!«, ruft Mrs Medina.

Es wird sofort still.

Mrs Medina sieht Clara verblüfft an. Wahrscheinlich versucht sie zu begreifen, wie eine ihrer Lieblingsschülerinnen – die fröhliche, selbstbewusste Clara, die Jahrgangssprecherin ist und sich mit allen gut versteht – dazu kommt, eine andere Schülerin während des Unterrichts Schlampe zu nennen.

»Mir reicht es jetzt endgültig!«, brüllt sie, obwohl es in der Klasse mucksmäuschenstill ist. »Ich dulde keine sexistischen Zwischenrufe, Bobby, sonst sitzt du nachher beim Direktor. Und du weißt, wie deinem Vater so etwas gefällt.«

Sie geht mit ausgestreckter Hand auf Clara zu, die ihr den zerknüllten Zettel reicht. Mr Medina streicht ihn glatt und liest mit ernster Miene. Dann sieht sie zwischen mir und Lola hin und her und holt tief Luft.

»Lola? Du bleibst nach dem Unterricht noch da.«

»Aber, Mrs Medina, ich hab doch …«

»Halt den Mund«, faucht Mrs Medina. »Halt einfach den Mund, hörst du? Wenn du etwas zu sagen hast, kannst du das nach der Stunde tun, wenn wir deine Eltern anrufen.«

»Was?« Lola hat Tränen in den Augen und sieht plötzlich ganz kleinlaut aus. »Aber … und was ist mit Clara? Rufen Sie ihre Eltern auch an?«

Mrs Medina schüttelt den Kopf. »Nein. Ich schlage vor, du denkst über das nach, was du getan hast, und überlässt Clara mir.«

Ein paar Schüler schnappen hörbar nach Luft. Mrs

Medina ist sonst nie streng, sondern dafür bekannt, dass sie einem immer eine Freistellung vom Unterricht besorgt oder eine Verlängerung gewährt, wenn man es nicht geschafft hat, die Hausaufgaben zu erledigen.

»Ihr habt noch exakt fünfunddreißig Minuten Zeit, um euren Aufsatz zu beenden!«, ruft sie. »Wer nicht fertig wird, hat Pech gehabt.«

Die Klasse protestiert, aber Mrs Medina hebt nur kurz die Hand, und alle sind still. »Wenn ihr damit ein Problem habt, beschwert euch bei Lola – *nach dem Unterricht.*«

Mehrere Leute, die vor mir sitzen, drehen sich um und werfen Lola wütende Blicke zu.

Lola schluchzt. Ich stelle mir vor, dass ihr Gesicht genauso aussieht wie an dem Nachmittag, an dem wir unter Tommys Fenster im Gebüsch saßen.

Und jetzt? Clara schreibt neben mir konzentriert an ihrem Aufsatz. Ich drehe mich verstohlen zu Lola um, die den Kopf auf die Tischplatte gelegt und die Beine auf den Stuhl gezogen hat, als würde sie versuchen, sich in sich selbst zu verkriechen.

Ich schlage eine neue Seite in meinem Heft auf und beginne wieder zu schreiben – diesmal aber nicht über meinen Umzug nach Ohio, sondern über Ellies ersten Kuss. Meine Hand bewegt sich schnell über das Papier, während ich das erste meiner Geheimnisse preisgebe.

Nach der Stunde gehe ich entschlossen auf den Ausgang zu. Ich rechne halb damit, dass einer der Lehrer sich auf mich stürzt und mich fragt, wo ich hinwill, oder dass irgendein Alarm schrillt, aber nichts hält mich auf. Und dann stehe ich draußen auf der Treppe, blicke auf den Flaggenmast und die weite Fläche braunen Rasens und atme die eisige Luft ein.

Für heute ist Schnee angesagt, obwohl eigentlich ja schon Frühling ist. Aber das kommt niemandem mehr besonders merkwürdig vor, weil es in den letzten Jahren öfter passiert ist. *Die Welt verändert sich. Nichts ist mehr so, wie es gehört. Selbst der Schnee weiß nicht mehr, wann er fallen soll,* hat Mom gestern gesagt. Wir saßen auf der Couch – alle außer Sarah –, und mir fiel auf, dass Mom sich immer wieder instinktiv nach ihr umsah. Mir fehlt sie auch.

An dem Abend, bevor wir Sarah nach Mount Holy Oak brachten, saßen wir zu dritt am Küchentisch. Mom, Sarah und ich.

»Manchmal will man jemanden retten, merkt aber, dass es nicht geht«, sagte Mom. »Es gibt Menschen – und vielleicht war Ellie so jemand –, die wollen sich nicht retten lassen, und wenn das so ist, dann kann man ihnen nicht helfen. Man kann nur hoffen und beten, dass sie eines Tages ihren Weg finden.« Sie griff nach unseren Händen und zog sie an ihr Herz. »Ihr dürft euch niemals die

Schuld für das geben, was ein anderer tut. Für seine eigenen Entscheidungen ist jeder Mensch selbst verantwortlich.« In ihren Augen schimmerten Tränen. »Es ist zu viel Schlimmes passiert, und ich würde es nicht ertragen, eine von euch zu verlieren, okay?«

Später entschied ich, dass jetzt der Zeitpunkt gekommen war, Sarah den Schuhkarton von Ellie zu zeigen.

»Was ist das?«, fragte sie, als ich ihn zwischen uns auf ihr Bett stellte.

»Der ist von Ellie.«

»Hat das, was da drin ist, etwas mit dir zu tun?«, fragte sie und wich meinem Blick aus. Dann räusperte sie sich und schaute mich direkt an. Ihre braunen Augen waren ernst. »Mit dir und Ellie, meine ich? Du weißt schon … dass da was zwischen euch war?«

Ich sah sie verblüfft an.

»Ich hab das hier gefunden …« Sarah stand auf, ging zum Wandschrank und nahm einen Karton heraus, den sie neben die Schuhschachtel stellte. Sie öffnete ihn, griff hinein – ich sah, dass Fotos von Ellie darin waren – und zog ein kleines Notizbuch heraus, zwischen dessen Seiten ein Polaroid steckte. Es war ein Foto von mir, wie ich an Ellies sommersprossige Schulter gekuschelt schlief. Sie muss es an dem Abend aufgenommen haben, an dem wir uns so schlimm gestritten hatten. Unserem letzten Abend.

Ich wusste nicht, was ich sagen sollte. Aber vielleicht

musste ich auch gar nichts sagen. Vielleicht sagten die Tränen schon alles, die mir übers Gesicht liefen.

Sarah zog mich an sich und hielt mich eine Weile einfach nur fest. Als ich mich wieder aufsetzte, deutete sie mit dem Kinn auf die Schuhschachtel. »Und was ist da drin?«

»Ich glaube«, sagte ich mit rauer Stimme, »ich glaube, es geht um uns alle – um dich, mich, Jake, Tommy, Ellies Mutter, ihren Vater … um … Ellies Gefühle für uns.«

Sie zögerte. »Ich weiß nicht …«, sagte sie. »Ich glaub, ich kann mir das jetzt nicht …«

»Du weißt jetzt, wo sie steht«, sagte ich und stellte die Schachtel auf das oberste Brett im Wandschrank. Danach bat ich sie, mir von Ellies letzten Stunden zu erzählen.

Sarah sagte, dass ihr Ellie verändert vorgekommen wäre, irgendwie traurig und gleichzeitig fast krampfhaft fröhlich. »Wenn ich alles gewusst hätte, hätte ich niemals zugelassen, dass sie diese Pillen nimmt, aber ich hatte doch keine Ahnung. Ich …«

Sie weinte und redete nicht weiter. Nach einer Weile sagte sie mir, dass Ellie an dem Abend eine pinkfarbene Netzstrumpfhose angehabt hätte.

Die Strumpfhose war das einzige Geschenk, dass ich ihr je gemacht hatte, und ich weiß noch, wie überrascht sie war, als ich ihr die kleine Schachtel mit der pinkfarbenen Schleife überreichte. Wie sie die Strumpfhose sofort angezogen und gleich angefangen hatte, Löcher in die Knie zu reißen.

Dass Ellie ausgerechnet diese schreiend pinke Strumpfhose anhatte, als sie starb, war verrückterweise das Einzige von dem, was Sarah mir erzählte, was für mich sinnvoll klang. Ich weiß selbst nicht, warum.

»Glaubst du …« Sarah schaute aus dem Fenster zum Haus der Meyers rüber, »dass sie es …?« Sie sprach die Frage nicht aus, aber ich wusste, dass es dieselbe war, die ich mir seit Ellies Tod immer wieder stellte.

Hatte sie geplant, in dieser Nacht einen Schlusspunkt zu setzen? War es eine spontane Entscheidung gewesen, gefällt in einem Moment unerträglicher Traurigkeit? Oder war es womöglich doch – wie Mom ursprünglich angenommen hatte – eine Art Unfall gewesen? Ich betrachtete das Haus auf der gegenüberliegenden Straßenseite und dachte daran, wie oft ich sie kommen oder gehen gesehen hatte. Es fiel mir immer noch schwer, zu begreifen, dass ich sie nie wiedersehen würde. Dass sie mir nie sagen würde, ob sie mich jemals wirklich geliebt hat.

»Das werden wir wohl nie erfahren.«

Als ich jetzt durch die Straßen nach Hause gehe und an Ellie denke, finde ich mich auf einmal an einem Ort wieder, den ich nicht bewusst angesteuert habe … am Falling Creek, vor dem Baum, der ihren Namen trägt. Ich lasse meine Tasche fallen, kauere mich hin und fahre mit den Fingerspitzen über die tief in die Platte eingravierten Buchstaben. Ich drücke meine Wange an die geborstene Rinde des Baums und sage mir, dass Ellie irgendwo da oben ist und herunterschaut. Und dass sie nicht mehr allein ist.

Irgendwann beginnt Schnee vom Himmel zu fallen und die Flocken bleiben in den Gabeln der kahlen Äste liegen. Mein Gesicht ist kalt, aber ich spüre die Kälte nicht. Ich spüre etwas ganz anderes.

Irgendwann stehe ich auf, ziehe den Reißverschluss der Jacke ganz zu und stülpe mir die Kapuze über den Kopf. Die Tasche an meine Brust gedrückt, sehe ich mich um. Das braune, welke Gras, ein verrostetes Autowrack zwischen den Bäumen. Noch wirkt alles ein bisschen verwaschen, aber nicht mehr lange. Bis zum Einbruch der Dämmerung werden die Straßen von einer glitzernden weißen Schneeschicht bedeckt sein und die Welt wird aussehen wie neu. So als wäre alles möglich.

Ich setze einen Fuß vor den anderen. Und bald bin ich zu Hause.

34

Ich denke gern an unsere Ausflüge nach Cedar Point. An den warmen Sommerwind, die knallroten kandierten Liebesäpfel und die neongrünen Armbänder, die im Dunkeln leuchteten. Und an Jake auf Dads Schultern, zu müde zum Laufen, und Mom, die meine Hand hält.

Nachwort

Genau wie bei Ellie hat es in meinem Leben Phasen gegeben, in denen ich mich unglaublich allein gefühlt habe. Im Laufe der Jahre habe ich gelernt, dass wir das Licht, das es uns ermöglicht, die dunkelsten Zeiten zu überleben, sehen, wenn wir es schaffen, um Hilfe zu bitten. Falls ihr selbst schwierige Phasen durchmacht oder Freunden helfen wollt, denen es nicht gut geht, könnt ihr im Internet googeln. Dort werdet ihr sehr viele Seiten mit Hilfsangeboten extra für Jugendliche finden. Manchmal bringt es auch schon etwas, sich in einem Forum anonym mit anderen Betroffenen auszutauschen und zu erfahren, wie sie mit ähnlichen Situationen umgegangen sind. Zum Beispiel hier:
www.frnd.de

Freunde fürs Leben ist eine Webseite, auf der ihr Tipps und Informationen darüber findet, wie ihr Freunden helfen könnt, die sich vielleicht mit Selbstmordgedanken tragen. Ihr findet die Freunde fürs Leben übrigens auch bei Facebook.

Danksagung

Zunächst möchte ich mich bei meiner Lektorin Jen Klonsky bedanken, die dieses Romanprojekt mit scharfem Blick, gespitztem Rotstift und viel Humor begleitet hat. Ich bin sehr froh, dass ich mit dir zusammenarbeiten durfte, und freue mich auf viele weitere gemeinsame Bücher.

Danke auch den vielen anderen wunderbaren Menschen bei Simon & Schuster – meinem amerikanischen Verlag –, die hinter den Kulissen am Werk waren: Mara Anastas, Laura Antonacci, Bethany Buck, Paul Crichton, Katherine Devendorf, Michelle Fadlalla, Russell Gordon, Jessica Handelman, Lucille Rettino, Dawn Ryan, Sara Saidlower, Michael Strother, Carolyn Swerdloff, Venessa Williams und auch dem fabelhaften Vertriebsteam, das dafür sorgt, dass mein Buch seine LeserInnen findet.

Meinem wunderbaren Agenten Steven Chudney danke ich dafür, dass er an mich und dieses Projekt geglaubt hat.

Ich bin sehr froh, dass mein Buch bei cbt, dem Jugendbuchverlag von Random House Deutschland, eine zweite Heimat in einer anderen Sprache gefunden hat. Danke.

Mein Dank geht auch an die Studierenden und Dozenten des Studiengangs Kreatives Schreiben an der University of North Carolina in Wilmington dafür, dass ihr mir Selbstvertrauen, Feedback und Orientierung gegeben habt. Ganz besonders danke ich Wendy Brenner, Clyde Edgerton und Robert Siegel, die meine Magisterarbeit gelesen haben. Ich bin sehr dankbar, dass ich an einer so renommierten Universität wie der UNCW studieren und Teil dieser inspirierenden kreativen Welt sein durfte.

Danke auch den Mitgliedern der D.O.T.B.-Crew, meinen Lieblingsunikollegen: Nathan Johnson, Trey Morehouse und Eric Tran. Ich werde nie vergessen, dass ich bei euch oft ein echtes zweites Zuhause finden durfte.

Eimerweise Liebe mit Schlagsahne und bunten Zuckerperlen für meine Freunde/Vertrauten/Wahlverwandten: Amy Risher, Lindsay Key, Kiki Vera Johnson, Alison Harney, Brian McCann, Kate Rogers und Peter Trachtenberg. Ihr habt euch meine Sorgen und Pläne immer mit offenem Ohr angehört und mich die ganze Zeit über ermutigt und liebevoll unterstützt. Gott segne euch.

Danke auch an meine schreibenden Kolleginnen und Kollegen. Ganz besonders Bethany Griffin dafür, dass sie von Anfang an gesagt hat: »Ich finde es großartig!«, was mir immer wieder Kraft zum Weitermachen gegeben hat. Melissa Walker und Nina de Gramont danke ich für viele gute Ratschläge und Matt de la Peña dafür, dass er aus dem Nichts heraus in mein Leben getreten ist und an mich glaubt.

Auch allen, die ich hier vergessen habe, danke ich von Herzen und hoffe, dass ihr mir mein Versäumnis nachsehen könnt.

Und meiner Familie: Mom, ich liebe dich mehr als alle Sterne am Himmel. Danke, dass du mir den Glauben an Gott mit auf den Weg gegeben hat. Danke, Natalie, für deine Geschichten. Deine unglaubliche Fantasie hat meine beflügelt. Walter, du bist der beste Bruder, den sich ein Mädchen nur wünschen kann. Ich staune immer wieder darüber, wie absolut toll du bist. Und Suzette – mein Zwilling in Fleisch, Blut und Seele: Mögen es viele Jahre werden und möge der Weg unbeschwerlich sein. Euch und alle anderen aus der Familie hüte ich warm in meinem Herzen.

Vor allem aber danke ich Gott, meinem Leitstern, für alles, was ich bin und sein werde.

Jay Asher

Tote Mädchen lügen nicht

288 Seiten
ISBN 978-3-570-30843-1

Als Clay Jensen aus der Schule nach Hause kommt, findet er ein Päckchen mit 13 Kassetten vor. Er legt die erste in einen alten Kassettenrekorder, drückt auf „Play“ – und hört die Stimme von Hannah Baker. Hannah, seine ehemalige Mitschülerin. Hannah, für die er heimlich schwärmte. Hannah, die sich vor zwei Wochen umgebracht hat. Mit ihrer Stimme im Ohr wandert Clay durch die Nacht, und was er hört, lässt ihm den Atem stocken. Dreizehn Gründe sind es, die zu ihrem Selbstmord geführt haben, dreizehn Personen, die daran ihren Anteil haben. Clay ist einer davon ...

6380

www.cbt-buecher.de

Anna Carey

Blackbird

352 Seiten, ISBN 978-3-570-16327-6

Ein Mädchen erwacht auf den Gleisen einer U-Bahn-Station in Los Angeles. Sie weiß nicht, wer sie ist, wo sie ist, wie sie dort hinkommt. Sie hat ein Tattoo auf der Innenseite ihres rechten Handgelenks, das einen kleinen Vogel in einem Viereck zeigt. Sie erinnert sich an nichts. Nur bei einer Sache ist sie sich sicher: Jemand will sie töten. Also rennt sie um ihr Leben, versucht die Wahrheit herauszufinden. Über sich und über die Leute, die sie töten wollen. Nirgendwo ist sie sicher und niemand ist, was er zu sein scheint. Auch Ben, der einzige, dem sie glaubte, vertrauen zu können, verbirgt etwas vor ihr. Und die Wahrheit ist noch viel verstörender, als sie es jemals für möglich gehalten hat.

70009

www.cbt-buecher.de